OMNIBUS

Massimo Bisotti

A UN MILLIMETRO DI CUORE

Romanzo

MONDADORI

Questo libro è un'opera di fantasia. Personaggi e luoghi citati sono invenzioni dell'autore e hanno lo scopo di conferire veridicità alla narrazione. Qualsiasi analogia con fatti, luoghi e persone, vive o scomparse, è assolutamente casuale.

www.massimobisotti.it

librimondadori.it

A un millimetro di cuore
di Massimo Bisotti
Collezione Omnibus

ISBN 978-88-04-72672-2

I edizione settembre 2020

A UN MILLIMETRO DI CUORE

A chi ha qualcuno "a un millimetro di cuore".
A chi ce la fa sempre, nonostante a volte una vocina interna
gli chieda di non farcela.
A chi finalmente ha appeso al muro
la sua lunga sequenza di cose impossibili.

*Trovate un sentimento per cui valga l'allegria e non la pena_*

Preferirei lo sporco al bucato controvoglia. Le centrifughe di mancanze tanto mi lavano solo in superficie.

Chi dosa i sentimenti in superficie di sapone ne mette sempre troppo poco. E sai di cosa ho veramente paura? Di finire come te, nella tua lavatrice. Con quel tuo misurino avvilente. Con il tuo dosatore d'amore a mezzo carico. Calore umano sotto zero. Infeltrito.

Sai che c'è, amore mio? Da oggi spingo stop, mi lavo a mano. Non sarò di cashmere *ma ci tengo alla morbidezza sulla pelle. Spendo qualcosa in più per te, per un flacone che non inquini l'ambiente e che soprattutto non sia misurabile. E sono molto più fresco di prima.*

Mi stendo al sole, senti che bel vento.

Perché d'amore si vive.

Perché ci si lava e ci si sporca d'amore, ma l'amore è un capo delicato.

Bisogna scegliere la giusta temperatura del cuore.

1
Pioggia interiore

Fai rumore nei sogni di qualcuno solo per farlo svegliare con il cuore felice. Altrimenti lascialo dormire.

Demian mi ripeteva sempre che era un modo gentile per dire che non dobbiamo rompere le palle agli altri. Non dobbiamo disturbare gli altri perché della vita degli altri non sappiamo niente. Molte volte io stessa credo di averlo giudicato ingiustamente. Oggi, se mi affaccio dalla finestra, sono sola. Vedo sfilare un intero mondo che non conosco. Questa volta ho capito che non si può cancellare tutto come faccio ogni giorno con la lavagna attaccata sul frigorifero. Tutte le volte che la mia spugnetta lascia un velo di polvere nell'aria e le lettere si dissolvono esattamente come il fumo della pipa di Magritte, rimango in compagnia del mio ordine disordinato e di quelle parti di me che detesto e che nessuno ha mai messo al chiodo, alla porta.

Ieri ho fatto un sogno. Volevo scriverlo nei dettagli e me ne sono quasi vergognata. Guidavo, avevo bevuto molto, tornavo da una festa. Fuori pioveva a dirotto e il tergicristallo strideva sul vetro, colpa della gomma consumata che forse non cambiavo da anni. Ero molto più piccola di adesso, forse poco più che adolescente. Guidavo piano, tenevo salde le mani sul volante, per paura che accadesse qualcosa di brutto. Iniziavo ad avere la vista offuscata, mi stropicciavo gli occhi, ma niente, vedevo sempre meno e d'improvviso una bambina attraversava la strada. Io la investivo, la prendevo in pieno e sentivo un tonfo un po' più in là, un sobbalzo nel cuore, un urlo a squarciare il silenzio.

Avevo l'anima frastornata, svuotata di tutti i desideri possibili. Avrei solo desiderato scomparire. Intorno alla mia auto si erano raggruppate tantissime persone, mi guardavano con disprezzo e tutte insieme mi urlavano cose che smettevo di sentire. Non mi fermavo. Tiravo dritto. Non volevo nemmeno guardarla, darle un volto, un nome, una storia. Non volevo sapere niente di lei, niente di niente. Spingevo il piede sull'acceleratore e in quel momento spezzavo per sempre il legame fra me e la fiducia, e il legame con la fiducia una volta che si spezza non è più risanabile. Scappavo via ma allo stesso tempo un'altra me scendeva dall'auto, guardava dal di fuori la scena. Senza sottrarmi, mi avvicinavo al corpo della bimba, mi chinavo a terra, poggiavo le ginocchia su quell'asfalto arido di vita e con gli occhi della disperazione scoprivo che quella bambina ero io.

Da bambina avevo davvero tanta paura della solitudine. Ero terrorizzata dal fatto che nessuno potesse amarmi e sapevo che io stessa non avrei potuto amare in modo perfetto. Col passare degli anni, le mie preoccupazioni sono mutate. Giunta alla conclusione che tutti amiamo in modo imperfetto, che ognuno porta il suo amore nell'amore di un altro, temevo la mia incapacità di intrattenere una qualsiasi relazione duratura, sapevo di non essere in grado di gestire la mia intimità. Sapevo di non poterne fare dono a nessuno. I miei rapporti sono sempre stati molto superficiali. Scherzavo con le mie amiche e le mie relazioni loro le chiamavano "a tempo massimo". Non ho mai voluto dare potere ai maschi. Li trattavo con aria di sufficienza. Se sentivo un vuoto lo riempivo con altro, perché tanto già sapevo che la mia vita non sarebbe mai dipesa da nessuno. Non volevo perdere il mio tempo a stare male per qualcuno, anche se questa era una risposta inconscia alle mie paure, non ne ero del tutto consapevole.

Mi sono accorta di avere scelto George per questo. Lui

non era una minaccia, anzi, era un amore irraggiungibile. Esisteva mentre lo sognavo, quando mi svegliavo cessava di esistere.

Anche se un sogno non lo smetti quando vuoi, anche se può stanarti di nuovo notte dopo notte, prima o poi ti svegli e prendi coscienza di quanto tu non possa appartenere a una dimensione così lontana dalla tua, una dimensione di sicurezza.

La sua vita vera era solo nella mia mente. Mi lasciavo cullare dalle mie parti nascoste ma in realtà continuavo a trascurarmi. Al risveglio mi sentivo come se fossi nuda fuori al freddo, un freddo pungente e invisibile. Nessuno poteva vedermi, erano tutti all'interno delle loro case, addomesticati dai propri ritmi del cuore, e le persone non potevano accorgersi del mio evidente rischio di congelare. Così sparivo, arrendendomi all'evidenza, perdendo le forze, silenziosamente.

Eppure ora, dentro quella casa calda ci sono anch'io e la sensazione di freddo che sento è assolutamente la stessa. Quando provo ad affacciami alla finestra e spero con tutta l'anima di vedere ancora blu la luna, anche se so che non posso rimetterci piede, continuo a sognare ali per tornare dove non si può.

Ricordo con una chiarezza ruvida la paura della solitudine, quella certezza che mi portavo dentro, accumulando delusioni una sull'altra, quelle che ti sfiancano e rendono sempre più labile la speranza di un cambiamento. Ricordo anche la paura inversa, quella di non essere adatta a incontrare il grande amore. Qualcuno un giorno o l'altro avrebbe potuto innamorarsi davvero di me, avvicinarsi come mai nessuno era riuscito prima, scoprire tutto, proprio tutto quello che c'era da scoprire, pagliacci e fantasmi, e a quel punto spaventarsi così tanto e di punto in bianco, in una sera qualunque, non tornare più a prendermi sotto casa. Abbandonata sotto la pioggia interiore delle mie illusioni.

Forse abbandonare per sempre la parola *sempre* mi ha permesso di sentirmi un po' meno straordinaria e un po' più concreta. Quando ci svegliamo dai sogni e facciamo i conti con le nostre file e file di delusioni e quando soprattutto smettiamo di mentire a noi stessi, ammettiamo che troppo spesso la realtà ci annoia.

E se il sogno si svegliasse con noi e ce lo trovassimo accanto a colazione, dopo i primi momenti di entusiasmo, smetterebbe di essere così eccezionale. Si trasformerebbe in un gioco familiare di routine.

Ma io ho scelto di non mentire più, volevo conoscere tutto di me. Volevo smettere di recitare una parte come ognuno di noi fa ogni giorno nella sua realtà. Volevo essere me stessa, la me stessa reale che ero nel sogno.

E anche se non ci sono riuscita del tutto, anche se spesso allontano ancora i miei mostri dalla memoria, non ho più bisogno che mi appaiano nei sogni per capire che quei mostri non sono altro che sembianze di me stessa. Tutti recitiamo una parte nella realtà, mentre siamo davvero noi stessi in sogno, senza limiti, inibizioni, pentimento.

Ho amato Demian, anche se molto spesso ha regalato le sue emozioni in modo esplicito molto più alle pagine di un libro che a me e ne sono stata gelosa, persino le volte in cui ci sono finita dentro. D'altronde amare uno scrittore molto spesso sottintende questo limite. Ti trovi capita più dal suo personaggio che dall'uomo che hai accanto e ti senti tagliare le viscere dall'esattezza con la quale ti descrive, anche se troppo spesso dietro la porta di casa devi fare i conti con i suoi silenzi.

Eppure, ogni volta che inventavo una scusa per smettere di innamorarmene, diceva o faceva qualcosa che mi rendeva impossibile l'impresa. D'altronde, un compromesso con l'insicurezza l'amore deve pur farlo per resistere intatto a tutte le tentazioni del mondo. In un mondo di sentimenti usa e getta, finiremmo altrimenti per credere davvero a quella balla che la felicità non esiste.

In uno di quei periodi in cui mi sentivo ancora una volta travolta dalla noia, una mattina, al risveglio, trovai un biglietto che mi fregò, come sempre:

Non costringermi a credere che la tua assenza sia più bella dei tuoi occhi.

Mi sento sempre la bambina di ieri.

Mi infilo ancora i Bucaneve nelle dita. Quando guardo quei biscotti alla fine mi sento come loro. Ruvida fuori, a sfidare con le mie elucubrazioni il senso della vita, e poi a ogni morso quel passo che ha sempre avuto la tentazione di scappare, di andarsene di nuovo, con la dolcezza di tornare poi ogni volta sempre a casa.

E per ricordare le parole di Demian, mentre agosto si fa settembre troppo in fretta mi accorgo che non mi dispiace poi tanto. Purtroppo non possiamo sceglierlo noi il momento in cui si rompono le cose, e nemmeno ripararle più. Qualcosa impazzisce, come una crema per dolci. Bastano piccoli errori accumulati, anno dopo anno. Atti mancati, parole non dette, silenzi pesanti, lacrime regalate a fogli di quaderno.

Ecco, in mezzo alle piccole cose che non dimentico, la mia confusione si fa così chiara, sono piccole cose ma più grandi di tutto. Devo averlo letto in qualche suo libro, già... è sempre per le piccole cose che ci si perde.

Scoprire d'improvviso che nelle nostre vite non esisteva più nessuna certezza assoluta di un domani né una sola speranza intatta di futuro assicurato, ma solo un profumo incerto di cose stropicciate, di cose difficili da difendere, un cuore feroce che sbranava i nostri battiti passati, che vedeva svanire le notti dei ricordi. Eravamo una promessa ancora da riscrivere.

2
Risvegli

Meg e Demian si erano conosciuti in ospedale, o meglio Meg aveva conosciuto Demian, mentre lui ancora non era nella condizione di conoscere nessuno. Era in coma semivigile, dopo un terribile incidente.

A Londra l'aveva spinta la curiosità. Molti mesi prima la vita le aveva regalato un uomo del quale si era innamorata. La prima volta lo aveva visto alla festa di compleanno della sua migliore amica Meli, quando viveva ancora a Torino. Unico dettaglio non trascurabile, Meli non aveva mai invitato George Cabot alla sua festa. Non lo conosceva neppure. Meg lo aveva semplicemente sognato. Si era addormentata e si era risvegliata la mattina seguente nel letto di Melissa. Peccato che quell'uomo speciale continuasse ad apparirle nei suoi sogni ricorrenti e che lei fosse perfettamente lucida e consapevole del fatto che lui fosse solo un sogno. Ma Meg voleva illudersi. Pretendeva che lui esistesse davvero, da qualche parte.

In tutti i momenti in cui lo incontrava, la luna era blu e, ogni volta che stava per svegliarsi, lottava con l'ostinazione dirompente di continuare a vivere all'interno del suo sogno. Aveva iniziato a vivere una vita parallela, quella reale era sempre più al margine, la relegava negli scarti del tempo.

Si era allontanata dalle sue amicizie, persino dalla sua amica Melissa. L'accusava di non capirla abbastanza, di non comprendere il suo sentimento. Pian piano i loro rapporti si erano fatti sempre più freddi, tanto che Melissa le aveva detto: «Il tuo sogno ti ha fregato la memoria», quasi per ricordarle che lei c'era sempre stata ma che in quel momento non poteva assecondarla nella sua follia, né darle ragione. Le aveva anche consigliato di cercare aiuto, di rivolgersi a uno psicoterapeuta, dopo che Meg le aveva confessato di essere incinta di George, all'interno del suo sogno. Meli si era spaventata, non voleva giudicarla, aveva soltanto capito quanto l'amica fosse fuori controllo. Meg le aveva risposto: «Quando le persone non sanno capire la tua mente, decidono che tu l'abbia persa irrimediabilmente».

Al suo cuore però lo confessava: "Esistono follie e follie ma la mia è recidiva". Pensava che il suo uomo-sogno le avesse salvato la pelle e invece non aveva fatto altro che alimentare una strafottenza ridicola nei confronti della vita vera.

Proprio grazie alla sua migliore amica era venuta a conoscenza dell'esistenza di un libro dal titolo *Blue Moon*. Inseguendo senza tregua l'ossessione del suo sogno lucido, Meg ormai rifiutava completamente la realtà. Viveva per sognare il suo George. Proprio grazie a Meli però era riuscita ad arrivare a una svolta. Era domenica. Si erano date come sempre appuntamento al Caffè Fiorio, per un aperitivo in centro. Meli le aveva portato un articolo del "The Times". Era loro abitudine leggerlo per allenare il loro inglese. Quando si erano incontrate, Meg l'aveva preceduta confessando alla sua amica di essersi un po' fissata con la storia del sogno lucido ma poi, grazie a quel ritaglio di giornale, era venuta a conoscenza dell'esistenza del libro. L'autore era finito in coma per un incidente.

L'incipit del romanzo era identico a una frase che le aveva detto George in sogno. Così era andata a comprarselo alla Libreria Internazionale. Leggendolo si era resa conto, attraverso una serie di *déjà vu*, che l'uomo che sognava non era altro che il personaggio del libro. Lo scrittore in coma era Demian.

Inizialmente si era disillusa. Aveva chiesto scusa a Melissa per il tempo sottratto ai loro momenti, aveva chiesto scusa a tutti i pop corn non condivisi e alle ore mancate in macchina a parlare del senso del film. Poi il pensiero di George aveva ripreso il sopravvento, era il loop a rimbombare, a scavare, a spaccare dentro. Era estasi e tormento. Voleva partire, raggiungere Demian per capire qualcosa in più su George. Magari non era solo un personaggio di fantasia e Demian nel descriverlo si era ispirato a un uomo fatto di carne e sangue. Non poteva negarsi un'occasione. La storia era la sua, voleva essere lei a decidere il finale. E lei sognava due che si addormentano vicini, due che hanno un'anima in comune, dove finisce l'anima di uno inizia l'anima dell'altro, condividono i sogni, e lì dentro non si può mentire, c'è l'inconscio, la parte più vera di noi. Lì fanno l'amore senza che una voglia sia considerata sconveniente e si dimenticano che anche in ogni orgasmo c'è una punta di dolore.

Ma poi aveva così tanta paura di desiderare qualcosa di reale – perché più desiderava più temeva di perdere – da cercare in tutti i modi di smorzare la sua urgenza di volere.

Esiste un mondo dove c'è tutto quel che vuoi. Ora su, coraggio, addormentati e fai sogni felici, così il drago si spaventa e non ritorna più.

Fin da piccola aveva sempre avuto un rapporto molto speciale con i sogni.

Quando Demian si era risvegliato dal coma, dopo che lei lo aveva accudito in ospedale senza quasi pensare ad altro, le aveva detto di essere più volte riuscito a percepirsi dal di fuori, al di fuori del suo corpo fisico, e di essersi anche potuto muovere nella stanza, mentre in realtà era nel letto, inerme, con lei lì accanto. Le aveva detto di averle anche fatto una carezza e di averla sentita parlare, anche se non poteva risponderle. Questo li aveva avvicinati molto e Demian con la sua comprensione le aveva tolto di dosso l'etichetta della ragazza "con qualche problema". Lui sapeva capirla. Lui sembrava credere alla possibilità di vivere esperienze extracorporee, alle teorie sui viaggi astrali.

Anche lei riusciva a percepirsi dal di fuori, a proiettarsi al di fuori del suo corpo. Meg fin da piccolina era abituata a non parlare con nessuno di quegli strani fenomeni che le accadevano. Ci conviveva e basta. Anche se i suoi sogni mantenevano una patina di irrealtà, lei era perfettamente cosciente di assistervi in modo lucido. Era addirittura in grado di pilotarli. Esercitava su di loro un potere e si allenava per riuscirci sempre meglio. Si metteva alla prova per ottenere risultati maggiori.

I sogni erano diventati il suo punto di riferimento, lì dentro si sentiva al sicuro, non le sarebbe potuto succedere niente di male perché non aveva responsabilità concrete, poteva essere tutto e il contrario di tutto. Addirittura formulava domande prima di addormentarsi e le scriveva su un piccolo quaderno che lasciava sul comodino. Lo rileggeva poco prima di provare a prendere sonno e chiedeva al suo sogno di darle le risposte tanto attese. I sogni non erano mai stati più duri della sua testa. Era il mondo reale che ai suoi occhi perdeva il suo carisma, non aveva fascino né solidità. Poteva essere spettatrice esterna o artefice di un desiderio e accogliere le sue stranezze. Nessuno l'avrebbe mai avvolta con le ombre del giudizio. Era una capacità innata che la rendeva strana ma anche straordinaria.

Per questo aveva creduto a Demian quando le aveva descritto il loro incontro come un appuntamento in un sogno condiviso. Non si erano mai incontrati né mai conosciuti prima. Avevano sempre vissuto in città diverse. Demian l'aveva convinta che fra di loro ci fosse stata una trasmissione di pensiero e che il personaggio del suo libro, quello che lei sognava, fosse stato il ponte fra le loro menti e le loro anime. Perché no? Perché non crederlo possibile? Il legame va oltre l'apparenza, è sostanza invisibile.

Meg aveva così deciso per la prima volta di dare a un uomo la possibilità di una storia concreta, senza scappare a gambe levate sempre un attimo prima della scelta. Si era trasferita a Londra a casa di Demian, lasciandosi dietro le poche certezze maturate negli anni. Adesso aveva quasi trent'anni ma non si era mai accorta di una cosa: nel suo trasferimento si era portata tutto ma si era scordata se stessa.

Ogni tanto recitava una preghiera, giusto quel minuto di malinconia per ogni dettaglio che sembrava mancarle. Tutto finisce allo stesso modo e così sia. Stava con Demian, ma al di là delle belle fantasie non lo conosceva affatto e lui non conosceva lei. E lei si stava perdendo gli anni più belli, quelli adatti a vivere irresponsabilmente. Incastrata in una pace monotona assisteva all'eclissi del suo cuore.

Quando Demian si assentava per ore, a lei non importava dove andasse. Non gli chiedeva niente di niente, non guardava mai il telefono. A volte lui le rimproverava il fatto di non avere mai un piccolo pensiero, un messaggio inaspettato, un sorriso a colazione. Fra di loro era già stato detto tutto. D'improvviso era scoppiato un temporale di disinteresse. Demian fingeva che non piovesse e Meg raccoglieva le gocce. La goccia che fa traboccare il vaso si prosciuga in fretta. Se non sposti il vaso dalla tua vita, è inevitabile, ci ricadi dentro. Ma lei portava addosso divinamente il suo distacco e non fingeva nemmeno che non le stesse bene. Era instabile e stanca, quasi fiera della sua apatia. Demian non le faceva mancare niente ma il suo pensiero ricorrente scavalcava le congiunzioni astrali, le affinità elettive, il *fil rouge*, i sogni condivisi.

Quando si chiude una porta è perché si aprono gli occhi. E lei ormai li aveva aperti e se n'era andata fuori da sé, abbandonando al suo interno una cattedrale in fiamme.

La sensibilità di Demian la vedeva come una debolezza. Ogni volta che lo guardava ridere immaginava gli occhi di chi doveva avere pianto molto, ma tutto quello che un tempo l'aveva attratta ormai le si ritorceva contro.

Lui, per la paura di perderla, non sempre rendeva esplicito il suo malessere e aveva quasi il timore di comunicarle le sue esigenze. Lei spesso lo considerava stucchevole. Si sentiva invasa dalle attenzioni. Lo accusava in silenzio di avere bisogno di lei, della sua presenza.

Quando le cose si detestano con tanto rancore interno, in realtà è qualcosa all'interno di noi stessi che detestiamo.

3
La luna blu

C'è stato un tempo in cui Demian veniva sempre a riprendermi. Tutte le volte che andavo via per qualche giorno e poi tornavo a casa, era come inaugurare nuovamente il suo sorriso, ogni volta come la prima volta. La sua festa interiore è stata sempre e solo per me. Anche in quelle giornate in cui mi diceva di aver perso l'ispirazione, perché era troppo impegnato a vivere la vita insieme a me.

Per molti anni ho avuto l'ambizione di stravolgere la mia natura, di cambiarmi a piacimento tutte le volte che volevo, come nel bel mezzo di una sfilata di alta moda. Allora me la strappavo di dosso quella vita senza sogni, come un vestito cucito male. Ero la ragazza cattiva, quella che strusciava la bocca su un bicchiere rotto e si leccava le labbra compiaciuta, sporche di sangue e vodka. E se volevano venire a salvarmi, lasciavo il bicchiere sul tavolo e chiamavo un taxi per levare le tende.

La mia vita è sempre stata condita da estremi elementi di lotta e la felicità mi è sembrata assurdamente sempre noiosa e banale, l'ho demonizzata e distrutta per riavere ogni volta quel pathos di cui ho sempre avuto bisogno per sentirmi viva.

Avere una vita perfetta è l'ambizione di tutti e ci ho provato a desiderarla così, ma poi, ogni volta che mi avvicinavo a un'idea di perfezione, mi rendevo conto che non era la mia vita, quella lì. La guardavo dal di fuori, come in un sogno, ma al risveglio non la rimpiangevo affatto, anzi, non era poi così speciale, non era quello che volevo.

Sono nata nella lotta, sono amante del conflitto, devo avere paura di perdere e solo in questa strana zona di apparente disagio posso capire con certezza che non desidero andarmene. D'altronde sono cresciuta con Emily Brontë e con il mito dell'amore di *Cime tempestose*.

Il tempo si nasconde e da lì resta a guardarci sfiorire, ma tutte le notti importanti sono docili, perché non hanno bisogno di essere addomesticate per farsi ricordare.

Ogni tanto, più o meno inconsciamente, devo aver ricordato a Demian tutto il percorso fatto per arrivare fino a lui. Sono stata un'ingenua, non lo nascondo.

Quella sera ormai lontana anni luce, durante la festa di compleanno della mia miglior amica Melissa, ho creduto di aver incontrato un uomo stupendo. Amore a prima vista, si potrebbe definire così, visto che al giorno d'oggi a tutto viene messa un'etichetta per incasellare i sentimenti come prodotti. Mi sono fatta risucchiare nella spirale del mio assurdo sogno lucido. Con George ero convinta di aver trovato un uomo meraviglioso e di aver visto insieme a lui fuori dalla finestra una straordinaria, vicina, immensa luna blu.

Che sciocca. In realtà quella sera mi ero semplicemente addormentata dopo aver bevuto troppo. Già! Tutto il romanticismo si era dileguato ancor prima di annunciarsi, ma cosa ne sapevo? George mi si è presentato in sogno e mi ha permesso di guardare la luna attraverso un colore sconosciuto. La nostra luna era blu e non avrei potuto vederla così con nessun altro. Insomma, lui non esisteva e ho solo insistentemente continuato a sognarlo, avvolta nelle mie nuvolette di fantasie. Volevo trovarlo, vivo, reale, presente nel mio domani, e niente, davvero niente a confronto avrebbe potuto competere con lui.

Era solo una misera patetica fissazione, una mania. La tragedia principale della mia vita è stata sempre quella di scappare dalla realtà attraverso la porta di qualche alibi. Quale miglior soluzione di un sogno? Fuggire dal nostro modo di essere significa dare così tanto potere al nostro modo di essere da non concedersi la possibilità di cambiare più.

Oggi mi fa paura questo: non essere in grado di scappare dalla mia identità. Ma forse proprio per questo ho scelto l'uomo che ha creato il personaggio di George, raccontandone la storia in un romanzo.

Sembra assurdo ma di Demian non so molto, anche se ho vissuto con lui due anni. Dopo quel maledetto incidente ha dimenticato molto della sua vita. Non conosco quasi niente di lui e non ho alcun legame con qualcosa del suo passato. Non ho mai conosciuto nessun parente, nessun amico, nessun dettaglio sulla sua infanzia. O forse Demian vive nel costante rigetto del suo dolore. La malinconia è il suo stato d'animo primario. Ho come l'impressione che qualcosa di molto doloroso lo perseguiti. Ogni cosa memorabile resiste anche quando non lo sappiamo. Persino se i nostri ricordi vacillano.

A volte sono sembrata assente, ma non credo sia giusto prendersi con la forza le parti di qualcuno che non vuole concedersi. Non riesco neppure a pensare a un desiderio utile da regalargli, un desiderio da realizzare. Per tanto tempo mi sono accontentata di un sogno e quindi avrei voluto essere all'altezza dei suoi sogni. Per essere all'altezza dei suoi sogni, avrebbe dovuto lasciarmi guardare nei suoi occhi. Invece non sono mai riuscita a oltrepassare la superficie, così mi sono messa in disparte. Magari anche questa è una delle mie tante contraddizioni: voglio con tutta l'anima e poi scappo. Ma se sapere chi sia nel profondo la persona che ci vive accanto non ci riguarda, cosa finiamo per essere poi? Viviamo vicini e ci amiamo da sconosciuti, ecco tutto. Per quanto tempo è possibile restare, così?

Negli ultimi tempi, quando dalla finestra filtravano le prime luci del mattino e ci accingevamo a intraprendere le nostre faccende quotidiane, mi sembrava già di percepire una sera annoiata: il campanello che suona, due parole in croce prima di preparare la cena. Uno sconforto improvviso mi cadeva nel cuore e lo raffreddava. Un'apatia preventiva mi tormentava la mente.

Da quando abbiamo deciso di vivere insieme, non ho mai lasciato questa casa e mai soprattutto ho pensato di doverla abitare senza di lui. Diverse volte ho chiesto a Demian come potesse permettersi questo appartamento al 3 di Chalcot Square. Primrose Hill è una zona molto *glamour* a Londra. Non ho mai ricevuto una risposta precisa. Mi ha detto che questa casa non voleva acquistarla nessuno, perché ci si era suicidata la poetessa Sylvia Plath, infilando la testa nel forno. Ho finto di crederci, ma mi sono dilettata a tradurre le sue poesie e conoscevo già la sua vita. Dopo aver rotto con il marito Ted Hughes, tornò a Primrose Hill e si trasferì in quella che era un tempo la casa verde menta di Yeats, in 23 Fitzroy Road. È letteralmente a un isolato di distanza da questa casa, a Chalcot Square. Fu lì che ormai sola e in preda alla sua depressione mise al sicuro i suoi figli, dopo avergli preparato con cura la colazione, e si tolse la vita.

Il giorno prima che Demian sparisse abbiamo fatto l'amore per evitare l'urgenza di parlare. Gesti a commuoversi, a confondere la realtà, un sottile strato di polvere danzante fra i sensi.

Mi teneva le mani sui fianchi, poi mi passava un dito lungo la colonna vertebrale, una linea profonda, pungente, in grado di farmi sobbalzare e ignorare il mio dolore. Mi spogliava dell'anima ed ero davvero nuda dentro di lui. La sua pelle si fondeva con la mia, l'alito con la carne, e noi due non appartenevamo più a noi stessi, eravamo incollati al fluido che ci cresceva addosso. Eravamo il sudore di tutti gli attimi infiniti che possiedono lo spazio, eravamo lingue a esplorare territori di sensazioni e infine orgasmi di anime intrappolate in una stanza, con un controsoffitto innamorato della sua assurda pretesa di essere cielo. Profumavamo d'eterno, mentendo alla verità.

Ricordo l'odore di quella notte. È rimasto intriso nel tempo, un odore che nessuno potrà mai strapparmi di dosso, neppure se dovessi amare ancora dieci o cento persone. Ci proveranno, a cancellare quell'odore dal corpo. Ci proverò anche io, ma quell'odore è il materiale su cui tutta la mia intera storia è stata scolpita.

La memoria cancella i giorni senza emozioni mentre imprime indelebile ciò che ci ha cambiato la vita. Qualcuno lo chiamerebbe l'odore della fine, e invece no. Demian voleva evitare che io quella notte vedessi ancora in faccia la solitudine, voleva che la paura mi annegasse dentro.

Demian mi ha salvata. Me ne rendo conto ora che sono qui da sola. Ha puntato tutto su di me, più di quanto sia lecito aspettarsi da qualcuno, eppure questo in qualche modo mi ha sempre disturbato. Non voglio sembrare irriconoscente. È una tale ingiustizia, quando ti accorgi che qualcuno lo è con te. È che so così poco di lui alla fine, e nel mio cuore il suo amore è un insieme di pezzi incompleti, una moltitudine di schegge impazzite che hanno colpito il mio sogno a distanza e lo hanno svegliato quasi senza ragione per dargli una realtà migliore. Ma è davvero così?

Faccio sempre finta di non farcela, metto le mani avanti, almeno nessuno mi chiede niente, da me non ci si aspetta mai nulla e così non rischio mai di perdere qualcosa. Me lo sono sempre ripetuto spesso: si può essere felici anche così, andando sempre via.

Quando la tua storia funziona ti verrebbe voglia di prenderti la tua rivincita chiamando l'ex che ti ha fatto soffrire per dirgli che non era affatto vero che lo amavi, era solo che non avevi mai provato qualcosa di meglio, che sai che aveva ragione Bukowski quando scrisse: "Come fai a dire che ami una persona, quando al mondo ci sono migliaia di persone che potresti amare di più, se solo le incontrassi?". E che finalmente tu l'hai incontrata e non era lui? Insomma, ti viene voglia di ritrattare i tuoi sentimenti passati in virtù di un sentimento assoluto.

Non posso dire di essermi innamorata di Demian a prima vista, perché a lungo sono stata distratta da un sogno. Con lui non è stata quella tempesta emotiva dalla quale non puoi più uscire e che poi si placa senza pietà, lasciandoti ai postumi del tuo tsunami un po' più disillusa e alle prese con le discussioni per il tubetto di dentifricio spremuto a metà.

È stato un sentimento cresciuto pian piano, fatto di essenza d'intimità. Avevo la sensazione che nessuno sapesse niente di lui, che non fosse mai esistito niente prima di noi. Il suo risveglio dal coma aveva annullato qualsiasi confronto col suo passato dimenticato, e questo adesso mi spaventa. Ora che sono sola in questa casa mi chiedo: e se avesse semplicemente compreso che alla fine questo sentimento non era poi niente di così speciale?

4
Prima di ogni cosa

Un giorno d'improvviso si ruppe la lavatrice e rimasero a centrifugare solo i loro pensieri e le aspettative di anni prima. Tutto si rompe davvero così senza preavviso? O forse i segnali ci sono ma si finge di non vederli. Si fa un patto con la superficie per evitare di scavare a fondo.

Meg sbatté così forte la porta del bagno che non rimase neppure un dubbio intrappolato nelle pareti sul suo grado di frustrazione momentanea. Demian invece restò accanto alla maniglia che si era staccata, cercando di rimetterla a posto in modo maldestro. Si chinò a terra per ritrovare le due piccole viti.

«Lascia perdere. Tanto quella porta è da buttare!» urlò Meg dalla cucina.

Ma Demian non smise di cercare fino a quando non ebbe ritrovato le due viti. Non si arrese, anche se nel cuore gli era piombata una tristezza assoluta. Non certo per la maniglia, ma per i modi con i quali Meg gestiva le sue arrabbiature, scaricandogliele addosso come se fosse lui stesso una guarnizione rotta della lavatrice.

L'aveva risistemata con cura.

Nessuno dal di fuori può misurare quanta tristezza è in grado di contenere un cuore e quanto senso di costrizione poi può sopportare.

Demian non desiderava far soffrire Meg e per non darle un dispiacere lo prendeva con sé. Lo caricava sulle spalle per evitare che lei ne portasse il peso e nel frattempo il dispiacere prendeva vita e camminava come avesse due gambe, due occhi, un respiro autonomo e si accomodava dentro di lui, prendendo lì la sua residenza preferita. Si svegliava nel cuore della notte e gli sembrava che la sua notte non avesse un cuore ma che occupasse gli spazi del suo, lasciando che gli precipitassero dentro solitudine e paure. Avrebbe voluto provare la sensazione di sentirsi indispensabile per Meg, invece lei lo confondeva facendo sì che lui sentisse sbagliato desiderare quella sensazione. Perché lei diceva che ognuno dev'essere completo da solo, che deve salvarsi da solo, che dev'essere in grado di badare a se stesso e che tutto è più o meno sostituibile.

Eppure quella sensazione aleggiava nell'aria, quasi fosse un angelo preoccupato per la sorte delle sue piccole ali. Lui amava Meg controcorrente rispetto alla speranza di un cambiamento.

Qualche tempo prima era accaduta una cosa che lo aveva turbato profondamente. Era stato accusato di plagio, e anche se cercava di tenere per sé la sua inquietudine e di risparmiare a Meg problemi in più, la situazione lo stava affossando.

Il suo secondo romanzo, a cui aveva lavorato già prima dell'incidente, era stato pubblicato da un nuovo editore, dopo che Penguin, la casa editrice di *Blue Moon*, inspiegabilmente glielo aveva rifiutato, nonostante ci fosse già un contratto firmato. Pochi mesi dopo l'uscita in libreria Demian si era ritrovato sui giornali. Un articolo del "New Statesman" insinuava che il suo romanzo fosse pressoché identico al libro di un esordiente lanciato alcuni mesi prima da Penguin, il suo vecchio editore. Quella lettura lo aveva fatto piombare in uno sconforto antico.

Aveva smesso presto di ingannare la solitudine. Fin da ragazzino aveva capito che essere amico di tutti significava non essere amico di nessuno e aveva preferito accompagnarsi alla sua solitudine piuttosto che cedere ai compromessi dell'ingiustizia. Così da sempre si svegliava al mattino lavandosi una sola faccia.

Gli parve chiaro che Turner avesse voluto fargli uno sfre-

solo quell'accumulo di momenti in cui si erano lasciati ferire l'uno dall'altra, senza ribellarsi, senza fare niente. La disillusione li aveva convinti a non credere più in niente, a non avere più emozioni, e non c'era nulla di più spaventoso che ricevere come uno sparo sulle proprie certezze una sensazione così.

Ogni tanto si guardavano negli occhi, quasi a voler nascondere la verità. Occhi fissi dietro un velo di parole impronunciabili. Erano forse due sconosciuti e nessuno dei due fino a quel momento aveva mai sospettato dell'esistenza dell'altro? O si erano lasciati semplicemente uccidere dalle reciproche paure? Si erano ritrovati oltre la porta di casa solo una falsa intimità? Quella scontata della pace che ogni volta si fa col sesso, senza una vera condivisione? Cosa sapevano davvero delle loro scelte?

Se in quel momento Meg avesse chiesto a Demian quale fosse per lui il ricordo più importante da salvare nella loro storia, lui glielo avrebbe saputo dire?

"Cosa salverei di noi, Demian? Lo sai? Lo sai o no? E cosa salveresti tu? Lo so io? Forse no. Sarebbe lo stesso ricordo? E capiresti tu che in ogni caso è meno importante salvare lo stesso ricordo piuttosto che sapere cosa ognuno di noi due salverebbe di noi?"

Demian si toccava la barba e la guardava con aria pacifica, un po' malinconica e non sapeva niente di quella domanda segreta. O forse sì. Forse era un tacito accordo, il loro. Giaceva nel cuore, confezionato all'interno di una certezza mimetica.

Solo un'ora per arrivare alla piccola stazione ferroviaria. Meg scese per prima guardandosi intorno. Alzò la testa e i suoi occhi furono accolti da un tetto di ferro e vetro in stile vittoriano.

«Assomiglia a Paddington, non trovi?» osservò voltandosi verso di lui. Ma Demian non c'era.

Le porte si chiusero e il treno ripartì. Lo vide camminare lungo il corridoio del vagone, lentamente. Era risalito.

Meg rimase come di sasso. Una traccia di sole le sfiorò il

viso ma un colpo di vento le scoprì il cuore e un gelo improvviso le ricoprì ogni pensiero, innevandolo.

Quando ti si scopre il cuore puoi coprirti fuori quanto vuoi. Solo certi abbracci sanno mettere fine al freddo di certi inverni dentro.

Un sentimento indefinito la costrinse a rimanere immobile, quasi potesse trattenerla con la forza. D'improvviso un suono, poi la paura, l'incertezza. Infilò la mano nella borsa per prendere il cellulare. Un messaggio di Demian:

Ehi, Bae. I'm sorry.

Solo questo, nient'altro. "Scusami", soltanto. Nessuna dolce o bastarda spiegazione.

"Bae" era il nomignolo che usava Demian ogniqualvolta le inviava un messaggio sul telefono. Un termine affettivo inglese, acronimo di *before anyone else*, "prima di ogni cosa". Nel Regno Unito si usava spesso fra i ragazzi al posto dell'ormai fuori moda "amore" o "tesoro".

Meg provò a chiamarlo mentre fra sé e sé continuava a interrogarsi: "Ho fatto qualcosa di brutto? Perché non me l'hai detto?".

Il telefono continuava a squillare senza alcuna risposta.

Ti prego, rispondimi! Meg compose nuovamente il numero ma per ogni squillo la speranza si affievoliva lasciando spazio a un cocktail con un tasso micidiale di solitudine, rabbia e disperazione. Lo mandò giù come quando si paga pegno per una scommessa persa.

Tentò di rispettare l'assurdità commessa da Demian ma in quel momento sentì di odiarlo nel profondo e, se fosse stato possibile, di essere in grado di strappargli a morsi un lembo d'anima.

Forse avevano voluto ignorare entrambi. Erano rimasti disillusi con facilità, perché l'amore in origine promette cose diverse. Promette di non farci mai conoscere la noia. Promette di risparmiarci parole crudeli, di non infrangere le emozioni, di sfidare gli imprevisti, di rifiutare le conseguenze.

Così Meg era lì, sulla soglia della sua incapacità di accettazione. Osservava la stazione e ovunque vedeva il volto di Demian riflesso oltre le immagini. Sola in mezzo alla confusione, sentiva il frastuono di quei silenzi che sanno far sembrare ingiusta ogni cosa.

L'unica soluzione le pareva quella di riprendere un treno per tornare indietro e di rinunciare agli otto chilometri di lungomare, al faro di Brighton, ai palazzi in stile Regency. Guardò l'orologio della stazione. Le lancette spostarono il suo sogno di un minuto, e dal tetto le cadde addosso quasi per pungerla e riportarla all'ordine.

Acquistò un biglietto per tornarsene subito a Londra.

5
Fra la folla delle incomprensioni

Non telefonò mai a Demian durante l'ora del viaggio. Si sentiva addosso soltanto il peso dei giorni, e fuori dal finestrino li vedeva scorrere uno per uno. Arrivavano a toccarla dappertutto in maniera prepotente e lei era quasi in stato confusionale. Non sapeva se accettare o rifiutare tutta quell'invasione di pensieri.

Non esiste una scienza assoluta a spiegarci l'amore. Sono spesso solo un insieme di speculazioni astratte che ci insegnano a credere agli oroscopi, ai viaggi astrali, alle affinità elettive. Una scienza priva di ogni fondamento e di razionalità che scienza sarebbe? Ogni persona è un mondo in miniatura che percorre un cammino simile ma incerto fino alla fine. Una mite incertezza che va schiarendosi.

Come un automa arrivò davanti alla porta di casa immaginando soltanto una serie di ipotesi, dalle più normali alle più bizzarre.

Infilò la chiave nella serratura, nella speranza di trovarlo dall'altra parte. Entrò e si chiuse la porta dietro le spalle. Tutte le luci erano spente. Demian non c'era.

Poi di colpo vide un paio di Alexander McQueen consumatissime, sistemate accanto alla porta del bagno. Erano le stesse scarpe che Demian aveva indossato per andare a Brighton. Quindi doveva essere per forza tornato a casa prima di uscire ancora. Allora si fece coraggio e provò a chiamarlo al telefono. Pochi squilli, nessuna risposta.

In quel momento le sensazioni di Meg si intrecciarono per dare forma a qualcosa di nuovo. Era davvero delusa e arrabbiata stavolta, ma era anche così confusa sul da farsi da avere la mente sottosopra.

Si chinò e toccò le scarpe di Demian. I lacci da bianchi erano diventati neri, le suole ormai consumate verso l'esterno. Quanta strada aveva fatto insieme a lei con quelle scarpe... Significava questo? La fine. Una fine qualsiasi. Questo soltanto? La decisione di sfidare la sua ingratitudine per quello che diceva di aver fatto per lei? In fondo con quel gesto non faceva altro che rinfacciarle tutto ciò che nemmeno per un secondo le aveva mai fatto pesare. Era stata lei invece a far pesare a Demian l'irritazione nei confronti del mondo che si portava dentro. Una rabbia profonda legata a un trauma che aveva sempre preferito ignorare. Tutte le sue fantasie di amore perfetto erano state sempre in contraddizione con il mito della sua indipendenza. Usava inconsciamente quel dolore contro di lui, sbattendogli in faccia il fatto che avrebbe benissimo potuto farcela da sola.

D'altronde era sempre stato così. Lei era costretta a farcela da sola. Aveva imparato a badare a se stessa, fin da quando era piccolina. A livello intellettivo aveva sempre appreso le cose in modo molto rapido. Ma quando si trattava di comprendere ciò che provava sul serio era quasi analfabeta. Tracciava dei confini invisibili, un rifiuto a qualsiasi possibilità, persino a quella di riconoscerli.

Alla fine, l'amore che ci aspettiamo per tantissimo tempo da qualcuno possiamo trovarlo in un minuto con qualcun altro. Una donna che magari sognava di avere addosso le labbra di Demian, mentre lei della forma delle labbra di Demian nemmeno se ne accorgeva più. Solo quando ci abbandonano proviamo amore? Un amore viscerale che si spoglia del suo orgoglio e si butta a terra così, e lo imploriamo di scoparci l'anima, di fotterci ancora, ancora e ancora di meraviglia.

Girando per casa spaesata entrò nella loro stanza. Le cadde lo sguardo sul letto sfatto. Lasciò scorrere le mani sul copriletto e toccò delle chiavi mai viste prima.

Le prese. Sul portachiavi c'era un indirizzo. Forse Demian aveva preventivato tutto. Gliele aveva lasciate apposta? Inseguendo la sua teoria, fra le increspature della sua mente, decise di uscire subito. Non era abituata a gestire i tempi morti, il suo equilibrio interiore non glielo permetteva davvero quasi mai. Lei stessa si definiva una donna poco gestibile e in questo modo aveva l'alibi per chiudersi all'interno della sua armatura. Aveva passato la sua vita a difendersi dall'amore, quasi fosse un nemico invisibile da tenere fuori dalla trincea. Aveva accarezzato per anni il deserto dei Tartari. E adesso? Cosa se ne sarebbe fatta di tutta quella sabbia interiore?

Meg scese alla fermata di Gloucester Road. Si soffermò un attimo a guardare il Bar & Circle e si avviò in direzione dello studio di Demian. Incrociò il Flowers Inc, un meraviglioso negozio di fiori che le riportò la mente all'immagine di un mazzo di rose rosse e blu che Demian le aveva comprato in Columbia Road.

Mentre camminava con passo deciso vide una cabina telefonica adibita a caffetteria. Si fermò e sbirciò dentro con una speranza inutile e ridicola. C'era solo un ragazzo gentile che aveva avuto un'idea brillante e da lì dentro faceva e vendeva il caffè.

Si ricordò di un vecchio scritto di Demian:

"I veri amori sono in via d'estinzione come le cabine telefoniche. Però in qualche angolo del mondo ancora esistono e ancora funzionano."

La radio di un bar trasmetteva Sam Smith e lei seguì la canzone fin quando fu troppo lontana per sentirla ancora. Allora slacciò un bottone al suo vestito *rainbow* e dopo pochi minuti si rese conto di essere arrivata a destinazione.

Si trovò davanti a un imponente palazzo vittoriano. Alzò gli occhi e lo guardò con inquietudine. Prese le chiavi dalla borsa e, confusa per il tempo di un attimo, si rese conto che il portone era già aperto. Cercò sul citofono il cognome di Demian ma fra tutti i nomi il suo non c'era. Riguardò più volte seguendo tutte le targhette con il dito ma non riuscì a scorgerlo.

A chi avrebbe potuto chiedere e per quale ragione avrebbero dovuto darle spiegazioni? A che titolo?

Demian avrebbe potuto anche avere un secondo mazzo di chiavi ed essere proprio lì dentro, perché no?

«Buongiorno. Posso aiutarla?»

Meg si girò di colpo e vide davanti a sé una donna che aveva un abito molto simile al suo. Poteva avere qualche anno più di lei. Si guardarono, e spontaneamente entrambe sorrisero.

«Abbiamo gusti simili, a quanto pare» osservò Meg.

«A quanto pare sì. Mi piace scovare cose particolari senza spendere una fortuna.»

«Westfield Stratford City?»

«Esattamente.»

«Un posto per tutti i tipi di tasche, soprattutto per le mie! Approfitto della sua gentilezza per chiederle un'informazione. Ho un appuntamento con il dottor Sinclair. Purtroppo non mi risponde al telefono. Sa per caso a che piano posso trovarlo?»

«Sì, certo. Perdoni la mia sfacciataggine. Lei è italiana?»

«*Touché*. Pensavo di essermi liberata del mio accento. Le apparirò ridicola, allora. Sono Margherita Fratangeli, per tutti Meg.»

«Piacere, Meg. Io mi chiamo Evelyn Turner. Sono una psichiatra e vado spesso in Italia. È un che adoro... solo questo. Comunque lo studio è al primo piano.»

«Grazie infinite. Spero sia già arrivato.»

«Viene su con me?» Evelyn aprì la porta dell'ascensore guardando Meg in modo gentile.

«No, grazie, salgo a piedi.» Meg sorrise, mentre si ritrovò faccia a faccia con un'ansia improvvisa. Salì nervosamente le scale e guardò le targhette con i cognomi attaccate alle porte. Il cognome Sinclair non compariva su nessuna delle tre porte, ma su una non c'era alcun nome. Si convinse del fatto che fosse quella giusta. Si avvicinò per sentire se ci fossero rumori all'interno. Poi timidamente infilò la chiave. Alla serratura non erano state date mandate e si aprì subito. Richiuse la porta alle sue spalle e timidamente a piccoli passi iniziò a osservare l'interno.

Non c'era nessuno. Accese la luce. La spense e la riaccese più volte. L'ambiente era piccolo e completamente bianco: una cucina, una living room con un piccolo camino in pietra a forma di ferro di cavallo e una stanza da letto. In terra un parquet naturale e un tavolino tondo con sopra un iMac. Di lato una piccola libreria con pochi libri all'interno. Era un appartamento, più che uno studio professionale.

Si domandò come mai Demian non le avesse mai parlato di quel posto, né mai avesse sentito il desiderio di mostrarglielo, nemmeno una volta. La sua omissione le sembrò un boomerang capace di tornare indietro oppure no, e di restarsene impigliato altrove, in qualche inganno.

Non era mai stata una scocciatura per lui. Quando aveva bisogno d'ispirazione poteva andarsene dove più avesse voglia. Proprio lei, così libera da ogni costrizione, sentì una profonda lacerazione nel suo orgoglio. Quella scoperta la ferì quasi quanto l'abbandono subito.

Andò in cucina e aprì il frigo per capire se Demian fosse passato di là di recente, ma c'era giusto qualche bottiglia di Samuel Smith.

Meg si sentì come una ladra che profanava un ambiente senza consenso. Continuava ad aggirarsi in quei quaranta metri quadri sconosciuti, domandandosi chi fosse l'uomo con il quale aveva vissuto per due anni. L'uomo che aveva fatto sempre di tutto per riconquistarla. L'uomo che non si era mai dimenticato una volta di farla sentire speciale.

Demian glielo diceva sempre: "A uccidere l'amore sono tutti gli attimi di noncuranza. Non pensarti nelle piccole cose. Non guardarti più con quella dolcezza misteriosa quando mi sei davanti, mentre siamo seduti nel ristorante più figo di Londra o in un bar qualunque. Dimenticarmi di prenderti la mano mentre sono fermo al semaforo. Oppure smettere di baciarti ai semafori rossi. Non dovremmo mai smettere di baciarci ai semafori rossi. Non desiderare più il tuo tempo. Non ascoltarti mentre mi parli. Non portarti mai un regalo a caso, senza una ricorrenza precisa. Non stupirti più con una sorpresa. 'Cosa si festeggia?', 'Niente, amore'. Festeggiamo anche il niente insieme e lo facciamo sentire un tutto. O ancora farti sentire scontata come il vestito in saldo di una vecchia collezione, un oggetto d'arredamento in disuso. Si sprecano milioni di parole per definire la fine di un amore ma la parola noncuranza sa racchiuderle tutte".

Si avvicinò alla libreria e fra quei libri scivolati l'uno sull'altro vide il romanzo di Demian *Blue Moon*. Lo aprì. In prima pagina c'era una dedica scritta a penna:

A George,

che tutto l'amore che ho dato a Sam possa accompagnare il tuo mondo.

Ho guidato le mani sperando di incrociarti magari un giorno in un posto più giusto, e magari guardando i tuoi passi darò un senso al rumore dei suoi che mi camminano dentro.

Meg riempì i polmoni e trattenne l'aria. Strinse il libro fra le mani e turbata entrò nella camera, lasciandosi cadere sul letto come un peso senza forma. Strinse fra le braccia il suo consenso nuovo. Nessuna redenzione le accusava gli occhi. Li chiuse per un attimo. Chi era questa Sam? Come mai Demian non gliene aveva mai parlato? Qual era il senso di quella dedica?

Forse come al suo solito si era costruita una storia nella storia. Aveva deciso come sarebbero dovute andare le cose, infilando in una soffitta interiore tutte le lacune profonde del suo rapporto con lui. Sentì espandersi di colpo una profonda delusione. Si accorse che a piccole gocce le aveva già scavato l'anima. Raccoglieva con gli occhi tutti i suoi dubbi e, nonostante l'assenza di chiarezza, continuava a rivolere Demian accanto a sé.

La mancanza attiva i rimpianti, il tempo perduto (inutilmente) ha una bocca capace di sbranare.

Afferrò il telefono e scorse la rubrica.

«Pronto… Melissa…»

«Meg, ma quanto tempo! Come stai?»

«Insomma. Demian è sparito.»

«Sparito? In che senso?»

«Stavamo andando insieme a Brighton per fare una gita al mare. Quando sono scesa dal treno non c'era più. Mi sono guardata intorno. A un certo punto mi è sembrato di vederlo risalire sul treno e passeggiare nel vagone. Ero frastornata. Il treno è ripartito e sono rimasta lì ferma. Ho visto un pezzo della mia vita sfrecciare via e io fuori dal vetro. Girava tutto intorno a me e io così, impietrita. Non ricordo quanto tempo sia potuto passare. Sono rimasta rigida come se non potessi più muovermi. Le persone mi urtavano e io là, una spettatrice che osserva la sua vita andarsene senza fare niente. Poi d'improvviso un suo messaggio: "Scusami...". Nient'altro. Quando sono riuscita a muovermi mi sono fermata davanti a Millie's Cookies e ho provato a chiamarlo. Il suo telefono squillava ma non mi hai mai risposto. Ho provato così tante volte...»

«Ma scusami, Meg, cosa è potuto succedere? Tu vivi a casa sua. Tornerà.»

«Non so, ho una strana sensazione... Da un po' di tempo non era più lui.»

«Hai chiamato la polizia?»

«E cosa gli racconto? Che è risalito sul treno e si è dileguato con un messaggio? Dovrei farmi prendere per stupida?»

«Se non vuoi restare a Londra puoi venire da me.»

«Sei un tesoro, Meli. Ne approfitterei anche per andare a trovare mia madre...»

«Certo Meg, fai come vuoi. Il tuo letto a castello è sempre pronto. Ricorda quello che ci dicevamo anni fa: spesso ci ostiniamo a tenere in piedi cose che non hanno avuto la forza di sfidare il vento. Ci mettiamo noi controvento a camminare al loro posto. Ma l'amore non ha bisogno di essere convinto, l'amore è sicuro di sé. Per cui forse non è amore, per cui forse meritiamo altro vento. Per ogni sogno che va a puttane ce n'è sempre uno che resta.»

«Tesoro mio... Mi sembra sia quasi un'altra vita.»

Meg d'improvviso sentì suonare alla porta. Senza rimettersi le scarpe attraversò l'ingresso in punta di piedi. Toccò l'interruttore ma la luce non si accese. Guardò il pavimento e le sembrò non fosse stabile. Faceva fatica a camminare ma si trascinò in modo disordinato fino alla porta di casa. Era chiusa, poi aperta. Davanti alla porta vide Meli con in mano delle chiavi.

«Dai, andiamo! L'unico momento in cui hai il sacrosanto diritto di non affrontare i tuoi problemi è quando guidi l'auto e acceleri per non pensare più a niente! Questo almeno ogni tanto è un lusso che dobbiamo concederci. È una tregua fra noi e la vita. Guido io, lo so che tu hai paura di addormentarti in macchina. Tanto a te è sempre piaciuto cambiare la stazione radio di continuo.»

«Meli, ma che ci fai qui?» Meg la fissò. Dopo qualche secondo fece i conti con la sua realtà mentale. Vide il sorriso di Meli sfocarsi in dissolvenza e poi tornare. La sua vista disturbata si soffermò sull'orologio che aveva al polso, lo guardò più volte a distanza di qualche secondo. L'ora cambiava continuamente. Il test di realtà aveva funzionato. Si ricordò che con Meli non si sentivano più da tempo. Le mancava. Si erano allontanate per un motivo stupido. Continuò a fissarla. I suoi occhi non volevano mollare la presa, aveva urgenza di godere ancora un po' della sua compagnia, ma ancora una volta la perse, fra la folla delle incomprensioni. Sullo sfondo il lungo Po, la sua Torino magica e lontana; sulle braccia vene in evidenza, flussi di vita di strade simmetriche a riportarla alla realtà.

Era sveglia adesso. La sua improvvisa lucidità rischiò di caderle addosso e di ferirla.

Sentì di nuovo il campanello. Si incamminò verso la porta. Si accorse del monitor interno. Al di là della porta chiusa c'era Evelyn, la donna incontrata prima.

«Demian? Demian, ci sei? C'è posta per te. È finita nella mia cassetta delle lettere. Te la metto sotto la porta!»

Meg vide la busta scivolare lentamente. Guardò l'ora più volte. Erano le nove di mattina, aveva trascorso lì tutta la notte. Aveva dormito così tanto senza accorgersene.

Di Demian ancora nessuna traccia.

L'assenza è una presenza di schiena. C'è. Riempie lo spazio, ma non ti guarda mai.

C'è una parte di noi che conosce perfettamente i tempi e i modi di ogni relazione. Li declina al nostro posto e compone già tutti i pezzi d'intuizione che non abbiamo ancora avuto modo d'incastrare. Sa quando qualcosa è finito. Sa quando i legami non sono recuperabili. Sa quando si sono spezzati, anche se ci accaniamo nel provare a rincollarli in modo casuale.

Meg fece finta di nulla e rimase in silenzio. Non aprì ma capì che Demian e Evelyn dovevano conoscersi abbastanza bene. Si lasciò scivolare di schiena lungo la porta di casa. Sentì un rumore di passi allontanarsi e Chris Martin cantare da qualche appartamento adiacente. Le bastò qualche attimo per mettere a fuoco il momento. Prese la posta di Demian e la infilò distrattamente nella tasca della borsa. Poi iniziò a scrivere sulle note del suo telefono:

Non so dove tu sia. Forse volevi solo scappare da me.
Ho molte cose da risolvere, Demian, è vero. Dentro di me, intendo. Non è colpa tua. Ma mi sono sentita spesso sola qui. Anche io a volte non sono stata bene e non te ne ho parlato. Non conosco nessuno, o meglio, gli unici rapporti che ho sono rapporti di lavoro. Probabilmente abbiamo sbagliato entrambi, eppure non mi sembra questa sia la soluzione.
Forse dovrei riprendere a farmi aiutare da uno psicoterapeuta, ma faccio sempre il solito errore di pretendere che risolva tutti i miei problemi al mio posto e comincio a odiarlo. La verità è che non mi sono mai capita e non ho mai capito cosa m'interessasse davvero. Sono sola e forse assurdamente sono ancora dipendente dalla mia vecchia sofferenza. Non riesco a strozzarla all'interno, non riesco a concepire una speranza bambina. Sono un buco nero, un luogo buio e non tutti i buchi neri hanno bisogno di luce per illuminarsi. A molti buchi neri non basta la luce. Anzi, devi tenertene a debita distanza se non vuoi finirci dentro anche tu. Se so di fare del male a ogni persona che mi si avvicina, cosa mi avvicino a fare?
Ti ho amato abbastanza per dimenticarmi ogni tanto di me stessa. Sono stata libera in quei brevi momenti, fuori dal mio buco nero. Sai che errore commettiamo? Quando ci innamoriamo di qualcuno

vogliamo abitare la sua anima ma non ci basta solo riempire il suo spazio, vogliamo arredarlo a modo nostro. Questo non è possibile, e poi è davvero tanto sbagliato. So però che ogni squarcio nell'anima ha una sua forma precisa, la forma di chi ti ha ferito. Serve la sua mano a risanare la ferita. Non può riuscirci nessun altro.
Non riesco a lasciarmi andare del tutto e non riesco ad abbandonare l'idea di essermi votata sempre e soltanto al fallimento.
Ricordi quando mi dicevi che mentre ti baciavo non ero lì con te? Ecco, le paure sulle labbra si sentono di più.
Sono nel tuo studio, adesso. Nella stanza c'è solo un letto vuoto. Chissà quante volte ci hai dormito da solo. Cammino qui dentro a piccoli passi e senza accendere la luce. Tanto, se l'accendo il buio non passa e nemmeno si tinge più di quel blu che ci ha fatto incontrare, per dare un tono alla mia solitudine. La tua assenza mi mette in ginocchio gli occhi.
Sai cosa fa l'amore? Capisce quello che ti manca, te lo dà e poi te ne priva rendendoti schiavo per sempre. Dev'essere per questo che ho imparato a non dare il mio cuore, a prestarlo solo ogni tanto. D'altronde siamo tutti in prestito, a questo mondo.
Vorrei tornare a essere la luna che ho spento. A liberarmi di quest'indifferenza in polvere, servita a colazione. Oh, certo, conservo ancora la capacità di girare mondi paralleli dove potremmo trovarci insieme, adesso. Potrei sforzarmi di incontrarti in sogno, ma a cosa servirebbe?
La mia vita nasconde la tua vita fra le linee della mia mano. Tutte le strade che non abbiamo preso sono all'interno del nostro pugno chiuso. Ma io adesso stringo il vuoto e mi riempio di tutto quello che di te amo e che non dimentico. Forse è un amore troppo pensato e poco vissuto ma io sono sempre stata questa: una che ha paura di vivere e allora sogna, sogna e non fa altro che sognare assurdità. Invece la vera assurdità è farsi sfuggire dalle mani le cose belle perché siamo troppo impegnati a fare altro piuttosto che a difenderle.

Selezionò il contenuto e glielo inviò per email. Poi si alzò e si diresse verso il computer di Demian. Immaginò che d'improvviso lui potesse aprire la porta e trovarla lì e senza dire niente, senza scusarsi, senza darle alcuna spiegazione, semplicemente le prendesse la mano e la riportasse a casa. Forse però quella soluzione sarebbe stata più plausibile per un romanzo. L'assenza non ha alcun anestetico efficace e quando si specchia ha sempre la stessa dolorosa sostanza.

Accese il computer e provò a digitare la password. Per fortuna era la stessa del portatile che aveva a casa. Sbirciò nella cronologia. Non c'era nessun dettaglio significativo, ma lui non aveva mai neppure cancellato niente. Tutto lì, in modo limpido. Ogni traccia era assolutamente evidente.

Demian in passato aveva fatto ricerche sulla memoria cellulare e sul DNA. Magari gli erano servite per qualche storia che voleva scrivere, pensò Meg. C'erano anche alcune ricerche sui sogni condivisi.

Nell'album fotografico le saltarono agli occhi diverse foto di una bambina molto piccola, ma non c'era nessun particolare che potesse trasformarsi per lei in un'intuizione. I file erano stati rinominati con dei semplici numeri.

Cliccò sul finder e aprì i documenti. Sbirciò fra le innumerevoli bozze e ritrovò persino quelle di *Blue Moon*. Dopo un attimo di fragile affanno, sfiorò la tastiera con le dita. Nella sua anima c'era aria di neve, respirava quel freddo e si accorse che probabilmente era tantissimo tempo che respirava così. Era impaurita, nervosa. Deglutì e provò ad ascoltare il suo malessere. Il tepore, il raggio di sole, il senso di beatitudine si erano assentati già da un pezzo, insieme alla sua volontà perduta di capire davvero le cose.

6
La parte degli angeli

Nella penombra di quella stanza che non le apparteneva accese Spotify e partì *Fix You*, uno degli ultimi ascolti di Demian in quello studio. Accanto alla tastiera c'era un bicchiere vuoto. Lo fissò. Poi spinse le sue mani stanche, lo prese e in controluce scorse l'alone delle dita di Demian che ci aveva bevuto chissà quanto tempo prima, quando magari lei, ignara di dove lui fosse, lavorava a una delle sue traduzioni.

Aveva dato l'amore per scontato, spinta da un vezzo ridicolo, quello di dar vita a una catena di emozioni estreme. Ora la catena si era spezzata e non era rimasto niente. Perché quando la catena si spezza, non è più riparabile.

C'era un po' di tutto. Bozze di libri, appunti, citazioni. Iniziò a leggere quel diario digitale in modo compulsivo. Lo sguardo le cadde su un documento che Demian aveva aperto di recente.

> È passato così tanto tempo dall'ultima volta in cui ho scritto qui dentro che mi sento quasi in imbarazzo. Come quando entri in un posto che era tuo ma c'è così tanta polvere attaccata ai ricordi, mentre ti aggiri fra le cose che hai lasciato… E quando finalmente trovi il coraggio di soffiarci sopra, di rimuoverla, si attacca sui tuoi polpastrelli e in quello che senti non ti ci riconosci più. Eppure eri tu che ogni volta che vedevi una stella cadere la lasciavi cadere così, senza riuscire mai a pensare in fretta a un desiderio da realizzare. Eri tu avvolto dal disincanto,

dal tuo passato impaurito come un segreto infetto, con la capacità di contagiare la tua fetta di mondo sano. Perché ti sei sempre saputo danneggiato all'origine. Qualcuno ha scelto di regalarti un destino beffardo e tu eri senza colpa e senza alcuna possibilità né di rinnegare né di accettare quel dolore. Per non essere ancora così, completamente solo, anche per questo hai combattuto per lei, per farle comprendere l'immensa differenza fra l'essere libera o prigioniera della sua libertà.
Sono successe così tante cose in questo tempo e ormai detesto George Cabot, Meg, te lo confesso. Eppure è stato lui il mio alter ego per molto tempo, è stato lui a vivere al mio posto all'interno di un libro, a farmi poi capire che il *mio* posto era altrove e che quando qualcosa finisce bisogna avere il coraggio di salutare e di spostarsi un po' più in là.
Samantha è l'unica donna che non ho dimenticato. Era il mio pianeta privato dove andavo a rifugiarmi per attendere l'alba. Tutto il resto è sfumato fra i bordi di una realtà che giorno dopo giorno mi ha risucchiato l'anima e mi ha lasciato stremato, al freddo. Mi accorgo che ci sono momenti in cui ancora mi sembra possibile che lei possa tornare, riapparire così, da una dimensione che l'ha strappata bruscamente dal suolo della vita.
Della mia storia ho ricordi sbiaditi, spezzati dal vento del tormento. Nella mia mente ho ricavato un cassetto in cui lascio accatastati tutti i ricordi ingombranti, sperando di mandarli al macero per sempre. Poi qualcosa torna a stanarmi e mi sento in colpa di non averti raccontato ciò che avrebbe potuto allontanarti da me. Dopo l'incidente, per vigliaccheria ho cercato di trarre vantaggio dalla mia mente scomposta e, anziché provare a riassestare i pezzi, ho creato una chiave per quel cassetto, un cassetto pericoloso e proibito, come la stanza di Barbablù. E così non ti ho mai raccontato di Samantha.
Lavorava da freelance per la casa editrice Penguin. Proprio lì ci eravamo incontrati la prima volta. Io ero in attesa di parlare con il mio editore e lei, seduta sulla sedia, guardava lo schermo del computer con aria seriosa. Aveva una matita in bocca e la rosicchiava come fosse un lecca lecca. Io avevo preso a fissarla divertito, abbozzando un mezzo sorriso, mentre rimanevo appoggiato al muro che divideva i due immensi open space. A

un certo punto aveva alzato lo sguardo e incrociato i miei occhi. Avevo capito subito che era imbarazzata. Si era ricomposta con aria buffa.
Da quel momento sono trascorsi giorni e giorni di vicinanza e non saprei neppure ricordare oggi quanto tempo io abbia trascorso insieme a lei. Non contavamo gli anniversari, avevamo così tanti giorni da ricordare che ci eravamo sottratti alle tante sciocche convenzioni. Sembra un controsenso ma non lo è. Quando il tempo è tutto di qualità, niente è circoscritto in un labirinto che ti imprigiona.
In un tragico momento di qualche anno fa, Samantha arrivò alla stazione di Liverpool Street in ritardo rispetto all'orario in cui prendeva la metro ogni giorno, e quel ritardo le fu fatale. Qualcuno le diede un passaggio e noi non abbiamo più potuto parlarci, spiegarci, anche solo per mettere un punto fra le nostre vite. Quando sono riusciti a rintracciarmi lei era già in coma, attaccata a un respiratore.
Un gravissimo trauma craniocerebrale me l'ha portata via ma ha salvato il suo cuore. Il suo sangue goccia a goccia è confluito nella mia mente, rabboccando giorno per giorno il suo ricordo. Ho cambiato il nome del protagonista di *Blue Moon* poco prima della pubblicazione. L'ho chiamato George Cabot. L'uomo che per molto tempo hai sognato ha il nome di colui che ha ricevuto il cuore di Sam. Ma come ti ho detto molte volte, tutto ciò che riguarda il protagonista del mio libro assomiglia a me, non a questa persona. Nessuno muore davvero fino a quando dentro di noi resta il profumo del suo ricordo. Così mi è venuto spontaneo rendergli omaggio in qualche modo. Dentro di lui c'è ancora Sam.
Vive a Brighton. Può godersi il mare e magari ha negli occhi un po' dell'energia che aveva lei. Non ho mai avuto il coraggio di andarlo a cercare. Avrei voluto parlargli, guardarlo negli occhi da vicino e scoprire se poi è vera la storia della memoria cellulare, se è davvero un dato di fatto, un segreto da proteggere o un'illusione, questa cosa.
Credo che ogni organismo su questa Terra abbia una memoria. Per quale ragione allora non dovrebbe averla un cuore? I nostri ricordi si insinuano in ogni angolo del nostro corpo. Io ci credo.

Meg si alzò dalla sedia e andò a cercare qualcosa da bere. Era scioccata, incredula e cercò di capire se stesse o meno sognando. Il suo stato d'animo era improvvisamente virato verso un posto freddo, nella sintesi di un livido. Perché Demian non le aveva mai parlato di quella donna? Non era certo a causa della sua memoria vacillante, visto che la memoria era piuttosto in forma per un certo tipo di confessioni negate poi al mittente. Non l'aveva ritenuta degna di conoscere il suo passato? Sperava di poter sfogare con una sorta di diario i suoi sensi di colpa?

Non avrebbe più potuto fidarsi di lui. Ormai era sprofondata in un sottostrato d'inquietudine e lì dentro era scoppiata una guerra senza fine. Bene. Avrebbe potuto ancora una volta fissarsi sulla sua delusione e cambiare aria con più facilità.

Demian evidentemente faceva sempre così, affidava i suoi sensi di colpa ai libri per disfarsene, lo aveva fatto anche con questa Samantha, sì, e adesso con lei. D'altronde se lo diceva da solo di essere un ossimoro vivente, in bilico fra il desiderio e la negazione. Le aveva detto di aver imparato che quando te ne vai via dalla vita di qualcuno senza una ragione plausibile, fai molto più male a te stesso che non alla persona che abbandoni. Allora adesso poteva dire di essersi salvata.

Ora lei aveva solo bisogno di qualcosa di forte. Un whisky magari, come in quelle serie americane in cui, arrivato a un bivio, il protagonista beve per decidere o per dimenticare, anche se sa bene che qualsiasi scelta si porterà dietro anche la sua perdita. Come quel 2% che ogni anno evapora, mentre il whisky continua a invecchiare nelle sue botti di rovere e diventa sempre più di pregio. "La parte degli angeli" la chiamano. Degli angeli, già. Perché rimane nell'aria. Non si finisce mai di fare a meno di quello che non c'è.

Si accontentò di bere un po' d'acqua per arrugginirsi un po' più il cuore e costrinse gli occhi a riprendere la lettura.

Noi pretendiamo che la vita ci dia quello che ci aspettiamo ma la verità è che non ha nessun obbligo verso nessuno. La vita non è astratta, la vita siamo noi. Per questo forse non è giusto che George sappia. Forse è giusto faccia la sua vita e basta. Se un domani dovesse scoprirsi poeta e ritagliare un pezzetto di luna blu con gli occhi, potrà anche pensare che non c'entri nulla l'identità di chi portava dentro il cuore che oggi lo tiene in vita. Sono stanco, Meg. Davvero. Oggi per incoraggiarmi mi dico che il segreto del cuore è quello di non ignorare mai la sua condizione di cambiamento negli anni, di accettarla ma anche di scordarsi ogni tanto che esista. Già, almeno qualche volta. Le volte che ti lasci andare a un bicchiere di troppo senza arrecare danno a nessuno se non forse al tuo fegato. Le volte che ti lasci andare a quel mezzo sorriso e ti ci specchi come se non dovesse mai arrivare la fine di niente. Le volte che gironzoli per casa in mutande e ti dimentichi di tirare le tende, con quella leggerezza che non resta anonima, riesci ancora a vederla e a farle spazio. Chissà se un giorno avrò il coraggio di raccontarti tutto questo?

Sai, Meg, non capisci mai fino in fondo qualcuno fino a quando non consideri le cose anche dal suo punto di vista, non soltanto dal tuo. Fino a quando non ti insinui fin sotto la sua pelle e non ci cammini dentro, attraverso, intorno. Spesso inventiamo le persone per ciò che vorremmo fossero e anche agli altri raccontiamo una versione immaginaria delle cose. Per non soffrire, per non svegliarci da un'idea.

Tu non hai fatto altro che buttare giù il tuo mondo reale per affidarti al tuo mondo dei sogni. Ma assurdamente il mondo che continui a demolire è migliore di quello che costruisci. Quel mondo siamo io e te, ma sembri non capirlo. L'emozione è sempre uno spazio bianco. La coloriamo noi fino a farla sfumare nel nulla o a trasformarla nel tempo in un sentimento.

La mia vita è stata tutta un "ricalcola percorso", sempre a fare i conti con i miei "mai più". Perché in tutti i momenti di confusione il presente non ci basta più? Anche se frughi fra le sue pieghe non ci trovi più nessuna certezza a donarti stabilità. Certe volte il presente è solo un vetro troppo sporco per guardarci attraverso, ma io non ho mai perso il vizio di continuare a scriverci addosso. Se passi tutto il tuo tempo sperando che chi dici di amare subisca le conseguenze di ciò che hanno fatto al tuo cuore, allora stai solo permettendo al tuo cuore di farti del male una seconda volta. Per

questo ho smesso di giudicare chi ha commesso errori diversi dai miei. Ho cercato di sdrammatizzare persino i miei dolori. Le volte che non ci sono riuscito li ho chiusi fuori. Non è sempre vero che una dimenticanza, come uno spiffero dalla finestra, basti a farli insinuare di nuovo.
Sai, tutto può crollare. Persino la staticità del tempo, il suo ordine, le attese a lunga scadenza. Gli sbagli non sempre ci negano un riscatto, sta a noi non negarci per sbaglio un nuovo modo di vivere.

Meg staccò per un attimo i suoi occhi dallo schermo. Sentì il bisogno di riposarsi dalla lettura. Tese le mani davanti a sé, le guardò. Tremavano lievemente e tra loro c'era spazio, tutto lo spazio metaforico e immenso fra ciò che aveva sempre desiderato e ciò che aveva davvero.

Ho provato a fare qualsiasi cosa per renderti felice, Meg. Però è brutto sentirsi soltanto un secchiello con un buco sotto. Riempirti per dissetare la persona che ami e trovarti sempre vuoto con tutta l'acqua uscita fuori, tutta intorno, sprecata e un'eco che ti sussurra "non basta, non basta mai, non basta mai niente, mai niente di niente". Un amore sano dovrebbe essere un'addizione, non una sottrazione. Dovrebbe aggiungere, non togliere. Dovrebbe aiutarci a chiudere le ferite in cicatrici, non a riaprirle. Non dovrebbe né infettarci di debolezza, né stremarci con le sue incompatibilità insanabili. Sai, Meg, le persone non possono permettersi lo sfizio di ribellarsi per tutta la vita. È troppo faticoso, davvero. Dire a chi vuoi bene che deve continuare ad aspettare la sua anima gemella per sempre non è dargli un consiglio sensato. Guardati intorno. La gente alla fine si stanca di aspettare. Con questo non ti sto dicendo che dovremmo accontentarci, e per la paura di restare da soli infilarci nel torpore dell'abitudine fino a non uscirne più.
Ti ho amato dal primo sguardo senza tradirlo mai, neppure da lontano, nemmeno in altri occhi. Perché il mio sguardo è tuo e tu non sei mai così bella come quando guardi me. Ricordi quando te l'ho detto? Probabilmente non lo ricordi più. Ti sei distratta e mi hai lasciato da solo col tuo buio.

Meg invece se lo ricordava alla perfezione, quel momento. Era stato dopo la sua fuga a Torino. Ricordava persino il momento preciso in cui, uscendo dalla sua seduta di psicoterapia si era detta fra sé e sé: "È un'arte, quella di andarsene. Scapperai sempre ma da che cosa?". Mentre provava a ripararsi da un improvviso temporale le era rimasto incastrato il tacco di una scarpa in una grata. In quel momento era arrabbiata con lui, perché le aveva rimandato indietro una lettera che lei gli aveva spedito. In realtà non si era ancora accorta che alla sua lettera era stato incollato un altro foglio che riprendeva le sue parole volte al maschile, punto per punto.

Meg:

Ho bisogno di sentirmi dire che sono splendida nonostante le mie debolezze, ho bisogno di guardare nei tuoi occhi, ho bisogno di un messaggio inaspettato e di leggere fra le righe la semplicità. E se a volte ho paura, tu aspettami. Stanotte voglio dirti grazie per la paura che mi fai provare. Vuol dire che sono ancora viva.

Demian:

E magari quel messaggio arriva:
Voglio stare con te, mi fa paura dirtelo, perché non voglio essere l'uomo da ringraziare, voglio essere l'uomo da amare. Tutti abbiamo paura, però tutti sogniamo una sfrenata notte di bugiarda solitudine con l'amore. Soprattutto io e te.

Allora si era decisa a tornare a Londra, senza pensarci due volte. Aveva preso l'aereo di domenica. Al mercato dei fiori di Columbia Road aveva comprato delle rose per regalargliele, incantata dal profumo di una vera scelta, e proprio lì una domenica ordinaria si era trasformata in un evento straordinario. Non si erano solo incontrati, si erano riconosciuti. Avevano l'eleganza nell'anima, quella che ti fa stare bene tutto ma non ti fa stare bene con tutti. A volte il caso cambia una vocale, diventa casa e puoi riparartici dentro.

Cosa le era successo poi? Se lo chiedeva. Aveva ragione Demian, si era distratta.

Mi hai sempre detto che le anime gemelle non esistono, e forse a questo punto hai ragione tu. Le anime gemelle non esistono. Esiste però l'arte dell'impegno, un'arte che richiede tutta una vita per essere perfezionata. Una storia che funziona non ti trasforma in una persona diversa. Ti costringe a imparare a convivere con la persona che sei davvero e questa è la parte più complessa. Se resti intrappolata nel sogno che l'altro fa di te, sei davvero nei guai. Il nostro carattere in fondo è come una frontiera. Le frontiere non si cancellano mai, semmai si spostano e smettono di essere assolute nel momento in cui siamo noi a ristabilire ordine e disordine, a ridefinirle insieme. Ecco che i nostri confini interni cedono e noi possiamo cedere un pezzetto del nostro territorio alla persona che amiamo.
Io l'ho fatto per te. Ho fatto spesso un passo indietro per fare posto a te. Per permettermi di incastrarti nella mia imperfezione e scoprirci così, pieni di difetti che stando insieme si vogliono bene. E tu?
Perfezionarsi non significa diventare perfetti ma spezzare i propri limiti per sentirsi sempre più vicini, forse. Essere a un millimetro di cuore.
Se ti avessi raccontato tutto questo, Meg, avresti capito? Avresti capito che "a un millimetro di cuore" è la mia unità di misura e l'ho inventata per te, per nessun'altra?
Ho iniziato ad amarti quando sono riuscito a innamorarmi anche del tuo dolore. Nonostante tutto quello che mi è successo, nonostante io non sia di sicuro un uomo con chissà quali talenti. Non sono mai arrivato primo in niente. Sono nato spezzato all'origine. Ma ho amato te e ti ho messo prima di tutto e senza la pretesa di vincere niente.
Mi hanno raccontato che i nostri traumi possono essere la nostra più grande fortuna. Sarà… Non ho mai trovato la bellezza nel sogno dell'impossibile. Mi piacciono le cose alla mia portata eppure so che nella maggior parte delle persone vive il gusto del proibito, e allora ecco perché siamo tutti più o meno alle prese con le stesse dinamiche. Ecco perché ci sentiamo così diversi

ma ci accadono cose uguali. Siamo gesti senza movimenti, alla fine. Siamo falene che svolazzano attorno a una luce, e a un certo punto si sente uno stridere improvviso, un rumore che ci polverizza. Accade lo stesso ai sogni, sai? E all'improvviso anche tu ti senti così, come quella falena. E pensi: "Ma dove sarà tutta questa differenza fra me e questo fragile esserino notturno?". Dopo il successo del mio libro le persone non mi vedevano come un essere umano, mi vedevano come un trofeo. Per questo non mi hanno mai vinto. Mentre tu hai curato quella falena, anche se non era una meravigliosa farfalla dalle ali colorate, e forse sei riuscita ad accettare che molto spesso ho preferito anch'io restare nel mio buio. Per questo ti ringrazio tanto, Meg.

Dopo aver letto le sue parole a Meg tornò in mente che quello di Demian era stato un successo amaro, arrivato proprio quando era finito in coma. Dopo anni di gavetta e di porte sbattute in faccia, i riflettori per lui si erano accesi solo di fronte alla sua tragedia. Era stato il suo incidente a incidere sull'interesse del pubblico. Se Demian non fosse finito in coma, probabilmente il suo libro sarebbe rimasto nell'ombra.

In un primo momento, subito dopo il suo risveglio, un certo tipo di stampa aveva speculato sul suo dolore e fatto a gara per vendersi la sua storia. Quando i giornalisti avevano capito che Demian doveva ancora fare i conti con la sua memoria e non aveva niente di sensazionale da raccontare per soddisfare la curiosità morbosa dei lettori, avevano cambiato strategia. Gli articoli erano diventati di stampo accusatorio. Demian Sinclair aveva solo tratto vantaggio dal suo incidente, costruendoci sopra la sua fortuna. Il dolore di Demian si era fatto apparentemente meno evidente, eppure lo scavava all'interno, dove gli occhi non possono vedere senza portarsi la luce della compassione. *Cum-patire*, nell'accezione più bella, soffrire insieme.

Meg in un primo momento non c'era stata. Se n'era tornata a Torino. Non ne era innamorata, anche se aveva sacrificato il suo tempo per stargli accanto. Preoccuparsi per lui era stata solo una sana alienazione.

Io so riconoscere quanto sia importante la presenza. *Esserci*, che bella parola. Al di là delle distanze, del tempo e della logica, noi siamo in grado di portarci dentro anche chi non possiamo più avere vicino, e questa strana misura delle cose tradisce l'imbarazzo che hanno certe distanze, quando dimenticano l'importanza infinita della memoria. La memoria è testarda e quando si mette in testa di salvare un ricordo lo salva. E sa difenderlo e sa proteggerlo. Io per esempio ti penso solo due volte al giorno. Quando sono solo e quando sono con qualcun altro. Sei ubiquamente in me. Anche adesso che non ci sei e ti sto scrivendo senza che tu lo sappia.
Forse, se te l'avessi detto, tu avresti capito che ogni cosa che desidero per me la desidero anche per te e che anche se spesso non è giusto, è sempre a fin di bene. Di ogni cosa che mi piace ne ho sempre prese due, una per me e una per te.
Spesso ho pensato che forse avresti vissuto meglio senza di me, perché in cuor tuo detesti il mio romanticismo. Ti sembra una debolezza, essere dolce. Invece per me l'amore è così. Un puzzle con due soli pezzi. Nient'altro di troppo intorno. Nessuna interferenza in un quadro che nessuno può comprendere per quel che davvero è. Può solo ostinarsi a guardarlo e a interpretarlo, ma chi lo ha composto siamo noi. Una volta che lo provi e impari a conoscerlo, una volta che sai che esiste e non è soltanto una raccolta di riflessioni fantastiche dentro un libro, privartene ti rende infelice, perché tu sai che esiste, sai che l'hai conosciuto e anche se fai finta di niente e lo denigri con gli altri per darti un tono, non potrai mai raccontare a te stessa una scusa.
Certo, ci sono cose che mi sono mancate. Cose alle quali ho rinunciato. Ma se non avessi avuto te, mi sarebbe mancato tutto di più. Il mio cuore ha fatto la sua scelta e *ti* ha scelto. E una volta che il cuore sceglie, anche se le cose non vanno come avevi immaginato, non puoi riprendertelo indietro. Neppure se lo desideri. Neppure se ci provi in ogni modo possibile. Perciò tu resti e resterai sempre a un millimetro di cuore.

La paura di perderti mi ha sempre fatto inventare scenari perfetti per distruggerti. Perché detesto la paura di perdere. Mi sento più tranquilla quando non ho più niente da perdere.

Ma poi tutti abbiamo sempre qualcosa da perdere, solo che ce ne accorgiamo quando ormai non abbiamo fatto niente per evitarlo. Perché perdendo chi amiamo, perdiamo per strada anche dei pezzi della nostra storia e nella storia di chi amiamo rimane la strada che non faremo più.

Tutti abbiamo un compito. Forse il mio era quello di cercare l'amore e il tuo di trovare tutte le barriere intorno al tuo cuore. Tu avresti dovuto spezzarle, invece non ce l'hai fatta e io mi sono trovato nel bel mezzo di un salto a ostacoli per arrivare fino a te. Il compito di un tesoro è forse quello di non farsi mai trovare? Di restare in una scatola invisibile in mezzo al petto e di proteggere il nostro cuore dagli attacchi esterni? Allora, amore mio, posso dirti con certezza di non essere un tesoro, perché so che questo non succederà mai. Siamo esposti al vento, alle correnti, alle contraddizioni e per quanto qualcuno ci ami, non sarà in grado di difenderci da ogni cosa.
Non sono lo sciocco romantico che tu credi che sia. So cosa desidero. Desidero una mano ferma. Desidero addormentarmi e risvegliarmi al sicuro. Essere volubili è sciocco.
Quando vedo una stella cadere ormai so subito cosa desiderare. Sarà in una sera come questa e lo sapremo solamente io e te, io e te soltanto. Sentirai alle tue spalle soffiare un leggero ricordo. Non avrà più senso nasconderti all'interno del sogno. Avvertirai tanto di quel rumore al suo interno. Avrai bisogno di reale. Desidererai anche tu sentire il mio passo arrivare ad aprirti la porta. Desidererai toccare quel mio vecchio maglione nero che spesso buttavo sul letto – sì, quello lì che abbiamo comprato insieme a Milano – e infilartelo, senza vedere mai sdrucirsi il ricordo.
I miei libri non cambieranno il mondo. Un lieto fine sarebbe comunque un finale e io non l'ho mai voluto un lieto fine.
La fine di un sogno è solo l'inizio della realtà. Un inizio che prevede passi e incontri, e i cuori sono macchinine a scontro che fanno frontali anche con la monotonia. E ne escono indenni.
Eh sì, sono un inguaribile ottimista, anche se la vita mi ha vomitato più volte addosso il suo veleno.
Sai qual è la verità? Il vero amore non sempre è così dannatamente difficile. È solo che la serenità non interessa abbastanza. I miei

libri non cambieranno il mondo ma hanno cambiato me, e quello che non ho potuto cambiare, non mi cambierà.

Meg si alzò di scatto dalla sedia. Si guardò intorno e si sentì persa e fragile, in una stanza sconosciuta con le pareti quasi rosa, alle prese con le sue elucubrazioni mentali.

Dopo aver letto le parole di Demian, mise una virgola di pausa fra le loro due vite. Una breve pausa che bastò a farle capire che probabilmente anche Demian non era felice, che non era solamente lei ad avere dei dubbi ragionevoli sulla loro condizione del cuore e che, anzi, lui era migliore di lei, perché non osava sbatterle continuamente in faccia i suoi dolori.

I pensieri a volte si appoggiano su bordi troppo appuntiti per non ferirsi.

Era stata sempre lei quella pronta ad andarsene. Armata di freddo, sapeva ibernare la mente, congelare per sempre le impronte e tagliare i ponti con qualsiasi radice. Sapeva spingere il suo freddo altrove, immune a qualsiasi possibile redenzione.

Fu tentata di gettarsi sul letto e sprofondare così, magari finire sull'unico satellite della Terra e abbandonare per sempre un pianeta che l'aveva soltanto ferita senza sosta.

Non aveva più il coraggio di girare per quello studio e magari scoprire ancora qualcosa. Le si era aperto un baratro nella mente e aveva pochi secondi per smettere di pensare prima di finirci dentro, cadere nel vuoto, spezzarsi per sempre l'anima al cospetto di una verità che ammazza ogni dubbio in modo implacabile.

Ma sì, è meglio non sapere, non scoprire. Ormai tutto il suo vissuto era stato stravolto dalla notizia dell'esistenza di una donna della quale non aveva mai saputo niente, né della sua vita, né della sua morte.

Perché scoprire, visto che poi non si può più tornare indietro, non si possono più abbandonare le fissazioni? Dopo ci è permesso solo tracciare linee di confine immaginarie, andarsene o restare, ma in ogni caso pensare di avere fatto una scelta sbagliata rimane la paura per eccellenza. È quella che non ci abbandona più. Lo sapeva bene. Non l'avrebbe lavata mai più, quella paura, come una macchia profonda alla radice. Sapeva espandersi intorno al suo buco nero. Chiunque si era avvicinato almeno una volta al suo buco nero aveva avuto così paura da preferire una sana distanza. Ma in cuor suo sapeva di non poter biasimare quella scelta e non ce l'aveva con nessuno. Li aveva spinti lei ad andarsene perché soltanto lei, con le sue sole forze, avrebbe potuto spingersi fuori da lì.

La paura di impegnarsi l'aveva sempre portata a scappare da ogni motivazione. Le era sembrato di poter vincere e invece si era regalata ogni giorno la stessa illusione di vittoria.

Forse era stata semplicemente educata come si educano gli uomini, a sfuggire ai sentimenti per non soccombere definitivamente sotto i colpi dell'amore. A lei era permesso solo il mondo esterno, il mondo interiore le era stato negato. Fornendo dettagli della sua intimità a un uomo aveva il terrore di regalargli munizioni in grado di farle saltare il cuore, e così si era abituata a difendere la sua identità dietro un muro di silenzio. E non voleva ritenersi responsabile dei sentimenti di Demian per non assumersi la responsabilità di una sua possibile sofferenza.

Ma allora che futuro avrebbe potuto avere domani quella storia spezzata oggi da un'assenza? La decisione più importante, quella di essere davvero se stessa, non l'aveva presa mai. Era stata se stessa sempre e solo nei suoi sogni.

Aveva paura di amare ma senza capire fino a quel momento che, se si fosse solo lasciata andare un po' di più, la generosità di Demian sarebbe stata capace di moltiplicare anche il poco che era riuscita a dargli lei. Ma aveva avuto sempre troppo da fare per accorgersene. Adesso non aveva scelta. Si trovava sola davanti a se stessa e non poteva non ammettere che la vita è un contenitore vuoto senza amore.

Era stata ammaliata da un mondo di sogni romantici.

Quello che aveva vissuto con George era stato un bel sogno d'amore che era riuscito a compensare la meschinità quotidiana e le aveva sempre permesso di scrollarsi di dosso una possibile sofferenza, attraverso uno schermo di fantasia, fra i suoi occhi e la realtà. Un proiettore di illusioni. Ma adesso che Demian non c'era più, il suo era un faccia a faccia con la disperazione che come un animale ferito le graffiava le viscere, chiedendole aiuto quasi con violenza.

Si era ricordata di tutte le volte in cui Demian l'aveva spronata a parlare. "Che hai?" chiedeva e lei si irrigidiva solamente. Ma le poche volte in cui era stata lei a chiedere, lui aveva liquidato tutto dicendo di non ricordare. Aveva sempre tagliato corto, spiazzandola ogni volta.

Innamorarsi non basta. Basta a fantasticare, non a creare. Demian molte volte le aveva dato la sensazione di volerla salvare, ma nessuno può salvarci da noi stessi e questo Meg lo sapeva bene. Nessuno può risparmiarci i nostri dolori e le nostre miserie, nessuno può portare al nostro posto quel bagaglio emotivo che ci pesa sulle spalle e che noi stessi rifiutiamo di guardare. Ma se avessero accettato di superare la prova, la loro unione ne sarebbe uscita davvero finalmente fresca. Nel chiaroscuro delle cose che si sanno senza saperlo c'era una voragine con dentro una precisa richiesta d'aiuto. Una richiesta che lei aveva sempre ignorato.

7
Un proiettore di illusioni

Meg si spogliò velocemente. Entrò nella doccia nuda e priva di sogni. Giocò con il sapone senza forma. Si insaponò in silenzio immaginando sul suo corpo le mani di Demian. Si passò la spugna sulla pelle cercando di scorgere la sua anima riflessa nel plexiglas.

Forse non era mai riuscita a comprendere il senso dell'amore. Doveva essere come il senso dell'acqua: indefinibile. Sospirò mentre l'acqua le scivolava addosso, prima di trovare la sua via d'uscita. Si risciacquò. Poi la richiuse e ne percepì l'assenza. Sì, doveva essere così allora l'amore, come l'acqua. Non più indefinibile, ma indispensabile.

Che cosa aveva aspettato la piccola Meg, fino a quel momento? Forse che fosse solo troppo tardi per avere ancora qualcuno da aspettare.

Si rivestì svogliatamente, senza potersi cambiare. Si sentì sporca e a disagio. Uscì di fretta dallo studio di Demian. Chiuse la porta e cercò la chiave. Le sue mani si muovevano in modo meccanico, come se qualcuno avesse potuto narcotizzarle.

«Ah, ma allora Demian c'è… Ho messo la posta sotto la porta.»

Meg si voltò e vide Evelyn che la guardava con sicurezza. Provò un certo imbarazzo. Non sapeva cosa risponderle. Rimase un attimo in silenzio a fissarla, poi si sentì in trappola e abbassò lo sguardo. Sentiva dentro di sé quasi l'obbligo di raccontare. Farfugliò solo poche parole.

«Ecco... Demian veramente non c'è. È già uscito.»

«Scusami, non volevo assolutamente insinuare nulla. Ho lasciato della posta per lui sotto la porta e volevo assicurarmi che l'avesse trovata. Ho sentito dei rumori e ho pensato fosse in casa. Per il resto... di certo non sono fatti miei.»

Meg era preoccupata e Evelyn parve accorgersene. Nonostante fosse per lei solamente un'estranea, Meg non riuscì a soffocare in gola l'urgenza di parlare. D'improvviso crollò: «Possiamo parlare, Evelyn? Avresti da dedicarmi un po' di tempo?».

«Ma certo. Ho un paziente a mezzogiorno. Sali da me? Ci prendiamo un caffè, che ne dici?»

Meg la seguì per le scale. La fissò mentre con fare sicuro apriva la porta del suo studio.

«Prego, accomodati.»

Evelyn quasi accarezzava Meg con lo sguardo, aveva un atteggiamento davvero rassicurante e la condusse in una piccola stanza con le pareti avorio e un pavimento in moquette.

«Non ho nessun lettino da psicoanalista, molto più comodo un divanetto, non trovi?» aggiunse per rompere il ghiaccio.

Meg si mise seduta e lanciò uno sguardo alla seriosa scrivania in mogano. C'erano delle fotografie ma non riuscì a vederle bene e un astuccio con dentro tre penne Montblanc.

«Da quanto conosci Demian?» chiese.

«Mah, a dire il vero così su due piedi non lo ricordo, però direi un bel po' di tempo. Passa tutto così in fretta, non trovi? A un certo punto ti volti e quasi ti meravigli. Di cosa volevi parlarmi?» Evelyn sorrise e Meg, pur non sentendosi completamente al sicuro, seppe di non avere altra scelta.

«Senza girarci troppo intorno... Demian è sparito. Si è dileguato. Viviamo insieme a Primrose Hill. Ieri, appena arrivati a Brighton per una gita al mare... eravamo appena scesi dal treno. Lui è risalito subito. Mi ha mandato un messaggio con scritto "Scusami" e poi niente. Non ha più risposto. Mi sono addormentata qui, ieri sera. Non mi ero accorta di aver dormito così tanto.»

Meg rimase sorpresa nell'accorgersi che Evelyn conosceva Demian da molto tempo ma che era completamente all'oscuro della loro relazione. Demian aveva forse voluto nasconderla? Non voleva che esistesse alcuna traccia del loro amore? Cercò di prendere le distanze da quel macroscopico dettaglio. Voleva scordare la sensazione crudele di essere stata irrilevante per lui, privata di un autentico accordo sentimentale. Perché chi si scorda di parlare di te ti ha già tolto dal cuore.

Cercando di distaccarsi dal colpo subito, sentì l'esigenza di confidarsi con Evelyn fin dentro ai particolari. Da sempre alle prese con il suo senso di irrealtà, si chiedeva continuamente se stesse sognando o meno, ma stavolta ogni cosa la riconduceva all'assenza di Demian. Era sicura di non stare sognando.

Evelyn era gentile, era riuscita a metterla a suo agio e così Meg le parlò spontaneamente anche della sua infanzia.

«I miei genitori si sono separati quando ero molto piccola. Mia madre ha sempre sofferto di depressione e ha cercato di mettermi contro mio padre che l'aveva abbandonata. In realtà anche a me lui prometteva sempre tanto, mantenendo quasi per nulla. Mi diceva che prima o poi mi avrebbe portato a fare un bel viaggio insieme, che ce ne saremmo andati in qualche posto esotico. Poi le volte che avrebbe dovuto venirmi a prendere non si presentava e nemmeno chiamava per avvisare. Io restavo lì in attesa, delusa e tradita. Andavo a sedermi in balcone su una piccola sedia a dondolo e mi cullavo. Mi cullo ancora, sai? Quando voglio calmarmi la notte. Sono rimasta con la stessa certezza dentro, quella di dovermi salvare da sola. Se non mi proteggo io chi mi proteggerà al mio posto?

«Mia madre coglieva la palla al balzo per dirmi ancora qualche cattiveria su di lui. Diceva che gli uomini scappano sempre, che non sono affidabili, che è proprio nel loro DNA non impegnarsi mai, non volere responsabilità, fregarsene dei doveri. Lo accusava di non lasciarle mai soldi per il mio mantenimento. Lui spariva, poi ricompariva come se nulla fosse. Magari mi portava un regalo costoso per farsi perdonare e poi spariva di nuovo. È stato il *loop* della mia vita. Forse mio padre mi ha contagiato. Credi sia possibile? Il comportamento che ho subìto l'ho fatto mio e l'ho riproposto con tutte le persone avute intorno.»

«Forse hai imparato a credere che fosse possibile gestire in questo modo tutte le relazioni. Sai, Meg, anche se un trauma pregresso non ti sottrae alla responsabilità diretta delle tue azioni, forse hai pensato di avere in tasca una giustificazione plausibile per ciò che hai subito e di poterla tirare fuori a tua discolpa.»

«Da quando sono piccolina non dormo bene. Ho sempre visto presenze che mi sfioravano mentre ero al buio. Qualcosa che era lì sul mio letto, non so dirti bene cosa. Io rimanevo immobile e impaurita ma era qualcosa di più, quell'immobilità. Ero come paralizzata. Mi capita tuttora. Ho scoperto da adulta che si chiamano paralisi notturne. Non ho mai raccontato niente a mia madre o a mio padre. Temevo potessero prendermi per pazza. Sin da quando ero una ragazzina mi è sempre capitato di scappare per tirarmi fuori velocemente da tutte le situazioni che mi procuravano un disagio. È il *mood* della mia vita, scappare.»

«Forse hai delle allucinazioni ipnagogiche.»

«Allucinazioni? Sono pazza, allora?»

«No, Meg, tranquilla, non sei pazza. Sono allucinazioni che capitano quando si passa dallo stato di veglia al sonno, probabilmente in modo troppo rapido. Quasi un inizio anticipato della fase REM. È possibile che riposi male. Il nostro corpo ha bisogno di dormire dalle sei alle otto ore a notte con un ritmo del sonno regolare. Ci sarebbe da indagare un bel po' su questo. Riguardo alle tue fughe, sai Meg, per quanto difficile sia una situazione, noi abbiamo sempre due strade. Una è quella di affrontare le persone e le loro azioni, prendendoci anche la responsabilità delle nostre e affrontando la loro reazione e ascoltando la loro versione dei fatti. L'altra è una scorciatoia comoda che consiste nel dileguarsi nel nulla. Ma è una strada a senso unico, senza uscita. Restiamo intrappolati lì per sempre, anche se apparentemente ci spostiamo ancora.»

«Me ne sono sempre andata perché ho paura di deludere le aspettative altrui. Forse ho deluso mio padre, per questo lui è sparito nel nulla. Forse sono io quella sbagliata. Ho qualcosa che non va. Sono marcia dentro. Non riesco ad accettare la delusione. Non riesco a guardare negli occhi una persona che so di aver deluso. Per questo scappo via.»

«Fai agli altri ciò che è stato fatto a te. Il dolore che si sente quando si viene abbandonati si può equiparare al dolore fisico. È terribile avere a che fare con qualcuno che sparisce senza dare spiegazioni. Bisogna sapere dove andare per piangere un'assenza. Il distacco è un percorso con una destinazione. Se non sappiamo cosa raggiungere, non possiamo neppure partire.»

«Ma anche Demian mi ha fatto passare in molti modi ciò che io ho fatto a lui. So di essere una persona difficile. Non do molti motivi per rimanere al mio fianco. Cambio spesso umore e a volte divento un muro. Ma ci sono molti modi per ferire. Anche Demian, da che voleva sempre parlarmi, aveva preso qualcosa da me. Ha iniziato a chiudersi nei suoi silenzi, spiazzandomi. Forse si è sentito schiacciato dalle responsabilità. In fondo gli sono piombata in casa... Mi ha accolto ma forse non era quella la vita che sognava. Ha fatto di tutto per convincermi, per conquistarmi. Ha fatto di tutto per legarsi a me e quando la storia è diventata solida, sicura, forse addirittura un po' abitudinaria, non si è preso neppure la responsabilità di dirmi: "Basta, ciao". Ha tagliato la corda. E invece era sufficiente dirlo. Io non sono una di quelle che sta a piatire, a piagnucolare. Avrei levato le tende e stop, invece ora mi trovo da sola in casa sua... Come dovrei comportarmi? Non so che fare. Dovrei lasciare le chiavi a qualcuno e andarmene, suppongo.»

«Forse Demian non accetta come te di essere il cattivo della situazione. La cattiva sei tu e devi restarlo.»

«Cosa significa?»

«Significa che anche lui teme il peso del giudizio e se n'è sottratto, proprio come sei sempre stata abituata a fare tu. Sai, andarsene lascia intorno a noi un alone di stupore e di mistero. Nessuno può proiettarci addosso il suo disprezzo e la perdita di stima e di fiducia sopraggiunta. Demian ha annullato la tua reazione perché è un dato di fatto che scappando non può vederla, esattamente come hai sempre fatto tu. Tu sei sempre stata chiara? Riesci a contare le persone con le quali senza chiarezza hai lasciato la porta semiaperta?»

«Mi leggi nel pensiero, Evelyn. Sono tante le persone con cui non sono stata chiara, è vero. Ma non l'ho fatto per ripiombare nella loro vita quando mi pareva. Mi sono detta spesso che si può essere felici anche così, andando sempre via.»

«Sai, Meg, non sempre le comodità ci conducono a essere felici. So che sembra un controsenso, ma non lo è. Le relazioni non si annullano come fossero cose magiche, accendendole o spegnendole come se l'altro fosse una luce attaccata al nostro cuore. Questo comportamento è una specie di vendetta che impartiamo agli altri. Gli facciamo subire un nostro dolore pregresso ma ci facciamo accompagnare per tutta la vita dallo stesso dolore.»

«Io credevo di averlo superato ma evidentemente non è così. Ora mi sento impotente, frustrata. Sarebbe bastato dirmelo. Avrei preso le mie cose e sarei andata via. Anche a costo di non sapere dove andare. Io non sono mai tornata a cercare nessuno. Erano gli altri che ogni tanto tornavano per vedere a che punto ero io. E se a Demian fosse successo qualcosa di grave? Se non fosse tornato per questo?»

«Vuoi che provi io a chiamarlo?»

«Lo faresti?»

«Certamente. Aspetta, prendo il telefono.»

Meg guardò Evelyn rivolgendole un'occhiata pensierosa. Evelyn chiamò Demian. Solo qualche secondo di attesa.

«È spento.»

«Immaginavo... Stamattina gli ho mandato un messaggio su Whatsapp ma è rimasto con una sola spunta. Potrebbe essergli successo qualcosa? Tu che dici?»

«Beh, sinceramente non credo. Dovresti mettere in conto anche il fatto che Demian possa essere sparito perché ha scelto volontariamente di farlo. Forse vuole attirare la tua attenzione o stimolare una tua reazione. Farti capire qualcosa. Oppure ti ha mollato nel modo più semplice.»

«Quale reazione? Non so... so solo che si è comportato in modo davvero crudele. Non me lo merito. Nessuno lo merita, a dir la verità.»

«Si è comportato come, a quanto mi dici, più volte hai fatto tu, Meg. Dov'è la differenza? Il silenzio immotivato ferisce e paralizza, perché di fronte all'assenza di chiarezza è molto complicato scegliere la direzione da prendere.»

«Penso che a breve me ne andrò, forse tornerò a Torino. Posso lasciare a te le sue chiavi di casa? Non so davvero a chi lasciarle, altrimenti. Giusto il tempo di organizzarmi. Non posso tornare a casa da mia madre ma troverò una soluzione. Di sicuro non voglio rimanere da sola a casa sua. Tutta questa situazione mi sta provocando un'angoscia profonda.»

«Si sistemerà tutto. Si sistema sempre ogni cosa, ci vuole solo un po' di tempo. Puoi portare le tue cose nel mio studio se vuoi, se non te la senti di restare a casa sua.»

«Davvero? Grazie, grazie di cuore. Perché fai questo per me? In fondo ci conosciamo a malapena.»

«Solidarietà femminile, mettiamola così. Il lavoro mi ha salvato tante volte. Lavorare risolve tutti i mali. L'amore passa, le carriere restano. Mi pare l'abbia già detto Coco Chanel, e se lo diceva lei...»

«C'è da crederle.»

«E infatti noi ci crediamo!» Evelyn diede un'occhiata all'orologio: «Caspita, quanto è tardi...».

«Già. Abbiamo parlato un bel po'. Spero di non averti fatto fare tardi con il tuo paziente.»

«Manca ancora qualche minuto a mezzogiorno, non ti preoccupare. Ti lascio il mio numero, Meg, per qualsiasi cosa chiamami.»

Meg passò in rassegna la sua vita quasi come se potesse leggerla su una rivista, accompagnata da osservazioni e commenti. Immaginò che la gente potesse annoiarsi, alle prese con il solito triste finale quasi annunciato alla partenza e che lei finisse per diventare solo la pessima recensione di se stessa: la ragazza di vetro.

Istintivamente voleva fidarsi di Evelyn, ma era stata abituata a fare a pezzi la fiducia per sua madre, le veniva difficile a trent'anni avere nuove aspirazioni. E soprattutto non si fidava neppure di se stessa.

Se non ti fidi del tuo cuore come puoi fidarti del cuore degli altri?

8
Controcuore non possiamo andare

Poco dopo la festa per il suo diciottesimo compleanno, il padre di Meg era improvvisamente sparito senza dare nessuna spiegazione. Si era come volatilizzato. Vane erano state tutte le ricerche, ogni tentativo di contatto era svanito nel nulla.

I suoi si erano separati poco dopo la sua nascita e la madre, già dopo la separazione, era sprofondata in uno choc depressivo dal quale non era più riuscita a riprendersi.

Solo con l'avvento dei social network Meg aveva scoperto dove fosse, affondando in una certezza che per una volta era stata più crudele del dubbio. Si era creato una nuova famiglia. Si era aperto un nuovo studio di architettura in via Frattina e lavorava con la sua nuova compagna. Meg aveva persino scoperto di avere un fratello di cui fino a quel momento aveva ignorato l'esistenza.

Qualche volta si era seduta al bar accanto al portone sperando di vedere il padre per caso e di parlargli. Successivamente era fuggita da Roma, per lasciarsi alle spalle anche la necessità di cercarlo. Per offenderlo magari, per liberarsi dalla frustrazione dell'abbandono, o anche solo per chiedergli delle semplici spiegazioni. Si era laureata in Lingue, aveva iniziato a lavorare come traduttrice cambiando spesso città, scappando sempre da tutto, per non soffermarsi mai a capire se stessa.

A Torino era capitata quasi per caso e quei diciotto chilometri di portici le avevano strappato dolcemente per un po' il senso di precarietà con il quale era abituata a convivere. Qualche tempo dopo essersi trasferita l'aveva raggiunta anche Melissa, la sua migliore amica, l'unica persona con la quale fin da quando era piccolina era riuscita a lasciarsi andare. L'una confermava quello che era l'altra, toglieva le spine dal fianco dell'altra, senza sporcarle mai di giudizio, senza servirsene come fossero armi di ricatto. Insieme si fidavano persino dei loro reciproci sbagli. Le lacrime di Meg diventavano un temporale catastrofico negli occhi di Meli, un diluvio interiore insopportabile. Il mondo che avevano in testa era l'unico mondo possibile.

Forse anche per questo era rimasta, senza puntare una matita a caso su una piantina topografica e mutare nuovamente direzione, sempre alle prese con la sua attrazione per l'ignoto.

Le sue ore più felici erano sempre quelle in cui, buttandosi a capofitto nel lavoro, riusciva a non pensare a niente. La sua era quasi una ricerca di annullamento. Da qui dipendeva la sua frenesia, il suo incastrare continuamente mille cose da fare, il suo chiudere in una scatola le emozioni e nasconderle nel punto più lontano dal suo cuore.

Se ti innamori ti costringi ad avere una relazione con tutte le tue emozioni, non puoi chiuderne nessuna fuori. Stanno lì e ti combattono dentro, spesso si prendono a pugni e tornano a farsi curare. Era proprio questo che si negava con tutte le forze. Aveva sempre tenuto il suo cuore prigioniero dietro le sbarre della sua gabbia toracica, mentre tutti i cuori imbattibili là fuori erano evidentemente diventati insensibili alle alte temperature, se ne fregavano del cambiamento climatico che avviene con gli anni che passano attraverso l'inquinamento globale del disincanto. Continuavano ad andarsene in giro per il mondo ad abbronzarsi d'infinito, selvaggi e liberi.

Il suo cuore non era mai stato davvero esposto al sole. Per paura delle ustioni, lo lasciava affacciarsi sul mondo solo per qualche istante. Stava a guardare le sue paure ad occhi chiusi, perché è così che si vedono i sogni. Ma ogni volta che poi li apriva e si rendeva conto di aver immaginato un mondo parallelo, restava gratificata al pensiero che nulla esisteva davvero e allo stesso tempo si affannava per poterlo incontrare, ben consapevole del fatto che non sarebbe potuto accadere mai. Meg lo sapeva bene e con questo si alimentava, facendo crescere la sua sottile contraddizione. Puoi restarci incastrato per sempre nell'istinto di andartene.

Dopo l'incontro con Evelyn, Meg tornò a casa di Demian. Aprì la porta. Mise le mani avanti, nella penombra, quasi a tastare la situazione. Non sentì alcun rumore. La sua mano si tese verso l'interruttore. Lo spinse e nel momento in cui la luce si accese, si spense in lei la speranza di trovarlo di là, da qualche parte.

Era molto arrabbiata con lui ma nonostante tutto, ripensando al suo modo di gestire i problemi, voleva a tutti i costi giustificarlo e fare qualcosa che le permettesse, magari ancora per un po', di mantenere il legame nella sua testa.

Le sembrò un *déjà vu* ricominciare ossessivamente a cercare notizie su di lui per trovare una spiegazione plausibile a quella situazione. Cosa avrebbe dovuto fare? Andarsene e considerare senza mezzi termini la storia ormai finita o lasciare accesa una lucina di speranza e non escludere un possibile ritorno?

Raccontava di continuo a se stessa che avrebbe dovuto salvarsi da sola, che lei non apparteneva a nessuno, ma non si era mai conosciuta a tal punto da ammettere l'esistenza di uno strano equilibrio: a volte puoi sentire anche tu il bisogno di qualcuno che a sua volta ha bisogno di te.

Frugò dappertutto. Nei cassetti, nel computer, nel soppalco che avevano fra il bagno e il soggiorno, perché nonostante tutto aveva bisogno di risposte. Continuò a scartavetrare ogni dettaglio per poi sedersi da sola sul divano al posto in cui sedeva sempre Demian, con le gambe raccolte e le braccia intorno, quasi per proteggersi da tutta quella solitudine.

La solitudine le entrava nelle ossa come un'ospite indesiderata e senza chiedere, sfacciata e ruffiana, spalancava tutte le finestre interiori e scavava proprio nel punto più freddo, il punto in cui si trovava. Il punto era capire che non ce l'avrebbe fatta a rimanere in quella casa.

Si alzò di colpo per andare a farsi una tisana. Accese il bollitore e sistemò il suo tovagliolo sul tavolino tondo in cucina. Si mise a sedere, in attesa che la temperatura facesse il suo dovere.

In questo momento cosa c'è veramente intorno a me? Forse anche Demian aveva i suoi demoni da tenere a bada e io non ho mai fatto un granché per aiutarlo.

Meg si guardò intorno e d'improvviso sulla sedia davanti alla sua vide George Cabot, il suo sogno lucido per molto tempo. Era immobile, identico all'ultima volta che lo aveva sognato. Non aveva neppure una ruga di più. Teneva una mano poggiata su un libro. Le sorrideva ma lei non sentiva più dentro tutto quel pathos. Un tempo il suo sogno felice riusciva a compensare ogni mancanza reale. Adesso assomigliava a un'emozione diluita in gocce di apatia, a un letto freddo in una casa d'inverno dove non c'è nessuno.

Dopo un attimo vivido di preoccupazione, abituata a non sottovalutare mai gli effetti collaterali dei sogni, tese una mano verso di lui.

«Sto sognando, i miei sogni mi faranno impazzire… Sono quasi due anni che non torni a trovarmi.»

«Non avevi più bisogno di me, Meg. Ora forse sì, non trovi?»

«Forse. So che esisti davvero, adesso, ma non sono più innamorata di un sogno. Non voglio più un sogno. Questo è un mondo in cui le regole le detto io, ma là fuori non è così.»

«Hai sempre la stessa paura dentro. Sono solo il personaggio di un libro, eppure sembra che tu non abbia mai letto davvero quel libro, Meg.»

«Mi sono sempre aspettata il mondo nel modo che vorrei ma il mondo non sarà mai così. Ora lo so e ci ho rinunciato. Non sarà mai così.»

«Non posso prendere decisioni per te, né l'ho mai preteso. Ho cercato di sorprenderti ma la responsabilità delle tue scelte è sempre toccata alla tua te da sveglia.»

Improvvisamente Meg non era più a casa di Demian. Si ritrovò catapultata fra due immense pagine di un libro. Soffiava vento, troppo vento, e lei non riusciva a vedere bene. Il vento era sempre più forte e per non farsi portare lontano provava a tenersi attaccata alle pagine. Cercava di leggerle ma la scrittura era sfocata e confusa. Ondeggiava quasi fosse animata, sembrava cambiare carattere e quella forza invisibile la sospingeva via. Non aveva quasi più la forza per reggersi. Poi d'improvviso le lettere divennero liquide, si fecero mare.

George non parlava ma provava a tenderle la mano per aiutarla a uscire dal libro senza essere trascinata via dal vento. Nemmeno Meg riusciva a parlare, restava immobile senza accettare l'aiuto di George.

«Amo un altro!» urlò improvvisamente. «Ormai è tardi, George. Le nostre storie si sono complicate.»

«Non devi aver paura di me, Meg. Io sono George ma sono anche te.»

Di colpo non riuscì più a mettere a fuoco nulla. In quel momento non aveva più alcuna possibilità di manipolare il suo sogno. C'era solo nebbia aggrappata ai suoi occhi e un vortice la spingeva altrove. Girava su se stessa. Lei ora era un buco nero nel bianco, tutto il fumo di un sogno.

Si stropicciò gli occhi e si ritrovò sul divano. George e il libro non c'erano più. C'era il divano, c'erano le scarpe di Demian.

Sentì di essersi svegliata. Doveva fare pipì. Si alzò e si diresse verso il bagno. In bagno però c'era un'altra lei che parlava con George. Meg li guardò. Erano innamorati. Lui le diceva di chiamarsi George Cabot: «Non ti ricordi, Meg, di avermi amato già in passato?».

L'altra se stessa non ricordava. Gli diceva di non sapere assolutamente del George Cabot del passato e che comunque con il George di adesso sarebbe stata molto più felice. Ma George nel frattempo aveva cambiato aspetto, non assomigliava più a quello che lei aveva conosciuto in sogno.

L'altra se stessa sembrava non accorgersene ma lei lo sapeva bene.

Aprì gli occhi. Era in affanno sul divano, sdraiata su un fianco. Di colpo si mise seduta. Si accorse di respirare solo con la narice destra, la sinistra era otturata. Aprì e chiuse le mani rapidamente, quasi volesse scrollarsi di dosso dell'acqua. Ora era sveglia davvero.

Andò nella stanza da letto e aprì l'armadio. Frugando fra le cose di Demian, si infilò una sua camicia e le sembrò di respirare il suo odore. Il suo odore le sembrò un dolore e dovette levarsela. La rimise a posto con cura, mentre l'assenza le sprofondò nelle mani e aprì una voragine.

Non sopportava il silenzio e non sopportava la musica. Non sopportava l'attesa, quel vago senso di panico.

Pensò che lo amava. Amava Demian in quel momento per tutti i momenti in cui aveva dubitato del suo sentimento. C'era il suo odore nell'aria, e c'è differenza fra un odore e un profumo. Un profumo è in vendita per tutti ma in profumeria il suo odore non lo avrebbe potuto mai acquistare, era unico.

Lui era stato per lei lo scudo protettivo a salvarla dalle nuove ferite. Se ne accorgeva solo in quel momento in cui era nuovamente esposta alle screpolature dell'anima. Ora era senza alcuna protezione e a nulla sarebbe servito difendersi. Come una sciocca si era difesa dalla tenerezza. Non aveva mai provato niente di simile ma non lo aveva mai capito.

Le sembrò che certi posti li avessero potuti vedere solo insieme. Che i loro occhi fusi in uno sguardo fossero stati ogni volta la mappa per arrivare e che da sola quei posti non avrebbe potuto ritrovarli mai più.

Era stanca ma la paura di addormentarsi la convinse a prepararsi una moka di caffè e a buttarla giù tutta d'un fiato.

Si portò sul balcone una poltroncina e si mise seduta guardando fuori. Un blackout, ecco. Ci sarebbe voluto un blackout per bloccare le sue riflessioni sul futuro. Quella casa non avrebbe voluto che lei ci restasse da sola. Le case assorbono l'energia delle persone, e pian piano la sua energia sarebbe svanita del tutto senza quella di Demian. Lì dentro sarebbe rimasta soltanto un'aria estranea.

È difficile restare lucidi quando siamo costretti a prendere una decisione con la spada di Damocle sulla testa.

Meg aveva sempre vissuto con una *onsra* nel cuore, la sensazione straziante di quando, nel *frattempo* in cui stai bene, sai già che la storia non durerà. La sua era stata una vita intera di "frattempi". Per una volta che si era illusa, si era poi ritrovata alle prese con un sentimento specioso ma forse non speciale. L'inquietudine la tirava giù e nonostante opponesse resistenza le sembrava che il suo corpo dipendesse dal piombo che aveva dentro.

Qualcuno da amare è un bene di prima necessità, forse per questo ancora una volta, nonostante fosse impossibile, buttava i suoi occhi speranzosi in strada, con la speranza e la paura di vedere Demian tornare a casa.

Pensò all'offerta di Evelyn. Forse avrebbe potuto accettare, ignorando il retrogusto amaro che le avevano lasciato alcune sue parole. Avrebbe potuto portare le sue poche cose nel suo studio e organizzarsi per tornarsene in Italia. D'altronde era stata così gentile. Magari voleva solo aiutarla ad assaporare la realtà, piuttosto che continuare a edulcorarla.

Quella casa le trasmetteva con immensa chiarezza la violenza della solitudine imposta. Una solitudine arida che non lascia via di scampo. O te ne vai o ci resti, ma è inutile sperare di trasformarla in un bel giardino. Aveva paura di un posto nuovo non scelto da lei. Dipendeva dal suo ordine, dalla sua organizzazione mentale.

Erano giorni strani e tutto era così sconclusionato che per un attimo si immaginò stella fuori posto col desiderio di ricollocarsi nella costellazione alla quale apparteneva. Che soluzione ha una *piccola stella senza cielo*? Continuare a brillare in solitudine senza essere mai capita da tutte le altre stelle disposte, oppure lasciarsi cadere, spezzare quel filo e iniziare a vivere senza il timore di bruciarsi per sempre? Si può essere felici con una paura dentro?

Entrò nel bagno per sistemare le sue cose. Guardò le scatole dei suoi trucchi appoggiati sulla toeletta e toccò l'involucro di protezione. Poi si soffermò sui piedini in ottone a zampa di leone che sorreggevano la vasca vittoriana al centro della stanza. Decise di lasciare volutamente il contenitore del suo profumo. Lei che da sempre ridicolizzava quelle porte mezze chiuse, dove filtra sempre uno spiraglio di possibilità. Si dice sempre di averle chiuse ma in realtà si aspetta un ritorno dalla fessura e per ogni passo che si fa ci si gira a guardare. È il famoso pretesto il fermaporte, fatto a forma di speranza.

Aprì con una calma piatta la porta di casa. Buttò lo sguardo sul pianerottolo e vide Demian in dissolvenza. Il suo odore le attraversò i polmoni con irruenza, come una carezza dolorosa che ti sfila la pelle. Lo guardò dileguarsi rapido giù per le scale. Provò in modo sciocco ad allungare il braccio. Lei, collezionista di attimi persi, era pesante come un dubbio amniotico nel ventre. Sentì la porta di casa sbattere alle proprie spalle. Sbam! Era rimasta fuori, così fuori da sentire il rumore del mazzo di chiavi lasciate all'interno staccarsi dalla serratura e cadere in terra. Senza pensare al danno, cercò di corrergli dietro. Le sue gambe erano come immobilizzate da una forza invisibile. Con il cuore in gola provò a urlare: «Demian, Demian, aspettami» ma le uscirono solo dei flebili suoni incomprensibili. Allora pianse senza potersi permettere un movimento consolatorio per asciugarsi gli occhi. Avrebbe voluto strapparsi le ciglia, da quanto le bruciavano. Si morse le labbra e ingoiò le sue lacrime. In ogni lacrima le traslocò un po' l'anima.

Un balzo improvviso la riportò alla realtà.

«Cazzo, ho rischiato di annegare in una fottutissima vasca!» disse a voce alta, guardandosi con cura i polpastrelli arricciati e sputando acqua e sapone. Si era addormentata nella vasca da bagno e aveva avuto una paralisi durante il sonno. Il non essere riuscita a raggiungere la massima lucidità nel sogno le aveva fatto comprendere che il suo corpo fisico era immobile nella vasca ma non le aveva permesso di pilotare il sogno e seguire Demian. Se ci fosse riuscita magari avrebbe potuto capire dove fosse andato, ma tutto sommato in quel momento era contenta di stare lì da sola.

Non avrebbe voluto che lui la vedesse in quello stato. "Per una volta fammi morire di te" avrebbe voluto dirgli, e invece stava morendo lei senza poterlo affogare in un'idea finita; e invece non possiamo sceglierci la nostra morte, solo costringerci ad amare la vita, finché è possibile.

Possibile, che bella parola. Se la trovò davanti con la sua voce calma a cullarla, con la premura che hanno le cose che arrivano in tempo. Perché nei sogni, alle prese con il suo dono dell'onironautica, riusciva a gestire in maniera realistica infinite variabili di possibilità. Poteva abbandonare ogni storia nel momento in cui lo desiderava, prima che fosse troppo tardi poteva già tuffarsi in un sogno nuovo. La sua vita vera invece non l'amava, non l'aveva mai amata, da quando aveva deciso di regalarle due gemelle siamesi, il potere e la condanna.

Uscì dalla vasca, tolse il tappo e rimase a guardare l'acqua defluire velocemente.

"Sembro strafatta e sono solo sola" pensò fra sé. Con i capelli ancora bagnati si infilò la biancheria e finì di rivestirsi nel disimpegno.

Afferrò la maniglia della porta di casa e la chiuse con forza. Sperò di lasciare i vertici impensabili del suo sconforto dietro l'angolo della sua anima. Uscì per la strada seguendo il suo respiro per riprendere confidenza con la realtà, per liberarsi di quell'aria viziata di malinconia. Ogni momento apparentemente innocuo dentro i suoi sogni poteva trasformarsi in un'avventura, peccato non avere la stessa dimestichezza con il suo presente reale.

Provò un senso di nausea per il modo in cui fino a quel momento aveva gestito la sua vita e si accorse che in quel margine di tempo in cui non doveva inventarsi più scuse per vivere, non aveva mai pensato al suo lavoro, alle sue traduzioni lasciate in sospeso.

Fermò con un cenno della mano un *black cab*. La scritta luminosa del taxi si spense.

«27 Old Bond Street, grazie!»

Voleva comprare un paio di scarpe a Demian. Nel suo ultimo sogno, mentre scendeva le scale, lui aveva quelle scarpe e le sembrò una specie di segno. Demian le indossava da molto tempo, erano le sue sneakers preferite da prima che andassero di moda. Antons, il commesso del negozio, era una sua conoscenza fin da quando aveva iniziato a lavorare lì. Le aveva detto che spesso andava a trovarlo anche senza dover comprare niente, solamente per un saluto.

Scese davanti alla boutique di Alexander McQueen. Ad accoglierla, un vestito rosso in vetrina, a forma di rosa. Mentre saliva le scale interne, sperò quasi di poter incontrare lì Demian o almeno di strappare ad Antons qualche informazione, senza far trapelare alcun dettaglio della loro crisi. Anche solo una piccolissima notizia l'avrebbe rassicurata, sarebbe bastata ad attenuare la sua sensazione d'impotenza.

Ma la realtà non è mai qualcos'altro. Poteva impegnarsi a comprenderla ma non manipolarla. In quella boutique era assente l'aria di superiorità che l'aveva sempre accompagnata e di cui andava fiera, compiacendosi di far parte di quella piccolissima élite di onironauti, che avevano ricevuto in dono la capacità di pilotare i propri sogni. Infatti di Demian non c'era alcuna traccia e per sua sfortuna quel giorno non era di turno nemmeno Antons.

Guardò le sneakers oversize in fila sul lungo scaffale nero, posizionato davanti al vetro che affacciava sulla strada. Ne scelse un paio con la suola trasparente e l'inserto in tessuto iridescente sovrapposto alla pelle bianca sul tallone. Le sembrò che rappresentassero al meglio il Demian di quel momento.

Tornò nello studio di Demian. Aprì la porta per lasciare lì il regalo. Gli aveva anche scritto un biglietto mentre era in taxi:

Faccio sempre tardi agli appuntamenti. Ho sempre pensato che il rendersi prevedibili fosse la condizione in cui si trovano sempre e soltanto le persone deboli e paurose. E adesso che non ci sei, cresce in me il senso di vuoto. Ho fatto tardi anche con te. Però se il nostro legame è forte sopravviverà, saprà darci ancora un'occasione e tu tornerai indietro per venirmi a prendere. Una cosa di certo la so, me l'hai insegnata tu. Controcuore non possiamo andare. Perciò o ci perderemo per sempre o non ci perderemo più.

Nemmeno varcò la soglia. Non accese la luce, lasciò il suo regalo all'entrata e non ebbe il coraggio di dare una direzione ai suoi passi confusi. Il rubinetto della memoria le spalancò gli occhi. L'acqua scivolava impetuosa e superava il livello sopportabile di ricordi. Una piccola falena immobile sul muro forse si era salvata grazie all'assenza di una luce.

Un dolore può perquisirlo con gli occhi solo chi lo ha provato uguale, altrimenti può restare per sempre in trasparenza. Perché i veri dolori non sono puttane che vanno con chiunque per manipolare, per farsi compatire, no. Perché con quel dolore appiccicato al cuore non si assomiglia più a nessuno. Perché te ne vergogni, Meg? Perché ci vergogniamo al posto di chi ci fa del male? È per questo che le persone come te hanno paura di innamorarsi di una mano che stringe in un modo tale da saper parlare? Della stretta disperata di chi non ti costringe mai a sceglierla? Ma ti costringe a scegliere. O dentro o fuori. Perché se non scegli da che parte stare, in mezzo c'è troppo traffico per sopravvivere.

9
Filofobia

Londra le era sembrata una piacevole estranea, durante il suo giro in centro. Un'amica che rivedi dopo tempo e cerchi di ricordare i dettagli del viso che aveva da ragazzina. Qualche accenno lo trovi, qualcun altro no, è andato perso per sempre, e non è colpa degli anni ma di certe stanchezze potenti che il trucco non riesce a nascondere.

Siete cambiate entrambe, perché nessuna delle due è più stata al gioco malsano delle aspettative soddisfatte per forza, per non deludere, per isolarsi da un mondo di miserie e crudeltà. Ognuna delle due "voleva andarsene da lì", qualunque posto fosse, ma poi non ci era mai riuscita. E adesso si ritrovavano l'una di fianco all'altra, percorsi differenti, stesso epilogo fallimentare. Erano giovani vecchie, sopraffatte da una vita che non si era affatto fermata alla prima delusione.

La prima delusione ti sorprende senza preavviso. È il primo passo verso la crescita. Ripensò a Meli e a quanto le mancasse, proprio come le sarebbe mancata Londra, assente incapace di portarsela via quella delusione della prima volta. La prima volta che fai l'amore e non è affatto come te lo immaginavi, la prima volta che senti la rabbia colpirti come un pugnale, la prima volta che qualcuno ti condanna ad aspettare.

Meg guardò con aria titubante la porta dello studio di Evelyn. Tenne il dito immobile sul campanello prima di premerlo. Le sembrò già di sentire da fuori un odore inusuale, un senso di spaesamento, e provò a soffiare all'interno di se stessa per riempire lo spazio vuoto che le dava la prospettiva del cambiamento.

Dopo dieci minuti Meg e Evelyn si ritrovarono a parlare in una stanza con le pareti cielo vaniglia di Monet e due poltrone chester blu Van Gogh l'una davanti all'altra.

«È molto accogliente qui. Diverso dall'altra volta.»

«Cerco di fare del mio meglio per mettere i miei pazienti a loro agio. Lo sai che le persone valutano la competenza dei loro psicoterapeuti anche dall'arredamento del loro studio? Così ho arredato gli ambienti in modo diverso.»

Meg provò una sensazione insolita. Aveva l'opportunità di prendere confidenza con l'ambiente di una quasi sconosciuta, mentre al piano di sotto c'era lo studio della persona con la quale aveva condiviso la vita per due anni e del quale, lo capiva ora, non aveva mai saputo nulla.

«Come va, Meg? Come ti senti?»

«Per dirlo con un solo termine? Frastornata. Per caso hai sentito qualche movimento?»

«Ti riferisci alla presenza di Demian? No, Meg, purtroppo no. Non l'ho incontrato, mi dispiace. Ti avrei sicuramente avvisata.»

«Comunque c'è una cosa di cui vorrei parlarti. Non so se sia davvero un segreto o se solo io non ne fossi a conoscenza. Riguarda la sua ex fidanzata. È morta in un incidente. Ho trovato dei file sul suo computer… Cose che aveva scritto per me ma non aveva mai avuto il coraggio di farmi leggere.»

«Sono questioni delicate, Meg. Non bisognerebbe ficcare il naso in cose che non ci riguardano. Se Demian non te ne ha parlato probabilmente non ne ha mai avuto il desiderio. Non credi?»

«Lo so, ma che cosa dovrei fare? Rassegnarmi senza capire? Per molto tempo ho sognato un uomo sapendo di sognarlo e consapevole del fatto che fosse solo un sogno. Ho indagato per trovarlo. Me ne ero innamorata ed ero ossessionata dall'idea di incontrarlo nella mia realtà. Sapevo che era un personaggio onirico, ma ogni volta che mi svegliavo provavo dei sentimenti fortissimi nei suoi confronti. La vita reale non m'interessava più. Non vedevo l'ora di addormentarmi per vivere nel mio sogno. Quando sono venuta a conoscenza del libro ho scoperto che George altro non era che il personaggio di un libro di Demian, proprio il libro che lo ha reso famoso mentre era in coma. Quando ho incontrato Demian sono rimasta delusa. Ho sperato si svegliasse dal coma per potergli chiedere notizie di George. È stato nocivo per me, una specie di droga. In fondo ho usato i miei sogni per sfuggire alla realtà. Ne ero diventata dipendente. Ora ho scoperto che l'ex fidanzata di Demian, è morta in un incidente. Il suo cuore è stato donato a un ragazzo che vive a Brighton. Si chiama George Cabot. Come il personaggio del libro di Demian.»

Evelyn non parve dare molto peso alle sue ultime parole.

«Quindi sei sempre riuscita a sognare lucidamente, Meg? Forse mentre Demian era in coma siete entrati entrambi in contatto con George attraverso un sogno condiviso. Una specie di telepatia. Sei entrata nei sogni di Demian, per questo sognavi il personaggio del suo libro. Magari anche Demian avrà sognato te, non glielo hai mai chiesto?»

«Lui mi ha sempre detto di essere entrato in contatto con me attraverso il personaggio del suo libro, mentre era in coma. Una fantasia bellissima alla quale non ho mai veramente creduto, ma è per questo motivo che io e Demian ci siamo conosciuti. Attraverso il sogno del suo personaggio sono arrivata a lui. L'ho raggiunto mentre era ancora in coma qui a Londra. Gli sono stata vicino perché speravo attraverso di lui di capire qualcosa in più su George. Ora so che George esiste davvero e che il legame tra loro due passa attraverso una persona che Demian ha amato molto, Samantha. Vorrei riuscire a capire qualcosa di più. E c'è un'altra cosa su cui vorrei fare chiarezza, prima di andarmene. Demian è stato accusato di plagio. Non so se lo hai letto sui giornali o in rete un po' di tempo fa.»

«Sì, ne avevo sentito parlare. Pensi che potrebbe essere sparito per questo?»

«Non ha preso bene la cosa, ovviamente. Anche perché

il suo editore è stato scorretto con lui. So che erano in buoni rapporti, poi però, a contratto già firmato, ci ha ripensato e non ha più voluto pubblicare il suo secondo libro. Demian non ricorda molto. L'incidente in macchina è avvenuto poco dopo. Forse ha in qualche modo a che vedere con il rifiuto. So che aveva preso a bere molto, dopo. Poi è entrato in coma e come spesso accade le persone si sono interessate alla sua vita. *Blue Moon* è diventato un caso editoriale, vendendo moltissimo. A quel punto, se ho ben capito, l'editore ha deciso di pubblicare il nuovo romanzo, senza aspettare che Demian si svegliasse dal coma. Ma la cosa davvero strana è che lo ha fatto a nome di un altro autore, lanciandolo come un esordio letterario.»

Evelyn sembrava molto attenta, quasi preoccupata. Meg fece fatica a decifrarla.

Dopo un attimo di pausa, la donna rispose: «È piuttosto strano, in effetti. Ma forse non c'è troppo da meravigliarsi. Quando si fiuta l'affare i sentimenti vengono messi da parte».

«È stato vittima di un raggiro di cui fatico a comprendere la ragione. Non è giusto che sia stato accusato di qualcosa di così infamante, mentre io so che possiede un'onestà intellettuale da far paura. Tutto ciò che è dentro ai suoi libri è dentro alla sua anima. Perché non ha dimostrato di averlo scritto lui, quel libro?»

«Forse non ha potuto» tagliò corto Evelyn. «Ma torniamo a te, Meg. Certamente il tuo inconscio ti ha fatto sognare George per farti arrivare a Demian. D'altronde niente accade per caso e nessun sogno è solo e semplicemente un sogno. Ma è davvero improbabile che George esista nella realtà. Quel George che hai sognato tu, intendo. In ogni caso insistere nel procurarsi sogni lucidi e avere di continuo a che fare con il tuo inconscio potrebbe essere decisamente pericoloso. A volte non siamo ancora pronti ad affrontare certi problemi e a fare i conti con i traumi rimossi.»

«Ho imparato a fare i conti con i test di realtà. Ormai so distinguere cosa è reale e cosa no. Magari i miei sogni potranno davvero essermi utili, per una volta.»

«I sogni sono un terreno privo di rischi per fare i conti

con i propri problemi… Ma se ci si accanisce in ogni modo possibile, questi problemi escono fuori dai sogni e possono generare angosce profonde difficili da gestire.»

«Sono sicura che Demian non abbia plagiato quel libro. Dev'esserci qualcosa dietro.»

«Non vuoi proprio rassegnarti, Meg. Guarda cosa ti ha fatto. Ti ha lasciata sola. Forse hai proiettato su Demian la parte romantica che vedevi nel sogno George.»

«Questo no! Ho fatto di tutto per far sì che si svegliasse. Mi sono presa davvero cura di lui. Ma non appena si è ripreso dal coma mi sono disillusa. A quel punto Demian ha provato in tutti i modi a convincermi a restare ma io me ne sono tornata a Torino, dove abitavo prima di piombare qui a Londra. Avevo capito di essermi innamorata del personaggio di un libro, non di lui. Sapevo fra l'altro che quel libro non lo aveva scritto per me. Immaginavo lo avesse fatto per una donna che probabilmente lo aveva lasciato, anche se non sospettavo una vicenda così drammatica.»

«Poi come mai sei tornata?»

«Perché Demian mi mancava. Perché tutti sanno come rendere infelici gli altri, è renderli felici che è difficile. Demian ha fatto di tutto per convincermi che tutto ciò che c'era dentro quel libro assomigliava più a lui che a George, perché George era il protagonista del suo romanzo, lo aveva inventato lui. Ma adesso ho scoperto la verità, e forse la donna di cui parla *Blue Moon* è proprio Samantha.»

«Io ti consiglio di lasciar perdere questa storia. Sono solo delle congetture, quelle che fai, niente di reale. Dedicati un po' a te stessa. La tua relazione è finita e secondo me non lo stai accettando. Sei ancora scossa. Probabilmente questa brutta situazione ti ha anche fatto riaprire la ferita per tuo padre.»

«Forse hai ragione. Ci penserò su. Intanto grazie per i consigli… per il supporto. Insomma, grazie per tutto.»

«Ma figurati. Pensaci. Se vuoi venire qui, intanto che programmi il tuo rientro in Italia, fai pure. Se Demian dovesse tornare, gli parlerai. Ma credo abbia voluto rendere tutto più semplice. Più semplice per se stesso e forse anche per te. Paradossalmente tu lo puoi capire. Magari sa anche che sei ancora a casa sua. Per questo ancora non è tornato.»

C'era qualcosa nelle parole di Evelyn che la turbò profondamente e non fece altro che aumentare la sua confusione. Cercò di rimanere fredda, di non darlo a vedere. Dentro di lei però si era insinuata una vaga sensazione di angoscia incomprensibile.

Prese possesso delle sue emozioni e nella sua mente prevalse ancora una volta l'idea di correre via, il più lontano possibile. «Sì, può darsi. Infatti penso che presto andrò via. Potrei davvero portare le mie cose qui?» si limitò a domandare.

«Certo. Ti chiederò solo la cortesia di non interferire con le mie sedute, per una questione di privacy.»

«Non preoccuparti. Nel caso, rimarrei davvero pochi giorni e non darei fastidio. Giusto il tempo di sistemare tutto e fare i biglietti di ritorno in Italia.»

«Certe persone sono come quei libri che bisogna leggere a quindici anni. Se li si continua ad amare anche a trenta, vuol dire che c'è qualcosa che non è andato a buon fine nel processo di crescita.»

«Significa che non ci è più consentito provare certe emozioni?» chiese Meg. «Il tempo che passa ci rende solo meno folli, ma credo che questo non sia affatto saggezza.»

D'improvviso squillò il telefono interno e Evelyn interruppe la conversazione di netto. Rispose con il vivavoce.

«Sì?»

«Dottoressa, un suo paziente chiede di lei. È urgente, altrimenti non l'avrei disturbata. Può venire un attimo in segreteria?»

«Va bene, arrivo» rispose. «Scusami un secondo, Meg. Torno subito.»

Mentre aspettava, Meg si guardò intorno per pochi istanti. Si alzò e si diresse verso la parete libreria composta da un insieme di moduli sospesi, attratta dalle fotografie che si alternavano ai libri e alle piantine grasse.

Evelyn stava per rientrare nella stanza ma, da dietro la porta accostata per metà, si ritrovò a tu per tu con la curiosità di Meg. Ebbe un attimo di esitazione. Si fermò a guardarla mentre sbirciava sugli scaffali e poi fece rumore, quasi per avvertirla del suo ritorno.

Meg si sbrigò a tornare sulla poltroncina, si rimise seduta, accavallò le gambe e prese in mano il suo telefono. A quel punto Evelyn rientrò, chiuse la porta e tornò a sedersi.

«Allora, cosa mi stavi dicendo, Meg?»

«Sai, Evelyn, credo di essere stata amata davvero solo una volta nella vita e solo da Demian. Cosa sarebbe successo se mi fossi comportata in modo diverso? Non credo che cercare risposte sia un'ossessione».

Evelyn rimase qualche istante in silenzio.

«Conosci l'etimologia della parola filofobia? Deriva dal greco φιλος (amore) e φοβία (fobia) ed è la paura infondata di arrendersi a un sentimento. C'è chi ha paura dei ragni, chi degli spazi aperti, chi degli spazi chiusi. Tu sei preda di un meccanismo di autodifesa che ti scatta quando ti accorgi di provare un vero sentimento. Ti spinge a scappare via, perché associ l'amore alla sofferenza.» Fece una pausa, come fosse indecisa se continuare o meno. «Credo sia giunto il momento di dirti una cosa che devi sapere. Sono stata la psicoterapeuta di Demian, ecco perché conosco bene la sua storia e quello che sto per raccontarti. So che non dovrei, c'è il segreto professionale… ma è per salvarti, dunque la ritengo una giusta causa.»

10
A un millimetro di cuore

Samantha e Demian si erano presi e lasciati molte volte. Ma lei lo ricercava sempre. Mai in modo esplicito, sempre facendo in modo di farsi ritrovare. Demian diceva che era un po' il suo destino tornare sui suoi passi attirato da un'esca.

Dopo un'esperienza alla casa editrice Penguin, dove si erano conosciuti, Samantha aveva preso a lavorare per la British Airways. Faceva la hostess. Stava sempre insieme a qualcuno, ma in realtà non stava mai davvero con nessuno. Non riusciva a rimanere da sola a lungo, aveva sempre bisogno di conferme. Sceglieva le sue vittime nei momenti di una loro evidente difficoltà. Alle prese con le loro fragilità, venivano risucchiati dalla sua spirale seduttiva.

Ogni volta che vedeva Demian gli faceva capire che non era felice. Una sera si trovarono in aeroporto, dopo molto tempo. Lei aveva appena staccato dal turno. Demian era di ritorno da un incontro di lavoro. Sorpresi da quella coincidenza, decisero di cenare insieme. D'altronde, chi non crede alle coincidenze del cuore le perde. Lei prese il cellulare e scrisse un messaggio di fretta mentre Demian chiamava il taxi. Non toccò più il telefono per tutta la sera.

D'improvviso, durante la cena lei lo imboccò con la sua forchetta. Prese a trattarlo come se non fosse passato tutto quel tempo. Come se stessero ancora insieme.

Lui si accorse che nel frattempo le erano arrivati vari messaggi sul telefono. Lo aveva silenziato già da un pezzo. Aveva messo in standby la sua storia per tutto il tempo della cena. In quel momento la sua vita presente non esisteva più, esisteva soltanto l'emozione del momento.

Demian aveva confessato alla sua psicoterapeuta il timore che molte volte lei avesse fatto lo stesso con lui. Diceva che lei era quel tipo di ragazza che sai dove la lasci ma non sai dove la ritrovi. Un giorno ti amava, e mentre lo diceva assurdamente era davvero sincera. Ma lo era solo per quella manciata d'istanti. Il giorno dopo era già distante e distanti erano i suoi pensieri. Era una folle che viveva la sua follia come fosse normalità. Domani poi chissà. Magari restava folle e in quello stato di follia voleva ancora Demian, anche se con fare melodrammatico gli diceva che tanto l'amore non poteva bastare ad arginare le differenze fra di loro.

O magari tornava normale e poteva presentargli senza troppi problemi il suo nuovo ragazzo, fingendo che niente fosse successo o forse davvero convinta che niente fosse successo. Sempre alle prese con le sue interruzioni di coscienza.

Quando l'aveva riaccompagnata a casa, quella sera, aveva aspettato che aprisse il portone senza avvicinarsi troppo, quasi a distanza di sicurezza. Aveva paura di ricaderci dentro, di farsi inghiottire di nuovo dal suo gioco. Quando lei aveva infilato la chiave nella serratura lui l'aveva salutata, si era girato dall'altra parte e aveva preso a camminare per andarsene. Samantha nel frattempo era rimasta a guardarlo a sua insaputa. Lui si era voltato ancora un attimo per guardarla entrare ed era ancora lì, davanti al portone, con gli occhi neri, il trucco sfacciato, i sogni in altalena sulle ciglia. Lei provocava il desiderio. Passeggiava nelle strade della sua memoria.

Senza neppure un attimo di esitazione aveva urlato: «Che c'è?» e correndo lo aveva raggiunto, fermandosi a un passo da lui. Demian aveva avuto la forza di risponderle: «Niente» sapendo che anche solo un bacio sarebbe bastato come sequel di un film già visto con lo stessa fine scontata.

Non era mai stata sua la donna che aveva davanti. Non

era di nessuno. In realtà nessuno appartiene a nessuno, ma è dolce pensare che qualcuno appartenga al nostro cuore e sia leale al punto da conoscere il più possibile il suo tracciato per armonizzarlo con noi. Alla fine non sapeva quali dettagli del suo carattere messi insieme fossero in grado di formare qualcosa di riconoscibile.

Come si può affidare la vita all'instabilità? Lei era tutte quelle cose inspiegabili. *Lei* era inspiegabile. Lei era anche il fascino contorto di un addio. Demian lo diceva sempre: «Vorrei imparare a dire addio una volta sola».

Sapeva da sempre che la parte difficile non è tanto raggiungere qualcosa ma mantenerla. Nel verbo mantenere c'è l'impegno che non tradisce la promessa. Mantenere è tenere per mano, stringere qualcosa per proteggerla e per permetterle di durare attraverso gli inverni del tempo. Mantenere è stringere senza costringere, in equilibrio sullo stupore. Provocare un desiderio è molto semplice ma rendere desiderabile lo stesso desiderio per sempre è davvero un'arte che può consolare, in un mondo di intermittenze. Sapeva ma non riusciva a resistere.

Samantha si affacciava di tanto in tanto alla sua emozione e poi chiudeva la finestra, per tornare ad aprirla sempre in un tempo per lei ancora possibile, perché per lei non esisteva un tempo impossibile. Risolveva bruscamente i problemi del momento facendosi ritrovare da Demian. Poi lo spingeva via come il click della luce in un sogno. L'interruttore si muoveva ma la luce restava accesa. Samantha riusciva ad alterare la naturale essenza degli istinti umani e impediva a Demian non tanto di difendersi da lei, quanto da se stesso.

Evelyn le disse che Demian aveva sofferto molto ma aveva preso la decisione di lasciarla andare. Era stato lui a decidere, dopo l'ennesimo litigio. Ancora una volta lei lo aveva messo da parte. Aveva rinunciato a passare il Capodanno insieme, preferendo dare la priorità al lavoro. Avevano discusso a lungo. Al culmine del litigio lei si era tolta l'anello che lui le aveva regalato e glielo aveva tirato addosso con disprezzo.

Poi aveva chiamato un taxi per andarsene.

Lui aveva provato a trattenerla sulla soglia dell'ascensore. Le aveva messo le mani sulle spalle e le aveva detto: «Se stavolta te ne vai è finita per sempre». Le spalle si erano girate. Si può essere distanti anni luce da qualcuno semplicemente girandosi.

Tutto questo avrebbe dovuto essere qualcosa di ormai lontano, di relegato in un cassetto buio, in un angolo della mente, ma invece, forse, era ancora presente nel suo presente.

Possibile che anche da morta quella donna c'entrasse qualcosa con la fuga di Demian?

Spinta da una curiosità morbosa Meg incalzò con le domande.

«Ho letto su quei file di Demian che lei è morta in un incidente. Qualcuno le ha dato un passaggio perché era in ritardo. Tu sai com'è successo precisamente?»

«No, le cose non sono andate così... Quella ragazza aveva una personalità borderline. In realtà chi soffre di questo disturbo ha difficoltà a raggiungere un'autentica intimità emotiva con le persone con cui ha a che fare. Samantha era solita raccontare molte bugie per spingere Demian a cercarla di nuovo. Era come se avesse varie personalità, e spesso recitava la parte della vittima. Non era in grado di assumersi delle responsabilità e non si metteva mai in discussione perché credo non si conoscesse affatto. Non era in grado di vivere nessun rapporto in modo lineare. Cercava di manipolare Demian, di fare leva sulle sue debolezze, di sedurlo, pur non avendone una piena consapevolezza. Demian non mi ha mai parlato della famiglia di lei, però. Mi diceva solo che tanto in qualche modo sarebbe sempre ritornata, perché i suoi rapporti finivano tutti e sempre in modo burrascoso e lui era l'unico suo porto sicuro. Si era abituato a giustificarla e a giustificare ogni suo atteggiamento disfunzionale. Era riuscito a entrare nel suo mondo e il loro era un rapporto totalmente distruttivo.

«D'altra parte, anche Demian non ha mai avuto alle spalle degli affetti su cui contare. È sempre stato solo. Non ha nessuno. È nato grazie alla fecondazione eterologa. La madre lo ha abbandonato in ospedale subito dopo la nascita. Pare che al marito il neonato non piacesse. Aveva preso consapevolezza solo in quel momento del fatto che non fosse suo figlio naturale. Non lo hanno più voluto. Non so altro, davvero. Demian era restio a parlarne. Quello che so, lo so da una seduta di ipnosi. Credo abbia rimosso molte cose... Ti ho detto davvero tanto, Meg. Esiste il segreto professionale. Non posso dirti di più.»

Meg rimase scioccata al pensiero che Demian fosse stato abbandonato nella culla. Non ne aveva idea. Per rispetto e per non sembrare invadente aveva smesso quasi subito di fargli domande sulla sua infanzia.

Ora aveva un buco nello stomaco e sulla pelle un dispiacere cucito con il filo della noncuranza. Sentiva di non aver lottato abbastanza per la sua storia. Era colpevole di non aver riconosciuto in tempo il momento di lottare ma ora si sentiva in diritto di sapere. Molte volte aveva recitato una parte e l'aveva ripetuta molte volte alla sua mente, ma questo non aveva reso certamente la sua vita un'opera d'arte.

Eppure spesso c'è ancora una scena, dopo i titoli di coda, e quasi nessuno rimane a guardarla. Restare a guardarla può non dare tutte le spiegazioni ma può rimettere in equilibrio il senso di tutta la storia.

«Quindi tu sai cosa le è successo veramente. Andiamo, Evelyn. Si potrà fare una tregua con questo benedetto segreto, per una giusta causa. Parlami non da professionista ma come se fossi una vecchia amica che può evitare una rottura definitiva fra due persone!»

«Samantha era in macchina con Demian quando ha avuto l'incidente. Lui ne è uscito praticamente illeso, quella volta. Forse lo ha rimosso per evitare un senso di colpa che lo avrebbe schiacciato. La memoria più che ai ricordi reali è legata all'emozione vissuta, dunque ciò che conta è la verità emotiva, non la verità fattuale. La memoria emotiva non è così precisa come crediamo che sia. Possiamo muoverla avanti e indietro e creare associazioni spontanee che ricostruiscono gli eventi non per come sono realmente accaduti ma per come ci hanno toccato nel profondo. Possiamo quindi scambiarli o rimuoverli, e questo non significa affatto voler ingannare chi amiamo.

«Demian soffre di un'amnesia lacunare retrograda transitoria con recupero progressivo, un problema riscontrato dopo il suo risveglio dal coma. È un tipo di perdita di memoria che riguarda un breve lasso di tempo. Poche ore o pochi giorni, insomma un periodo specifico a cavallo di un trauma subito. Però è anche possibile che il recupero della memoria non sia lineare e che una persona confonda cose accadute con cose immaginate. Tu lo conosci soltanto da quando si è risvegliato dal coma, della sua vita precedente non hai mai saputo niente. La sua vita è stata colpita duramente molte volte. Ci chiediamo spesso, per il calcolo delle probabilità, quante sofferenze siamo tenuti a sopportare, ma non esiste purtroppo una statistica precisa.»

«Quindi Demian ha avuto un incidente anche prima di quello che lo ha mandato in coma?»

«Andiamo Meg... Demian è stato fermato parecchie volte in stato di ebbrezza. Il problema della memoria peggiora anche con un calo sostanziale di tiamina, e l'abuso di alcol può esserne una causa scatenante. Forse è anche stato fortunato, tutto sommato, non credi? Comunque, sì. Un incidente in cui Samantha è morta e il suo cuore è stato donato a un'altra persona.»

«George Cabot... E quindi quando Demian ha scritto *Blue Moon* Samantha era già morta... Perché non me l'ha raccontato, secondo te?»

«Sono stata la sua psicoterapeuta per un periodo, Meg, ma non sono un'indovina.»

«Come ha fatto Demian a sapere chi fosse George? Non esiste un segreto sui donatori?»

«Succede spesso che i riceventi si mettano alla ricerca del proprio donatore e anche che i parenti del donatore desiderino incontrare la persona che ha ricevuto un organo del proprio amato. È un modo per continuare a tenerlo in vita. Utilizzano gli strumenti più usati in questo periodo, i social network. Anche la cronaca, se ci pensi, involontariamente ha dato a Demian alcune informazioni molto utili. Ha riportato la notizia di una persona morta in un incidente che ha donato i suoi organi e il suo cuore è andato a un ragazzo di Brighton che era in attesa per un trapianto. Quindi non occorre poi una gran perspicacia per arrivarci. Lasciati alle spalle questa storia, te l'ho detto. Tornatene in Italia e riprendi la tua vita.»

11
La ragazza di vetro

Meg camminò per un po' senza meta prima di tornare a casa di Demian. Quello che le aveva raccontato Evelyn l'aveva davvero scossa. Quante cose non sapeva di lui?

A quel punto voleva solo preparare le sue cose in fretta e andarsene via. Per lei era troppo doloroso restare da sola in quella casa. Ogni cosa le parlava di Demian e ogni parola era coltello e conflitto dentro. Da una parte si struggeva nei ricordi e desiderava scappare, dall'altra in un angolino stretto e buio della sua anima restava accesa l'idea che lui potesse tornare, così di punto in bianco. E lei cosa avrebbe fatto? Se lo stava chiedendo.

Sul muro che costeggiava il marciapiede vide degli adesivi ormai scoloriti e in parte strappati. Si intravedeva a malapena la scritta NO BREXIT. Anche Meg si era sentita avvilita da quella scelta e in cuor suo aveva sperato che la volontà popolare potesse cambiare e ricredersi sulla scelta Brexit, per non creare ulteriori inutili spaccature in un già fragile equilibrio. Lei si era sempre sentita cittadina del mondo. Era stata fortunata. Si era potuta trasferire a Londra senza permessi particolari.

Per una volta le dispiaceva andarsene da un posto. Lo sentiva suo paradossalmente proprio adesso. Tuttavia Meg s'interrogava sul senso della sua relazione con Demian. Forse era ancora incastrato nel senso di colpa per la morte di Samantha, anche se non era consapevole di aver procurato lui stesso l'incidente. D'altronde, persino nei file trovati nel suo computer Demian ricordava un'altra versione dei fatti. Non era una bugia, non avendo mai deciso di parlargliene. Aveva proprio manipolato la realtà nella sua mente per non soffrire ancora di più.

Forse non aveva mai smesso di amarla. Cercando qualche fotografia di lei su Facebook, era rimasta turbata dal fatto che le assomigliasse. Quasi come una stalker aveva cercato di sbirciare il più possibile nel suo profilo. Non le sarebbe piaciuto trovare indizi di passato, nonostante non fosse mai stata l'inguaribile romantica che spera di essere l'unica e la sola per l'uomo al suo fianco. Alcuni album di fotografie erano aperti a tutti e aveva quindi potuto crogiolarsi meglio nelle sue elucubrazioni. Si era chiesta quale fosse stato l'attimo preciso che l'aveva cambiata così tanto.

Cos'era stata lei per lui, un ripiego? Una compagnia per affrontare in modo meno avvilente i giorni insicuri della vita? O forse Demian era da sempre in grado di prevedere le sconfitte prima che accadessero?

Si fermò qualche attimo sul marciapiede. Istintivamente prese il telefono per provare a chiamarlo ma le mani si bloccarono quasi fossero autonome, quasi capissero. Nel petto un tremore incalzante la rese debole e quella sua debolezza la paralizzò. Forse era solo un altro dei sintomi della paura. Lo avrebbe aggiunto alla lista, pensò prendendosi in giro da sola.

Tremava e il suo stomaco sembrava capovolgersi come il vortice di una lavatrice. Il malessere era ormai totalizzante. Un insieme di sensazioni acute come spilli a trafiggerle persino il respiro. Il suo corpo la maltrattava quasi a tessere la sua vendetta. Avrebbe voluto essere in grado di tenere tutto sotto controllo, come d'altronde aveva sempre fatto.

Era banale accorgersi che il tempo passava lento da quando non c'era più Demian. Quasi stucchevole rendersi conto che la sua anima era capace di soffrire per un'assenza non preventivata. Era sempre lei ad andarsene, sempre lei quella forte per finta. Eppure nessuno poteva accorgersi della sua recita esteriore.

Ci dimentichiamo che le persone esistono fino a quando le abbiamo davanti agli occhi? È questa la crudeltà più grande di cui siamo colpevoli? Tutti colpevoli. Tutti. Nessuno escluso.

D'altronde l'amore non è altro che una punizione. Te la fa pagare per il semplice fatto di non saperne fare a meno. Ti porge la mano e poi te la stritola. La più piccola esitazione lo stravolge, la più piccola delusione ne altera il potenziale. Ma chi cazzo ci crede più? Forse tu, Meg? Adesso ci credi? E le volte in cui avresti dovuto esserci e non c'eri?

Entrò in casa insieme alla sua angoscia e si buttò sul letto. Accese la televisione per l'urgenza di avere qualcuno con cui parlare. Aveva freddo e si sporse dal letto per raccogliere un lembo del plaid scivolato giù. Mentre lo tirava su, toccò qualcosa. Incuriosita guardò sotto il letto e vide una scatola di quelle che si usano per riparare dalla polvere i vestiti. Sembrava essere piena di cianfrusaglie. La prese e l'appoggiò sul materasso restando qualche secondo a guardarla. La scoperchiò. C'erano vari quaderni con dentro appunti di Demian. Una serie di vecchi portachiavi in disuso sporchi e consumati. Una piccola shopper nero lucido di Harrows. Istintivamente ci guardò dentro. C'erano delle chiavi di una serratura che non riconosceva e delle lettere indirizzate a Demian. Le buste non avevano francobollo. Fu tentata di non leggerle ma non ci riuscì.

Quella calligrafia quasi infantile apparteneva a Samantha. Erano lettere d'amore. In una fantasticava di sposarsi con lui. Scriveva di non potersi più trattenere, di non avere mai provato un sentimento così forte, "totalizzante" diceva, sì, più volte lo chiamava totalizzante.

Rimettendo in fila le date c'erano lunghi periodi di silenzio. Una storia discontinua, come le aveva detto Evelyn. Un sentimento subdolo che si mostrava uguale al sole ma poi aveva costretto Demian più volte a ospitare l'inverno.

C'erano anche un perizoma, vecchi scontrini, biglietti del cinema, una chiavetta USB e un solitario buttato così, senza scatola. Un solitario che quasi sicuramente Demian le aveva regalato.

Lasciò la scatola, prese il suo portatile sul comodino e inserì la chiavetta per vedere il contenuto.

C'erano delle fotografie di Samantha, sembravano fatte da un fotografo professionale, e poi delle loro fotografie insieme, al mare. In una di quelle, alle loro spalle, si vedeva bene il faro bianco di New Brighton. Meg chiuse gli occhi per un attimo.

Si ritrovò di colpo davanti al faro. In lontananza c'era una scala a chiocciola. Samantha era ai piedi della scala e all'estremità opposta c'era Demian che la guardava. Meg avrebbe voluto correre da lui ma qualcosa la bloccava e non riusciva a camminare. La sabbia le intrappolava i piedi. Accanto a lei c'era George che le prendeva la mano. Lei gliela stringeva e poi d'improvviso lui si allontanava, raggiungeva Samantha, ma aveva un aspetto diverso dall'uomo che aveva sempre sognato. Era accanto a Samantha. Lei chiamava "Demian... Demian" ma lui sembrava non sentirla. A un tratto lui la guardava e il suo volto era di colpo cambiato. Si era confuso con quello di George e le era impossibile capire chi fosse l'uomo che le era davanti.

Meg si guardò il polso per cercare indizi del sogno. Si accorse di non avere l'orologio. Allora si tappò il naso e la bocca. Nonostante tutto riusciva a respirare. Passato il suo test di realtà si sforzò allora di fare un salto per dominare il sogno, capire dove avrebbe potuto condurla e raggiungere Demian. Ma George e Demian erano l'uno di fronte all'altro, ed era incapace di riconoscerli con certezza. In mezzo a loro brillava un cuore organo. In sottofondo c'era un suono di violini che stridevano in maniera scomposta. Sembrava la traccia fantasma di un disco dei Coldplay. Meg provava a urlare "Voglio svegliarmi" ma non le usciva la voce. Questo perché la sua vita era dominata da una censura interna che non le permetteva di chiedere aiuto, neppure in sogno. Chiedere aiuto, paradossalmente, l'avrebbe messa ancora più in pericolo.

Di colpo si ritrovò di nuovo sul letto con la televisione accesa. Cercò di sentirsi leggera, di aggrapparsi alla realtà.

Non ci riuscì. Respirava a fatica. Era accerchiata da strane microvibrazioni che pian piano aumentavano prendendo il sopravvento. Un terremoto di magnitudo 1 che poteva avvertire solo lei. Un attacco di panico? Strinse forte le lenzuola. Fissò il soffitto. Le crepe improvvise che si erano formate le sembrarono rondini che prendevano il volo.

Si alzò, quasi rischiando di cadere, per ammucchiare tutte le sue cose e andarsene per sempre via da lì. Si guardò intorno. Riconobbe degli oggetti familiari che non potevano essere lì in casa di Demian. Sul comodino c'erano un piccolo cactus luminoso che aveva regalato a sua madre e una racchetta d'argento appartenuta a suo padre. Le immagini che aveva davanti erano incoerenti con l'ambiente. Provò a spostare la piccola lampada e un dolore improvviso la travolse. La lampada cadde in terra e si spaccò. Di colpo pianse pensando al regalo fatto a sua madre, ma il dolore la ricondusse a se stessa. Si guardò il palmo di una mano. Aveva una ferita aperta, il sangue colava a terra. Le bastò lasciar scivolare lo sguardo in basso per non vedere più il sangue e per chiudere con lo sguardo la ferita.

Demian era il sentiero di sangue che portava al suo cuore e il suo passaggio nella sua vita avrebbe dovuto essere una piccola salvezza.

Poi aprì gli occhi.

In quel momento era davvero sveglia. Accanto aveva di nuovo la scatola trovata sotto il letto e il suo portatile era scivolato in terra.

Sto impazzendo. Devo andarmene assolutamente via di qui. A volte mi domando cosa sarebbe successo se non fossi tornata indietro da te, dopo quella fuga a Torino, Demian. Se, una volta risvegliato dal coma, avessi tenuto fede a tutto quello che avevo pensato. Non mi ero innamorata di te ma soltanto del personaggio del tuo libro. Invece poi ho imparato a conoscerti. Potevo toccarti, contare su di te. Ero riuscita almeno per un po' ad abbandonare le mie aspettative impossibili.

Ci sembra possibile lasciare i luoghi a cui siamo legati, pensando di lasciare indietro anche un po' di noi stessi. La parte che non ci piace, quella scomoda, quella che va a braccetto con i suoi fantasmi. E quei fantasmi sono lì ad aspettarci, qualunque sia la nuova destinazione.

Ma tu sei sempre stata una ragazza di vetro, Meg, e essere di vetro ha il suo peso. Ti fa scegliere cose impossibili per evitarti l'illusione del paradiso. D'altronde è da stupidi morire per un'illusione. Ma tutto quel vetro messo come scudo per preservare diventa ben presto una prigione. Un filtro d'indifferenza alla vita che ti difende soltanto dalla provocazione di una concreta possibilità.

Invece Demian è uno di quei tipi sbagliati che si occupano incessantemente di rimettere a posto il cuore di chi amano. Così, mentre gli altri vanno avanti, il suo cuore resta a piedi, perché concede tutta l'energia che ha e anche a te ha dato tante volte un pezzo di ricambio.

12
Dimenticare il salvacuore

Meg afferrò il telefono e compose il numero di Evelyn. Sentiva che poteva essere l'unica persona in grado di aiutarla in quel momento.

Le raccontò l'esperienza del suo ultimo sogno dicendole di essere molto provata, di non farcela più. I suoi sogni si stavano trasformando in incubi e anziché desiderare di sognare era ormai preoccupata di addormentarsi.

«Non dovresti restare in quella casa, Meg. Non è sano e credo sia alquanto masochistico. Quello che ogni tanto ti accade, a parte i sogni lucidi, si chiamano falsi risvegli. Sono sogni dentro al sogno. Ti sembra di esserti svegliata ma in realtà stai continuando a sognare. Puoi rendertene conto perché ci sono dei dettagli non perfettamente in linea con la realtà. Stavi facendo un incubo e volevi svegliarti. Non ci sei riuscita ma ti sei salvata. In un certo senso il falso risveglio ti porta via da un sogno scomodo.»

«Non ne posso più. Perché mi succede questo?»

«Tu reprimi il tuo dolore. Senza la capacità di esprimere il tuo dolore non riuscirai mai a liquidare i tuoi incubi. I tuoi sogni sono diventati incubi, come fai a non accorgertene se lo dici tu stessa? La capacità del cuore di un essere umano non è infinita. Non si possono accumulare lì dentro tutte le armi arrugginite che lo hanno ferito. Finisce per impazzire.»

«Hai ragione, Evelyn. È ancora così presente quel sogno.»

«Attraversare le fasi del dolore è come salire una scala a chiocciola. Proprio quella che hai visto in sogno. Il dolore gira su se stesso e con fatica si lascia percorrere. Ma è un percorso che devi fare. Anche se noi non ricordiamo il sogno, il sogno ricorda noi.»

«Sistemo le mie cose e lascio questa casa per sempre.»

«Ho un appuntamento dal commercialista e poi devo portare mia figlia dal medico. Ti lascio le chiavi del mio studio in portineria. Mandami un messaggio quando arrivi, così non mi prende un colpo se torno e ti trovo dentro.»

«Grazie, Evelyn.» Meg provò per lei un'infinita riconoscenza. Si ripromise di diventare una persona più premurosa e toccò con le sue mani ruvide la maniglia delle sue scuse troppo lisce.

Chiuse la telefonata e sistemò le sue cose in valigia. Cercò di fare in fretta per non sentire troppo i pensieri accumularsi e dare ancora una volta una consistenza alla sua solitudine.

Sentì l'esigenza di chiamare sua madre, ripensando al sogno che l'aveva scossa. Si aspettava forse una reazione diversa dal solito ma lei non le chiese quasi niente. Partì con un monologo. Le sembrò che non l'ascoltasse, incentrando la conversazione su se stessa, sulla sua depressione, sui problemi quotidiani che le infelicitavano la vita. In modo velato l'accusò di non esserci mai. Le disse di volerle bene e che nello stipo della cucina c'era sempre per lei una confezione di Kinder Brioss. Erano le merendine che mangiava da bambina. Per un attimo ebbe nostalgia di quel sapore ma riuscì a ricordarlo a intermittenza. Una sintesi di lividi interiori mai guariti la riportarono alle motivazioni che l'avevano spinta lontano. Ora era distante anni luce da quel periodo, aveva la sensazione che fosse un periodo ipotetico o che un'altra bambina lo avesse vissuto al suo posto.

Non era una buona idea tornare a Roma. Si sarebbe incartata nuovamente nei soliti disastri emotivi. La salutò in modo gentile ma già lontana dal considerare possibile quella soluzione.

Pensò allora di mandare un'email alla società di traduzione per la quale lavorava quando era a Torino. Chiese un aiuto per la ricerca di un appartamento in affitto.

Rimise a posto le cose di Demian nella sua scatola. Mentre sistemava le cadde l'occhio su una busta A4 il cui mittente era la casa editrice Penguin. La aprì e dentro c'era il contratto per un libro. Titolo: *Saveheart*. Salvacuore. Le firme in calce erano dell'autore, Demian Sinclair, e di Nicholas Turner, amministratore delegato.

Dimenticare il salvacuore, certo. Lo aveva letto nel libro *Blue Moon* e anche allora era stato un *déjà vu*, perché le era già stato detto da George in sogno:

> Credo che l'amore abbia un punto di non ritorno, un punto che una volta varcato non ci permette di tornare indietro. È in quel momento che ci si spoglia dei vestiti razionali e ci si tuffa in mare, dimenticando il salvacuore anche se non sappiamo nuotare. E forse quel punto ogni volta diventa l'incoscienza più preziosa della nostra vita.

Saveheart.

Meg abbracciò nuovamente con forza tutta la sua confusione. Lei era rimasta sempre nei dintorni dell'amore, agli angoli, in superficie. L'amore luogo non lo aveva visitato mai fino in fondo, anche le volte che era convinta di sì, che si era illusa di avercela fatta. Ma la sua segreta alleanza con l'amore in superficie cominciava a sgretolarsi sotto i suoi occhi.

Distolse il pensiero dal suo cuore solo per un momento, lo scudo di difesa si spostò e il suo cuore cadde in terra.

Il contratto era stato firmato qualche mese prima dell'incidente, come le aveva detto Demian. L'editore era effettivamente intenzionato a pubblicare il suo secondo romanzo. Poi mise a fuoco un dettaglio: Turner era lo stesso cognome di Evelyn. Cercò su internet il suo nome. Nello scorrere le notizie, notò una foto che ritraeva lei e Nicholas insieme al Booker Prize, il più prestigioso premio letterario britannico. Erano seduti vicini in atteggiamento confidenziale. Erano fratello e sorella? Marito e moglie? Le bastò una rapida ricerca per scoprire che in effetti i due erano stati sposati diversi anni ma ora si erano separati.

Sbirciò fra i quaderni di Demian e pensò a quanto fosse stata sciocca a non capire che spostarsi da quel che sentiamo non ci evita di sentire. D'improvviso ne notò uno che perfettamente al centro della copertina aveva il suo nome scritto, in corsivo, con un pennarello.

Meg.

Un intero quaderno dedicato a lei?

Allo specchio non riesco a trovarmi. C'è qualcosa che non capisco, un'immagine che separa per sempre chi sono da chi sono stato. Amo Meg, ma chi sono stato finora? Quando sono uscito da quell'ospedale era tutto così confuso. Le parole che possedevo erano tornate a bussarmi e avevo aperto loro senza problemi, ma la nuova realtà nella quale ero stato catapultato aveva troppi dettagli assenti.

Meg mi ha aiutato tanto in quel periodo e grazie a lei sono migliorato di giorno in giorno. La guardavo mentre spolverava la scrivania con sopra il mio computer. La polvere danzava nella stanza illuminata. La luce filtrava da un lampione sulla strada che si accendeva a intermittenza. Io seduto sul divano guardavo fuori dalla finestra e lo fissavo accendersi e spegnersi. Mi faceva quasi male perché all'interno sentivo di essere così, una fragile emozione intermittente.

Fra di noi c'è sempre stato un tacito accordo. Nessuno dei due parla della sua vita precedente e tutto sommato a me fa comodo così. Posso evitare di giustificarmi, di rispondere che non ricordo niente e cavarmela in questo modo.

È inevitabile che tutte le cose taciute non facciano altro che sedimentare all'interno, molto lontano dagli occhi. Si depositano sull'anima e aumentano il suo peso specifico, fino a rendere insopportabile tutto quel dolore. La paura si fa strada, si espande, ti riempie, brucia, allaga, devasta, infetta. Non bisogna sottovalutarla mai né mettere la testa sotto la sabbia. Tu sei lì credendoti salvo e lei ti sbrana senza colpo ferire.

Con Meg la realtà è finzione, i sogni sono verità.

Già dopo qualche mese dal risveglio dal coma stavo molto meglio e facevo progetti a lunga scadenza. Avevo ripreso a scrivere e desideravo che la velocità delle cose mi trasportasse sopra l'aria e, senza toccare mai l'asfalto, mi facesse arrivare a destinazione, sorvolando le domande senza risposta e le risposte improbabili. Mi piaceva il fatto che per me tutto fosse novità. Trasmettevo a Meg un fragile entusiasmo per la vita, la guardavo con gli occhi del bambino che scopre ogni cosa per la prima volta con uno stupore catartico, ma in realtà sapevo che non era affatto così, che qualcosa mi seguiva da lontano, anche se non potevo mettere a fuoco con determinazione cosa fosse. Tutte le volte che mi giravo spariva, ma come tornavo sulla strada sentivo la sua presenza alle spalle, come vita sfocata sui bordi. Di sicuro era amore che scavava nelle costole, ma avevo dimenticato che percorso avesse fatto per arrivare a scardinarmi fino a lì. Io ero un chiodo piantato nel tempo e la mia forza era paura. Soltanto la paura mi teneva su. La paura di staccarmi di colpo e di vedere improvvisamente tutto cadere, tutto frantumarsi, tutto di quei pezzi sconclusionati finora rimasti lì, attaccati al collo della mia disperazione.

Bisogna sempre avere un luogo in cui voler tornare e Meg mi ha sempre fatto sentire come se il mio luogo fosse lei. Perché fino a quel momento io non avevo un luogo.

L'amore è un luogo e spesso noi ci troviamo già lì, non abbiamo bisogno di spostarci nemmeno di un millimetro. Il pensiero non conosce ostacoli possibili. Così ogni volta io sbottonavo l'invisibile per ricucirlo con le sue sembianze.

Stare insieme è una fragilità provvisoria molto più che starsene da soli, e noi lo sappiamo bene. Eppure troppe volte ce ne stiamo soli con noi stessi pur stando con qualcuno e non sappiamo comunque con certezza con chi abbiamo a che fare. E allora cos'è che importa?

Meg è votata agli addii che si trasformano in arrivederci, o al massimo in un "resto ancora un po'".

Eppure, le volte che percepisco in lei un velo di ingratitudine, mi piacerebbe dirle che anche io ogni tanto sento lo zoccolo del cavallo che scalpita per cambiare e mi spinge a fuggire da tutto. Uscire per sempre da tutti i miei inverni e con una scusa qualsiasi allontanarmi da casa, prendere un treno o un aereo e vedere finalmente il suo amore per me scorrere nella mia assenza e in tutti i nostri ricordi. Poi comprare una vecchia cartolina dalla città in cui sono finito e spedirgliela: "E adesso? Stai bene senza me? Adesso te ne accorgi che significa tenere le persone sul filo del rasoio? Adesso me ne sono andato via. Saluti e baci dalla mia nuova vita".

C'è un modo per cancellare il dolore e sognare per un istante che quello che ci è capitato di brutto sia solo un incubo? Non esiste al mondo un modo per rendere felici un po' tutti?

Demian in un suo vecchio diario aveva scritto:

Ho trenta desideri da realizzare prima di compiere trent'anni e proverò a realizzarli tutti, perché ogni volta che vedo una stella cadere io so sempre cosa desiderare.

È importante sapere cosa desiderare. Forse uno di quei desideri era quello di incontrare una donna come lei e riuscire a farla cambiare, oppure cambiare pelle per lei.

Forse era stata semplicemente troppo distratta. In quella scatola c'erano articoli di giornale ritagliati in cui si parlava dello scandalo del plagio del suo libro. Era stato additato come impostore, era stato massacrato dalla stampa e persino dal direttore editoriale della sua nuova casa editrice, che si era sentito ingannato a sua volta. Non si era affatto presa cura di Demian come avrebbe dovuto. Non si era accorta che anche lui stava soffrendo all'interno della loro relazione. Con quali esigenze tradite si era confrontato in perfetta solitudine? Era forse stato solo più elegante o solo meno sincero?

Provò a osservare i suoi pensieri dal di fuori, a entrare nelle sue sensazioni. La trafisse un devastante senso di colpa improvviso, deciso, come un proiettile che si conficca in mezzo alla sensibilità e la sbriciola in mille rimpianti. Ora sapeva che non ci si può sottrarre. Era finalmente consapevole che si paga il prezzo per le perdite e che a volte si fa davvero di tutto per perdere. E che abitare l'amore costa un bel po' di fatica e bisogna pagarla per tutto, ma proprio tutto, il tempo del soggiorno.

Ci sono tante fissazioni che dobbiamo abbandonare per poter crescere e per sperare, rischiando, di non essere più abbandonati. Che le cose non sono così o così ma che spesso sono così e così. Che amiamo e a volte detestiamo la stessa persona. Che la stessa persona che amiamo è la stessa che ci farà incazzare e ridere. Che ci accompagnerà sempre questa dualità. Accettarla ci permetterà almeno per una volta di smettere di recitare lo stesso copione con la stessa parte sempre uguale e lo stesso triste finale.

13
Atti mancati

Evelyn era l'ex moglie dell'amministratore delegato di Penguin. Possibile che non sapesse nulla della vicenda del plagio? Quel dubbio si era insinuato nella mente di Meg da quando aveva letto quel nome sul contratto.

Improvvisamente realizzò di avere un po' di vantaggio su di lei. Le aveva detto di dover andare dal commercialista e di dover portare sua figlia dal dottore. Poteva quindi prendersi le chiavi in portineria e approfittarne per cercare qualcosa di utile.

Uscì di casa e chiamò un taxi.

Arrivata a destinazione, si fece consegnare le chiavi e si intrufolò nello studio della donna.

Il computer sulla scrivania era acceso ma bloccato da una password. Cercò fra i libri di medicina, di psichiatria, nei cassetti. Non trovò nulla che potesse darle qualche indizio. Involontariamente urtò una cornice. Cadde in terra e si ruppe. La raccolse e osservò la fotografia che c'era dentro. Probabilmente era la figlia di Evelyn. La fissò per un po' e una serie di flash confusi la rimandarono ad alcune foto di una bambina nel computer di Demian. La bimba le sembrò la stessa. Cosa poteva significare? Avrebbe dovuto mettere da parte la paura di provare nuove sensazioni sgradevoli, vincerla. Doveva essere un'impresa possibile per venire a capo della questione.

Improvvisamente le sembrò di sentire girare la chiave nella toppa.

Doveva decidere in fretta dove nascondere la cornice. Magari Evelyn non se ne sarebbe accorta e lei avrebbe potuto rincollarla con calma, in un altro momento. Non avendo tempo per riflettere a lungo se la mise nella borsa e sgattaiolò fuori dallo studio chiudendo la porta.

Vide una donna di spalle, che si voltò e sobbalzò per lo spavento: «Che paura che mi ha messo. Credevo non ci fosse nessuno!».

«Mi scusi, sono un'amica della dottoressa Turner.»

«Mi scusi lei. Sono qui per le pulizie giornaliere.»

Meg fra sé e sé sperò che la donna non si fosse accorta di niente. Avrebbe potuto rimettere la cornice in qualche cassetto e nel momento in cui Evelyn l'avesse trovata, la colpa sarebbe ricaduta su quella poveretta che faceva le pulizie. Scivolando a passo lento nel disimpegno notò altre fotografie della stessa bambina incorniciate e appese al muro.

«È davvero una bella bimba, non trova?» Meg si girò e si ritrovò accanto la donna. La guardava e le sorrideva con orgoglio, quasi fosse figlia sua, quella bambina.

«Davvero bella, sì.»

Meg cercò di rimanere composta, anche se la curiosità le lacerava la gola.

«È un gran peccato che i genitori si siano divisi» continuò la governante. «Ma per fortuna la dottoressa è davvero una madre super. Ha bisogno del bagno, per caso?»

«Come?» Meg era già andata oltre con i pensieri, assentandosi dalla conversazione.

«Dicevo, le serve il bagno? Devo pulirlo.»

«Ah, no, grazie. Per qualche giorno resterò qui. Sa per caso se c'è una stanza che la dottoressa non usa con i pazienti?»

«Poteva dirlo subito! Vado a dare una sistemata. Così può poggiare le sue cose. Intanto può sedersi nella sala d'attesa.»

«Troppo gentile ma mi sono accorta di aver dimenticato il mio portatile a casa. La dottoressa mi aveva chiesto di avvertirla, non appena fossi arrivata.»

«Sarà qui a momenti con la figlia, devo dirle qualcosa da parte sua?»

«Solo che ho lasciato delle cose. Tornerò più tardi.»

Meg aveva bisogno d'aria.

La sua confusione aumentava e i suoi dubbi la facevano star male. Scese in strada e prese a camminare quasi per stancarsi e stancare i pensieri. Costeggiò i palazzi in stucco bianco vittoriano fino a Cornwall Gardens, poi esausta si mise a sedere su una panchina. Alzò gli occhi e vide su un cartellone la pubblicità di un imminente concerto degli XX. Demian le aveva regalato i biglietti per andarci insieme e adesso lui non c'era più. Nemmeno sapeva dove fossero quei biglietti. Conosceva davvero l'uomo con il quale era vissuta quasi due anni? Come mai conservava le fotografie della figlia di Evelyn? Un pensiero insistente si era via via fatto strada nella sua testa insinuandosi in lei senza tregua: poteva essere Demian il padre della piccola?

Meg in quel momento sentiva di accettare sempre meno quella distanza. In mancanza di tutte le risposte che avrebbe voluto avere, l'unico modo per sentire Demian vicino era quello di scrivergli.

Solo in quel modo poteva accorciarla, recuperare terreno. "Gli addii vanno chiamati col loro nome" pensò, "è necessario capire quando è il momento di allontanarsi e questo nessuno può insegnarlo a nessuno, è un segnale mentale che ognuno capisce da sé."

Già, lei sarebbe stata pronta ad andarsene. Se il cuore di Demian non era più suo avrebbe conservato la sua dignità. Ma era quella confusione a spaventarla più della sua assenza, quei pensieri ossessivi che le creavano uno stato d'angoscia insopportabile.

Di getto gli scrisse ancora.

Caro Demian,

probabilmente non ce l'hai fatta più a sopportare la mia indecisione e hai scelto per me. Un libro ci ha permesso di conoscerci. Avevi scritto che per una volta avresti voluto non vincessero atti mancati. Credo che invece abbiano vinto, ancora una volta.

Tu non hai mai seguito il percorso che la gente si aspettava da te. Hai vissuto a modo tuo. Senza compiacere, senza recitare, senza

chiedere aiuto. Non mi sono accorta che non stavi bene. So che essere stato accusato di plagio ti ha ferito e che io di certo non ti sono stata d'aiuto.
Sai, a volte penso che le coppie più felici siano quelle che non si conoscono ancora bene. Quelle che possono fantasticare, che stanno tutta la notte a mandarsi messaggi al telefono. Quelle che non hanno ancora cominciato a viversi davvero e che rimandano le complicazioni della responsabilità. Quelle che non hanno bisogno di ritrovarsi estranee in un letto o di infastidirsi del proprio odore. L'innocenza è una colpa e allora tu deresponsabilizzami. Mi rimane la faccia incollata a quelle vecchie pareti ma entrare, no, non è più possibile. Vietato l'accesso ormai. Non potere più oltrepassare la vecchia porticina dell'intimità: questo è perdere qualcuno, in fondo. Dal momento in cui lo trascuri, quel qualcuno è già lontano anni luce da te. Sta già sognando qualcosa di meglio. Quando sei al di là di quel vetro arrivi al punto in cui non vedi più niente intorno. Le persone vicine a te ti ricordano con la saggezza del distacco emotivo che la vita è bella, perché puoi sempre ricominciare. Poi ci sono i nuovi libri ancora da leggere, i viaggi ancora da fare, i concerti, il mare, i tramonti. Ma chi se ne frega dei libri, dei viaggi, dei concerti, del mare, dei tramonti. Chi se ne frega se non puoi condividerli!
Io volevo te e le mie notti, volevo continuare a prendermi cura di te, volevo trovarti di là sul divano, rimproverarti tutte le volte che sfioravi la poltrona relax con le tue Alexander McQueen che hanno cambiato colore e non riuscire a essere troppo dura per l'accoglienza morbida del tuo sorriso ad ogni mio rimprovero, per le nostre passeggiate a Londra della domenica.
Non vorrei partire, andarmene da qui. Non voglio compassione, non voglio nemmeno un altro psicoanalista a cui raccontare tutta la mia storia per l'ennesima volta. Avevo mille ambizioni e ora senza di te non voglio più niente. Mi sembra che senza di te nemmeno esista più il verbo desiderare. Per una volta che saprei cosa desiderare, mi sembra che si sia trasformato in un racconto *splatter* da due soldi dove si descrive un cielo di lacrime e sangue. Persino nei miei sogni ci sono tutte le persone che mi hanno ferito. Mi hanno ferito con una crudeltà che al giorno d'oggi fa scena. È diventata una moda ferire per il gusto di farlo, così, senza

nemmeno un motivo preciso. Persone che hanno agito con la massima consapevolezza, perfettamente capaci di intendere e di volere. Volere con l'intenzione precisa di farmi del male. Spietate. Le stesse persone che si prendevano il diritto di ottundermi con i loro problemi e che una volta svaniti i problemi sono svanite insieme a loro e si sono dimenticate beatamente della mia esistenza. Persone che sono state pronte ad ammorbarmi con i loro guai in tempi funesti e ora, rientrata l'emergenza, faticano a mandarmi un messaggio per chiedermi ogni tanto "Come stai?" prendendosi la briga di ascoltare la mia risposta. Quelle persone continuano a esistere consapevoli di avermi fatto male, forse negando a se stesse le proprie mancanze, mascherandole bene. E mentre penso di essermene liberata per sempre, scappando ogni volta, mi accorgo che non sono loro il problema, il problema sono io. Io che non ho dato valore alla differenza, all'importanza di avere accanto te. Mi sono trincerata dietro uno scudo di freddezza che adesso inizia a cedere e non ne posso più. Ho i crampi alle dita. Certo, avrei mille cose da chiederti, questo sì. Ma nonostante tutto non riesco a provare rancore nei tuoi confronti anche se mi hai ferito, andandotene così. Ho solo una profonda tristezza, e sempre più di frequente fa ombra sulla mia anima e mi fa prendere freddo. Mi fa ammalare.
Io non so augurare il male. Non sono predisposta. Non sono programmata per la vendetta. Però ho imparato ad augurare a chi mi ha ferito di rimanere come me, che da una vita sono impantanata in una pozzanghera emotiva. Una pozzanghera dalla quale non sono mai uscita e che non mi ha mai reso una persona risolta. D'altronde la perfezione non è di questo mondo e io mi sono sempre sentita tutt'altro che infallibile. A me stessa invece auguro il coraggio di guardarmi dentro e finalmente ripulirmi di tutta questa melma. Quel coraggio che molte volte mi hai chiesto dolcemente e adesso hai smesso di chiedermi, esasperato da tutto.
Ho messo su Spotify quella playlist degli XX che ti piaceva tanto. Spesso la tua musica accompagna i miei sogni. Le tue playlist mi entrano fin dentro la mente. Mi piacerebbe non sognare più e averti qui. Dirti che nel parco di Kensington, proprio dov'è la statua di Peter Pan, vive un piccolo scoiattolo che in cambio di

una manciata di noccioline ti sale sul palmo della mano e rende la passeggiata davvero speciale. Mi piacerebbe andarci con te. Ecco, ti ho regalato in quest'email la versione integrale di me stessa, anche se le versioni originali si regalano quasi sempre quando si fa tardi.
Ti ho sognato. Ho sognato che le nostre mani si sfioravano come le mani di due amanti che percorrono una scala mobile in direzioni opposte. *Something Just Like This*...
Poi non riuscivo più a vederti, non riuscivo più a vedere e non potevo respirare. Ero rinchiusa dentro me, claustrofobica con i miei sbagli. La musica si allontanava sempre di più. Sento ancora i muri che mi si chiudono intorno e io che non riesco più a uscire da me stessa.
Sai qual è la cosa che più mi dispiace? Che i miei sogni sono diventati uguali ai sogni di tutti. Sono diventati incubi. Mi sentivo così speciale. E invece sono stronza e fragile, ecco tutto. Nuotare nel passato non è sempre giusto. Si rischia di affogare. Molti particolari sono causa di sofferenze, sepolti, lontani, in qualche angolo della mente. Lo capisco, sai? Non parlarne più non significa assenza di sincerità. Mi piacerebbe essere io la pagina di un libro nuovo che con immenso amore sottolinei. Mi piacerebbe che sapessi che ti strapperei la matita dalle mani, perché detesto i libri che si permettono di scegliersi da soli il finale. Questo non è il finale che vorrei.
Ti amo, Demian. Non so più niente di te da giorni. Spero tu stia bene. Solo questo...
Ti prego, fammi solo sapere se stai bene.

14
Un dettaglio emotivo

Nel tragitto per ritornare in studio da Evelyn, Meg si fermò a comprare la colla per risistemare la cornice. L'avrebbe lasciata nello studio di Evelyn senza dare nell'occhio. Entrò in un bar. Una piccola porta blu con al centro un cuore verde attrasse la sua anima calamita. Da qualche parte aveva letto che se aggiustiamo l'interno, tutto ciò che è fuori va al suo posto da solo, allora, mentre con estrema precisione lasciava che il beccuccio del flaconcino coprisse come un filo solido la superficie del vetro, cercò di riparare al guasto procurato per riparare dalle calamità il suo piccolo cuore. In controluce si vedeva la colla, ma chissà, forse è possibile applicare l'arte del *kintsugi* anche ai nostri sbagli.

«Come prima cosa voglio ringraziarti. Mi sento molto sola e mi hai aiutato tanto. Però c'è qualcosa che non mi torna, in questa storia. Ho scoperto per caso che l'ex editore di Demian è anche il tuo ex marito. Questo non mi sembra così casuale non trovi?»

«Che vorresti dire? Vuoi dare la colpa a me per il fallimento della tua relazione?»

«Voglio solo capire.»

«Sai che c'è? Si può rimanere insieme solo fino a quando si è contenti di se stessi allo stesso modo. Non hai mai pensato che non lo eravate più? Contenti l'uno per l'altro, per la vita che stavate facendo? Non vi siete più parlati e questo non spegne i problemi. Vi siete solo spenti a vicenda. Fattene una ragione. La speranza non può vendertela nessuno, Meg. Se qualcuno te la vende tu sei un'ingenua e lui è un impostore.»

«Allora anche voi siete dei venditori di speranza, con il vostro lavoro. Con tutte le vostre diagnosi incasellate con ordine maniacale, come se le persone fossero numeri primi solo per pagarvi da vivere... Vedo che non ci sono piante qui dentro. Mi piacerebbe sapere se oltre alle tante belle parole sapresti prendertene cura!»

«Calmati, Meg. Non sono io ad averti chiesto aiuto. E poi sei davvero sicura di volerti liberare dei tuoi problemi? Non è che ormai ti fanno davvero troppo compagnia e ti sentiresti persa per sempre senza di loro? Il dolore è un fedele alleato quando possiamo usarlo come alibi. Sono sicura che anche tu non vuoi deluderlo. È vero. Il mio ex marito si è comportato molto male con Demian. Tradirsi comporta sempre delle conseguenze.»

«Tradirsi? Che significa?»

Meg fissò Evelyn trattenendo il respiro, quasi per proteggersi e prepararsi a respingere qualcosa di ingestibile.

Evelyn le rispose in modo diretto, senza inutili giri di parole: «Io e Demian abbiamo avuto una relazione mentre era in terapia da me. Nicholas lo ha scoperto, mi ha lasciato e poi ha pensato di prendersi una sua personale rivincita nei confronti di Demian. È un uomo molto influente, molto credibile nel suo ambiente. Non c'è altro da dire.»

«Una relazione? E quanto è durata?

Un dispiacere fortissimo si accomodò nello stomaco di Meg, era pesante come la costrizione. Si dilatò aderendo alle pareti, divenne claustrofobico e provò a fuggire velocemente attraverso il ponte pericolante del suo cuore. Così cadde e senza via d'uscita sprofondò ancora di più nelle sue viscere.

«Che importanza ha? Ti serviva una risposta, Meg. Beh, ora ce l'hai. Poco prima di separarmi sono andata a una conferenza a Zagabria. Per caso sono capitata nel Museo dei cuori spezzati. Credimi, è stato il posto in cui ho visto piangere più gente nello stesso momento. Contiene di tutto, un insieme di oggetti arrivati da tutte le parti del mondo.

Ogni oggetto è lì a testimonianza di una storia finita male. Una breve didascalia racconta il motivo per il quale è arrivato lì. Dovremmo accontentarci di farci ricordare, non trovi? Quanta eleganza può esserci in un'ora d'amore che non scordi più? Un ricordo può durare per sempre, svanisce solo se svanisci anche tu. Pensa che potere abbiamo quando sappiamo di non essere stati dimenticati. Togli quel potere a Demian, Meg. O finirai per spedire te stessa al Museo dei cuori spezzati.»

Forse Evelyn aveva ragione. Si era accorta di amare Demian, ma lui non c'era più. Si era trasformato in un fantasma. Le sue scelte potevano davvero dipendere da un uomo che aveva scelto di sparire?

Ora era davvero spaventata. Non sapeva più a chi e a cosa credere. Come si può vivere senza affidarsi a nulla? Prima di rendersene conto aveva già perso tutto. C'era un tempo in cui la sua ansia preventiva le faceva sempre pensare al peggio. Nascondeva i sentimenti come calzini in un cassetto fingendo di non averne bisogno. Proprio dai calzini spaiati aveva imparato a fuggire. Erano così simili ma non riuscivano a restare insieme. Troppe volte li aveva persi, nel breve viaggio lavatrice, stendibiancheria. E quando il peggio finalmente arriva, a cosa serve tutta quella preparazione? Forse solo a rovinare i momenti in cui i calzini sono insieme e ti accompagnano a correre.

Meg si rese conto che il suo era sempre stato un mondo a parte, forse inconciliabile con le storie degli altri. Da quando aveva iniziato a sognare George – e per la prima volta un test di realtà le era servito a farle capire che certe luci non si spengono, che se si spegnessero le luci calerebbe il sipario e non si vedrebbero più i sogni – aveva anche compreso che quei momenti vissuti al posto della vita vera le erano serviti per rendere la sua realtà più tollerabile. Così, per mettere al riparo il suo povero cuore di kryptonite, lo aveva nascosto nella vita di un sogno.

Non le restava altra scelta. George Cabot esisteva davvero, era una persona reale, non solo il personaggio che aveva ispirato il romanzo di Demian. Doveva farsi trovare pronta per un appuntamento in grado di riaprire tutto o di chiudere finalmente il cerchio. Doveva andare da George, conoscerlo, parlargli. Scoprire se era poi davvero simile all'uomo che aveva sognato. Scoprire se conservava intatte le tracce dei suoi sogni sulle ciglia anche mentre apriva gli occhi.

E finalmente fare chiarezza dentro al suo cuore.

Si era sempre chiesta se un altro essere potesse arrivare a conoscerci, a scavarci dentro più di noi stessi. Probabilmente era solo un'utopia, un bel luogo incantevole e irraggiungibile. Tutti vorremmo il luogo dove non può succederci niente di male, mai. Arrivarci ogni tanto anche solo per riposarci, chiuderci dentro, mentre il tempo là fuori non può controllarci. Noi possiamo sfuggirgli e ritornare intatti senza conseguenze e cambiamenti, con l'anima selvatica, mai addomesticata dal dolore e dalla noia.

Ma conserviamo dei segreti e non è affatto un peccato, a meno che non mettano un velo sbiadito di fronte a una possibilità felice.

Se la sua vita aveva un cielo e un pavimento, il cielo non aveva mai provato a toccarlo, si era fermata sempre un attimo prima del salto e il pavimento ormai scricchiolava a ogni suo passo. Perché nel mezzo non si può rimanere fino alla fine senza essere dei vigliacchi. A un certo punto bisogna scegliere, prendere una posizione, anche a costo di ferire, ma scegliere. Oppure unire gli opposti in una cosa sola, cercare di amalgamarli come due ingredienti inconciliabili che finalmente trovano un accordo.

15
Brighton

Meg comprò il suo biglietto per Brighton e la raggiunse senza Demian. L'idea l'aveva rapita senza sciuparsi. Lo sconforto l'accarezzava e l'alleggeriva, lasciava piovere speranze di salvezza, le faceva chiudere in uno scompartimento tutte le parole mute messe di fronte al rumore del silenzio ricevuto.

Era partita con *Mrs. Dalloway* e si sentiva come lei a pagina 6: "Affondava come una lama nelle cose; e al tempo stesso ne rimaneva fuori, osservava". Chiuse il romanzo.

Come un *déjà vu* rivisse la scena del loro viaggio insieme e, quando le porte del treno si chiusero, una volta scesa, si voltò a guardare il treno ripartire, fissando il vagone, seguendolo con lo sguardo fino a quando non le fu più possibile. I suoi occhi avevano la capacità di inventarsi una realtà parallela dentro un sogno, ma Meg ormai era consapevole che non le sarebbe più potuto bastare e che nessun sogno, neppure il più bello, avrebbe potuto competere con uno scenario reale.

Appena uscita dalla stazione sentì subito l'odore del mare. Le intrise le narici di desideri da realizzare.

La famiglia Cabot era piuttosto influente a Brighton. Avevano un'agenzia immobiliare, la Cabot Estate Agency, e in più davano in locazione degli appartamenti di loro proprietà. Con qualche piccola ricerca era riuscita a risalire a piccoli dettagli.

Meg doveva solo cercare un pretesto per incontrare George. Si toccò la voglia di fragola che aveva sul sopracciglio sinistro, poi con un respiro profondo si ricordò di aver *bisogno* di respirare. Molte volte se n'era dimenticata. Tutte quelle volte che le sembrava di avere il fiato corto senza chiedersi come mai. In quel momento non c'era nessuna gabbia a stringerle il petto. I numeri sul suo orologio con precisione estrema scandivano i suoi "vorrei".

Aveva trovato un B&B dove stare il tempo necessario per conoscere e prendere un po' di confidenza con George.

Si era persino dimenticata di come approcciare un uomo. Non aveva fatto quasi mai la prima mossa. Con Demian forse sì, ma quando lo aveva raggiunto era in coma. Insomma, aveva avuto un bel po' di vantaggio.

Pensava che gli uomini non potessero fare a meno della sfida del corteggiamento e che se glielo toglievi in qualche modo li rendevi sfigati e infelici. Come avrebbe dovuto avvicinarsi quindi a George? Ormai i social network avevano ridotto a zero le opportunità d'incontro. La via più facile era mandare un messaggio e aspettare la risposta. Ogni volta che apriva i suoi direct su Instagram leggeva tante di quelle sciocchezze.

Avrebbe potuto procurarsi il numero e inviargli un messaggio, fingendo di averlo mandato al destinatario sbagliato. Poi scusarsi cadendo dal pero e attaccare bottone, magari darsi un appuntamento al buio e passare un'oretta piacevole o deludersi nel primo minuto.

Aveva bisogno di vestiti nuovi senza spendere una fortuna. Pensò bene di andare prima a posare le sue cose al B&B e poi di passare da Primark. Aveva già intercettato il negozio su Google Maps. Era pronta per tornare a sentirsi quasi un'adolescente e prendersi una tregua dai suoi conflitti interiori.

Entrò nella piccola stanza e posò in un angolo la valigia. Quando l'aprì toccò il suo tablet e anche i suoi dolori portatili. D'improvviso la colse il freddo, un freddo dentro, brutale e solido come solida era ancora una volta la sua solitudine. Richiuse la valigia mettendosi in tasca il dettaglio emotivo che avrebbe potuto cambiare le cose.

Guardò il letto nel quale avrebbe trascorso la notte. Ricordò i suoi piedi gelidi che cercavano il contatto con quelli di Demian. Per dormire si metteva su un fianco, di spalle a lui. Ma la sua schiena creava un'aderenza di conforto con la schiena di Demian. Quel contatto la schermava dalla sensazione di essere sdolcinata e fragile. Le permetteva di mantenere la sua indipendenza ma allo stesso tempo sapeva generare quasi un'aura di protezione. Sui ripiani della sua anima oramai c'era troppo spazio per tutto. Niente più scomparti di librerie disordinati, niente più cassetti pieni di appunti sparsi, niente più resti.

Meg indietreggiò piano per uscire dalla stanza. Si ricompose. Non era quello il momento della nostalgia. Sapeva che avrebbe dovuto vincerla a ogni passo.

Sui social non era riuscita a trovare George. Lei e la sua solita sfiga. Si limitava a immaginare che aspetto avrebbe potuto avere. Forse uguale a come le appariva in sogno? O totalmente diverso? L'avrebbe delusa? Aveva davvero importanza quel dettaglio? Le sarebbe servito tessere ancora una volta una trama di fantasia da avvolgersi addosso come una copertina?

"Le mie rose sono sporche del sangue di chi ha imparato a pungersi." Lo aveva scritto Demian. Sembrava il III atto del coraggio all'interno di uno psicodramma. Ma la vita non è né solo rose, né solo spine. Troppo spesso lasciamo che le rose sfioriscano tristi, per continuare a toglierci le spine dalle mani.

George Cabot gestiva un cinema a Brighton. La sua famiglia aveva sempre provato a preservarlo, considerando la sua fragilità fisica e mentale.

Meg sapeva che avrebbe dovuto mentire e inventare qualcosa per entrare in confidenza con lui. Magari una storia patetica di perdite drammatiche. Un uomo che l'aveva abbandonata di punto in bianco, senza spiegazioni. Lei che non sopportava gli strappi decisi a meno che non li infliggesse con le sue mani. George era una persona che staccava lentamente un cerotto o lo strappava via tutto in una volta?

No, non era necessario raccontare la storia di un abbandono.

Dopo essersi comprata dei vestiti le sembrò che nessuno s'intonasse con il suo umore. Posò le buste sul tavolino, nella stanza del suo B&B e le cadde in terra il libro di Virginia Woolf che l'aveva accompagnata nel viaggio. Lo raccolse con una lentezza strana.

A lei adesso piaceva quel che aveva e lo voleva avere di nuovo. Perché? Solo perché non era stata lei a decidere o esisteva qualcosa di più?

Nonostante i suoi buoni propositi, a volte si era scoperta a maltrattare gli altri nello stesso identico modo che suo padre aveva inflitto a lei.

Demian aveva fatto più volte l'errore di credere che la sofferenza generasse empatia. Chi aveva sofferto per lui era per forza una persona migliore, incapace di ripagare con la stessa moneta. Purtroppo non era affatto così. Lo aveva sperimentato in prima persona scegliendo di amare Meg. Scegliendo magari no. Non scegliamo chi amare, è l'amore che ci sceglie, ma c'è sempre un motivo se incontriamo qualcuno. Ogni incontro crea un'interferenza con la vita precedente.

Ora lei sarebbe stata l'interferenza con la vita di George e forse lui con la sua.

Si cambiò e si truccò appena. Aveva dentro un terrore magico o forse era solo il sinonimo della sua emozione. Un'emozione che aveva l'odore dell'erba appena tagliata. Un odore a lei familiare, sparso nel suo presente, pungente e invisibile. Quell'odore aveva il potere di rendere visibile persino l'assenza.

Aveva letto che la qualità della vita a Brighton fosse molto alta. Era una cittadina a misura d'uomo, una città fatta di gente del popolo, più che altro di studenti e di piccoli commercianti. Sì, era pur vero che la maggior parte dei laureati si trovava costretta a lasciarla per cercare a Londra occupazioni più redditizie, e infatti era davvero difficile diventare imprenditori di successo. Eppure, nonostante le sue scarse prospettive di crescita, Brighton si faceva amare proprio come si ama una persona, senza condizioni e senza convenienze, sfuggendo a ogni razionalità.

Meg impostò su Google Maps l'indirizzo dell'agenzia. Era vicino a Pavilion Garden, una splendida palazzina indocinese, unica nel suo genere in tutta Europa.

Aveva già chiamato e parlato con il padre di George per prendere un appuntamento. Aveva avuto un colpo di fortuna, l'uomo le aveva detto che ci sarebbe stato il figlio ad accoglierla per ascoltare le sue esigenze.

Brighton le sembrò una città che si muoveva con un lento entusiasmo. Non aveva di certo la frenesia di Londra, ma aveva un certo "non so che" che si lasciava ricordare.

Si abbandonò alle immagini cercando di gestire l'emozione. L'idea di vedere dal vivo George le procurava un senso di agitazione compatta, un peso nello stomaco piuttosto netto. Se ne vergognò quasi, dinanzi al pensiero del suo Demian scomparso. In fondo non stava facendo niente di male. In fondo era lì anche per lui.

Ancora una manciata d'istanti prima della collisione.

Arrivò davanti alla porta dell'agenzia. Provò ad aprire ma era chiusa a chiave. Sbirciò dentro, coprendosi la fronte con la mano, per togliere il riverbero del sole. La porta era semioscurata e non riusciva a distinguere bene. Non le servì altro tempo. Sentì un rumore di chiavi, fece un passo indietro, la porta si aprì e George era lì davanti a lei con un sorriso fantastico, direttamente prestato alla realtà dal suo sogno lucido. "Forse sto sognando" pensò fra sé e sé, ma non fece in tempo a darsi una direzione mentale. George si presentò: «Buongiorno, mi chiamo George Cabot, ben arrivata».

Meg gli diede la mano, lui gliela strinse con decisione. In quella stretta di mano Meg ripercorse i suoi giorni al contrario, il percorso inverso dei sogni era giunto alla fine.

George aveva gli occhi lucidi e così scuri, sembrava più sogno del sogno. Cercò di tenere a bada la natura degli istinti. Il suo sguardo aveva scavato la superficie dell'emozione e Meg non riusciva a capire cosa provasse. Era stata innamorata di lui e lui non ne sapeva niente.

«Sta bene?» George la guardò candidamente mentre lei non riusciva a proferire parola e il silenzio era eco fastidiosa e assordante. Se tocchi un sogno, il sogno d'improvviso scompare e questo era accaduto in quel momento. Un attimo crudele le aveva strappato illusioni e ricordi.

Meg spiegò a George di aver bisogno di un piccolo appartamento a Brighton. Desiderava cambiare aria rispetto alla frenetica Londra e avrebbe continuato a lavorare da lì alle sue traduzioni. Lui si mise a disposizione nei giorni successivi per mostrarle alcune soluzioni.

Con il passare dei giorni il rapporto fra George e Meg si consolidò. Lui era abituato a trascorrere molto tempo da solo e la presenza di Meg era quindi uno svago insolito. La portava a visionare gli appartamenti ma lei diceva sempre di non aver ancora trovato quello che cercava. Era un ragazzo gentile, piuttosto timido ma intuiva in lui una forza d'animo che difficilmente aveva visto in un altro essere umano. Le disse di avere trentadue anni ma ne dimostrava molti meno.

Quella mattina erano andati a visitare una casa a North Laine e avevano fatto una passeggiata per i negozi colorati della zona più trendy della città.

«*A visit to Brighton comprised every possibility of earthly happiness*. Non l'ho detto io...»

«"Una visita a Brighton comprendeva ogni possibilità di felicità terrena." Lo ha scritto Jane Austen. Dimentichi che faccio la traduttrice.»

«Non volevo rivendertela come mia. Era solo per incoraggiarti a restare a vivere qui. Mia madre mi dice sempre che Brighton è una promessa e si mantiene sempre, per questo credo che non andrò mai via da qui.»

«Io invece credo che non potrei mai abituarmi alla quiete. Non sono fatta per i posti tranquilli.»

«Devo godere di tutto il tempo che possiamo passare insieme adesso, allora. So già che non resterai a lungo.»

Meg provò un lieve senso di colpa e cambiò discorso.

«I tuoi sembrano davvero molto premurosi con te.»

«Lo sono. Hanno fatto davvero tutto per me. Sono fortunato... Sei sicura di essere italiana? Sembri madrelingua, è incredibile. Com'è invece la tua famiglia?»

«Mi sono pagata l'università lavorando perché mia madre

mi aiutava a intermittenza. Le è sempre mancata la capacità di sentirsi in colpa. Non l'ho mai sentita chiedere scusa o prendersi la responsabilità di qualcosa. Aveva sempre un alibi per tutto. Agli altri raccontava sempre di fare tutto da sola. A suo dire non facevo niente per lei. Quando le facevo qualunque cortesia, preferiva comunque atteggiarsi da vittima. Mio padre è sparito nel nulla, senza domandarsi mai più dove fossi o cosa facessi.»

«Mi dispiace tanto. Dev'essere stato difficile.»

«Per renderci leggeri dobbiamo imparare a mettere via, ma per mettere via dobbiamo sapere cosa metterci addosso. Forse è questo il mio problema: sono rimasta sempre scoperta, mi è mancato sempre qualcosa da mettermi.»

«Ti porto a fare shopping al Churchill Square? Scusa… volevo solo sdrammatizzare.» George cambiò discorso e Meg ancora una volta sentì di non avere stoffa a sufficienza per ricucire il suo sogno.

«Se sapessi dov'è il luogo che mi manca, forse lo cercherei. Ma magari è un luogo irraggiungibile. La stazione di tutti i miei treni persi per distrazione.»

«Dove hai studiato?»

«All'Università degli studi internazionali di Roma. Tramite il British Council sono venuta in Erasmus a Londra. Poi ho accettato subito tutte le proposte di lavoro che mi sono capitate. Prima di trasferirmi a Londra ho vissuto a Torino. Ora lavoro per una casa editrice. Traduco libri dall'italiano all'inglese ma non ho perso i contatti con la società di traduzione di Torino e come freelance lavoro anche per loro. Non si sa mai.»

«La mia è una famiglia di imprenditori. Possiedono anche un cinema e io sono il direttore. So che potrei apparire come il figlio viziato, ma… Meg, c'è una cosa molto importante che voglio dirti. Ho subito un trapianto di cuore. Sono nato con un difetto congenito. Anche soltanto fare una passeggiata o sollevare un peso di poco conto non mi era possibile. Mi stancavo subito. Per anni mi sono mancate le cose essenziali, quelle che tutti i comuni mortali danno per scontate. Chi mai si stupisce al pensiero di potersi fare un paio di chilometri in bicicletta al parco? Nell'ora di ginnastica ero quello seduto su una panca a guardare gli altri correre. Io sono contento perché esisto. Quanti hai conosciuto che ti dicono lo stesso?»

«Hai ragione. Dovrei sentirmi una stupida...»

Meg sprofondò per qualche istante in una sensazione di disagio. Tuttavia non aveva dovuto forzare la serratura o entrare nelle stanze dell'intrusione. Non era stato necessario imbrogliare la buona fede di George. Aveva affrontato lui stesso l'argomento trapianto e di questo si sentì sollevata.

«Non lo sei. È solo che ognuno di noi è il prodotto delle proprie esperienze e fa i conti con quel che conosce. Non è una colpa. Basterebbe un gesto di pura gentilezza al giorno per cambiare le cose. Però non devi dimenticartene nemmeno per un giorno. Nessuna giornata è persa o sprecata se sei stato gentile con qualcuno.»

«Ognuno salva se stesso come può, anche facendo del bene.»

«Facendo del bene salvi qualcuno. Salvare te stesso è la conseguenza, non dev'essere il fine.»

«Scusami, devo avere un'anima un po' arrugginita. Forse tutto quello che ho fatto nella mia vita alla fine non ha avuto molto senso. Sono sempre scappata da tutto. La verità è che non so cosa dire, George, e voglio dirti solo la verità.»

Il senso di colpa la rese dura ma in realtà la sua anima più che piena di ruggine aveva assorbito come il legno tutta l'umidità delle parole di George. Le si erano gonfiate dentro fino al punto di saturazione, rendendola immobile. Un punto di non ritorno dal quale Meg non poteva più sottrarsi. Le sembrava di ingannarlo, di prendersi gioco della sua fiducia, delle sue confidenze.

Si erano seduti in un piccolo bar del quartiere. Avevano ordinato un tè e qualche biscotto al burro e intanto George continuava a raccontarle la sua storia.

«La notizia che avrei ricevuto il trapianto ha avuto un forte impatto su di me. Ho vissuto un vero e proprio conflitto dentro. Da un lato provavo un intenso senso di gratitudine, dall'altra sapevo che avrei portato dentro di me l'organo di una persona che non era stata fortunata.»

«Ti sentivi colpevole?»

«Sì, un po'. Una persona trapiantata non dimenticherà mai, nemmeno per un attimo, che l'organo che la tiene in vita è un'eredità non propria. Noi esseri umani abbiamo un forte istinto di sopravvivenza. Quello prevale quasi sempre sul resto. Come avrai notato, la mia famiglia è molto apprensiva. Ha cercato di tenermi all'oscuro di tutto. Mi hanno sempre detto di averlo fatto per preservarmi. Eppure ricordo tutto del giorno del mio trapianto. La corsa verso l'ospedale di Londra, l'assunzione dei farmaci antirigetto in dosi spropositate... Ho visto il mio nuovo cuore prima che mi fosse messo nel petto, sai? Era dentro una borsa frigo di quelle che si usano per il trasporto degli organi. Quella borsa è stata posata sulla mia barella e siamo entrati insieme, io e lui, nella sala operatoria. Eravamo due labbri della stessa ferita. Ho pensato che forse quella sarebbe potuta essere l'ultima immagine della mia fragile ed esile vita. L'intervento era molto rischioso e la mia esistenza appesa a un filo. Invece mi sono risvegliato, dopo nove ore. Dal primo momento di consapevolezza ho iniziato a chiamare il mio cuore per nome. Lo chiamo Sam. So che apparteneva a una giovane ragazza italo-inglese. Non so altro ma dal giorno del mio risveglio so di essere vivo grazie al mio Sam, il mio nuovo cuore. Molto spesso mi fermo ad ascoltarlo. Ci parlo, gli chiedo come sta. Quasi nessuno parla col suo cuore. Anzi spesso ci prendiamo gioco del cuore degli altri non sapendo che così prendiamo in giro anche il nostro. Invece io lo ringrazio e anche quando qualcuno mi ferisce so di essere vivo. So di avere il dovere di preservarlo. Così preservo la memoria di chi me lo ha donato.

«Potrà sembrarti assurdo ma dopo il trapianto mi è cambiato anche un po' il carattere. Sono stato sempre abbastanza introverso. Non ho mai avuto tutta questa vita sociale. Sam mi ha permesso di appassionarmi alla lettura e scrivere poesie. Secondo la memoria cellulare la nostra personalità e i nostri gusti non rispondono solo al nostro cervello ma dipendono anche dalle cellule del nostro corpo. I nostri ricordi non stanno solo nei cassetti della mente, vengono immagazzinati in tutte le cellule del nostro corpo. Proprio in tutte, sì. Così ho pensato che forse la persona che mi ha donato il cuore mi ha trasmesso anche qualcosa di sé e adesso le sue passioni, le cose che amava, vivono dentro di me e sono sopravvissute così. Pensi che sia matto?»

«No, assolutamente. Ci credo anche io, a questa cosa. Non si può guarire se non guarisce la memoria delle nostre cellule. Forse per questo spesso non riusciamo a sentirci felici.»

«Perdiamo più tempo a cercare bacchette magiche e così non ci alleniamo a fare qualche magia. Io sono magico, per esempio. La gentilezza è una magia.»

«Sei davvero gentile, George, e hai una storia straordinaria. Mi ricordi un personaggio di un libro che ho amato molto.»

«Che libro?»

«S'intitola *Blue Moon*, è di uno scrittore che si chiama Demian Sinclair.»

«No, non lo conosco. Magari uno di questi giorni mi accompagni a comprarlo.»

George sorrise e a Meg sembrò di rivederlo all'interno di un suo sogno. Le sembrò di sapere usare bene i suoi ricordi, di saper fare solo quello. Forse anche loro si ubriacavano spassandosela nella sua memoria cellulare. Al risveglio cancellavano quello di cui non avevano bisogno e i suoi bisogni erano sogni due volte, non volevano dormire ancora. Ma da quando avere rimpianti era diventato un *mood mainstream*, essere come lei alla fine era davvero stucchevole.

George non aveva nemmeno mai sospettato della sua esistenza. Era solo la proiezione di un'utopia, e lei poco più di un'estranea per lui. Tutti i posti in cui erano stati in sogno insieme, tutte le parole che lui le aveva regalato, tutte le volte che avevano fatto l'amore… Niente aveva avuto davvero valore nella vita di George. Non esisteva alcuna corrispondenza, nessuna affinità elettiva fra loro.

Mentre memorizzava lo sguardo di George, sovrapponendolo al ricordo dei suoi sguardi in sogno, prese coscienza di colpo che quel posticino speciale che gli aveva sempre riservato era oramai vuoto, o meglio svuotato di tutto il pathos. Non si chiedeva più quali fossero i suoi pensieri e cosa pensasse di lei. In quel momento George era la rappresentazione della realtà, non era più il suo sogno lucido. Se tutte le vite nascondono un segreto, George era semplicemente il suo segreto.

Dopo la passeggiata l'aveva portata a visitare l'acquario e aveva prenotato la cena in un ristorante italiano. Avevano preso uno spritz. Fra un sorso e l'altro lei gli guardava il petto e immaginava il suo cuore. Un cuoricino che con lui condivideva emozioni già vissute da qualcun altro. Un cuore dietro le quinte che avrebbe vissuto altri amori ma che aveva già vissuto l'amore per Demian. Se un cuore avesse occhi rifletterebbe l'immagine emozionale di ognuno di noi autonomamente, quasi come se avesse una vita propria.

Misurerebbe le distanze in battiti, annullandole completamente.

Distorcerebbe la realtà. Troverebbe assurde molte cose e ne giustificherebbe altre. Solo un'occasione di una certa importanza saprebbe colpirlo.

Si darebbe una direzione, quasi sicuramente diversa da quella della ragione. Non darebbe più peso alle immagini artefatte della vita.

Meg si chiese se fosse giusto o meno raccontare a George tutto ciò che sapeva, se fosse giusto che lui conoscesse i particolari di tutta la storia. Avrebbe dovuto sapere di Demian, di Samantha, della loro relazione? Avrebbe dovuto regalargli quel libro con dedica che aveva portato con sé da Londra a Brighton? Avrebbe avuto il diritto di chiudere il cerchio e magari dare una risposta alla sua intuizione, quella di chiamare il suo nuovo cuore Sam?

D'improvviso le ripiombò dentro la profonda paura di usarlo, di sfruttare la sua buona fede, di approfittare della sua anima candida, e il senso di colpa le spezzò il fiato.

Lui d'un tratto la guardò spaesato.

«Che c'è? Mi sembri pensierosa? Non ti piace stare qui?»

«Oh sì, devi scusarmi, George. Sono proprio fatta così, ogni tanto me ne vado per i fatti miei... Ma ho ascoltato tutto quello che mi hai detto, giuro!»

«Ti annoio, forse? Ti ho portato qui perché è un bel posto, pensavo ti facesse piacere mangiare italiano, ma possiamo andare anche da un'altra parte. Possiamo andare al faro. Che ne pensi?»

Davanti al loro tavolo erano passati due ragazzi. Sorridevano felici e d'improvviso si erano baciati come se non ci fosse nessuno intorno. Sembravano soli insieme e invincibili. Cosa combina l'amore, di cosa è capace. All'inizio le scintille annebbiano la scultura delle cose. Poi per tutti scende il disincanto e la notte chiude le serrande nel cuore. Sa sbiadire esattamente nello stesso modo in cui un tempo è arrivato o sa anche resistere e spalancarsi nuovo, giorno dopo giorno. Sa isolarsi dalle strategie e non cercare metodi di fuga.

«Quelle coppie felici dovrebbero tenere la felicità per sé, perché c'è gente là fuori nel mondo che sta ancora aspettando.»

Colta dall'imprevisto innalzamento della voce di George, quelle parole svegliarono le sue letargiche elucubrazioni. Si accorse che anche lui stava guardando quei ragazzi passare. Si era intristito e tutto il candore che gli aveva visto addosso fino a quel momento si era trasformato in una rabbia sottile. Una rabbia che riusciva a filtrare come polvere dalle fessure della sua anima e grattava la sua dolorosa ruggine interiore.

"Non è così difficile incontrare l'amore" pensò, ma non lo disse a George. È davvero difficile riuscire a far sì che ci rimanga accanto la persona che ci dorme a fianco. Accanto è un posto fantastico. Accanto è il posto che l'anima quando ama pretende di avere. È una pretesa buona. Tende la mano fino a diventare solida e si fa spazio con dolcezza estrema.

Guardò George e il pensiero le sfuggì dagli occhi.

Demian in un pomeriggio di pioggia triste e noioso aveva fatto partire *Your Song* e aveva spalancato il suo sorriso con una richiesta, mettendole uno dei suoi AirPods nell'orecchio: "Vuoi ballare con me in mezzo alla stanza?".

Non è vero che in una casa abitata da tempo non possa accadere più niente di interessante. Lei aveva semplicemente sottostimato la somma certa delle cose che contano.

Tornò con lo sguardo su George, senza turbamento ma

con estrema tenerezza. Le sembrava indifeso. Un gattino bagnato dalla pioggia da mettere sotto la giacca, portare a casa, asciugare e tenere con sé. Era così sexy nel suo sogno. Lui non poteva certo immaginarlo. Lei aveva conosciuto ogni parte del suo corpo. C'era un oblò dietro la realtà e lì dentro fra loro era successo di tutto. Meg si era lasciata andare con lui perché nel suo sogno era permessa ogni cosa. E così mentre lo guardava era quasi divertita. Ricordava di avergli mordicchiato le orecchie prima di spogliarlo senza bisogno della penombra, e forse in qualche angolo della sua memoria erano rimaste appiccicate le impronte delle sue dita e le unghie a graffiarle i sensi. Una mappa geografica perfetta sapeva riportarla a ogni sospiro, a ogni momento d'estasi, al suo orgasmo interiore. Ma nella sua realtà, il suo uomo dei sogni aveva una casa con le finestre vista disincanto.

Mentre uscivano dal ristorante calò un velo d'imbarazzo. Qualcosa di inspiegabile. Forse George aveva avvertito una certa distanza e quel momento aveva messo in luce tutta la sua inadeguatezza.

A Meg riusciva bene far sentire a disagio gli altri ma non lo faceva apposta. Erano le matasse d'inquietudine che aveva dentro a mettere in atto il suo piano peggiore ma sempre ben riuscito, quello di creare distanze e andarsene, dando agli altri la responsabilità della sua decisione. Almeno fino alla scomparsa di Demian, il suo piano segreto aveva sempre funzionato alla perfezione.

«Ci vediamo domani?» George con coraggio ruppe un opaco momento. «Ho un paio di case che mi piacerebbe mostrarti. Vorrei anche farti vedere il faro, dato che ormai è tardi. E poi portarti al molo, al Palace Brighton Pier. I Pier erano molto in voga in epoca vittoriana. C'è il casinò, dei locali davvero carini e soprattutto un luna park con uno scivolo che si affaccia sull'oceano. Poi forse non sai che a Brighton c'è la torre panoramica più alta del mondo. Si chiama i360. Centotrentadue metri di altezza. Da lassù puoi vedere tutta la costa dell'Inghilterra. È un'esperienza futuristica. Epica, oserei dire. A parte gli scherzi, mi piacerebbe farti amare davvero la mia città! Possiamo partire dal molo di

West Pier. Il molo è ormai ridotto a uno scheletro, dopo un incendio doloso che lo ha distrutto nel 2003. È solo un guscio di metallo, ormai, ma quando hai a che fare con la tua malinconia e proprio non vuoi farne a meno, puoi guardare il tramonto da lì. I tramonti a Birghton valgono sempre la pena. Ti va un tramonto? E poi vorrei portarti anche nel mio cinema se vuoi... è sempre lì vicino.»

«Ma certo. Ci vediamo domani, allora. Verso che ora? Tanto non ho niente in programma. Anzi, a dire il vero volevo andare a visitare il Royal Pavilion.»

«È stupendo, vero?» George sorrise con entusiasmo. «Non esiste da nessun'altra parte un posto così. È una palazzina di architettura indocinese. Fu realizzata per re Giorgio IV. Il re aveva davvero una personalità eccentrica. Per un periodo è stato lasciato in decadenza. Durante gli anni '60, l'amministrazione comunale della città ha voluto ristrutturarlo e gli ha ridato il giusto valore. Prima magari passiamo dai miei in agenzia. Vediamo se hanno qualche buona notizia per la casa che ti interessa. Che dici?»

«Devo dire che sei davvero un'ottima guida, George.»

«Vuoi che ti accompagni?»

«Ma no, vado a piedi, non preoccuparti. Ho davvero voglia di fare due passi. Ci vediamo domani.»

«Intendevo domani a visitare il palazzo.»

«Ti chiamo.»

«Va bene, a domani, Meg.»

16
La differenza fra fiato e respiro

Meg accettò che George le facesse da guida per visitare il Royal Pavilion e ne restò incantata. Fra i nove lampadari a forma di loto della Music Room e i tendaggi di seta blu, le sembrò di potersi accomodare nuovamente nell'atmosfera di uno dei suoi antichi sogni, a cavallo dei suoi turbamenti.

D'improvviso George la spiazzò: «Sei una bella persona, Meg, ti sottovaluti. Dico davvero».

Lei mostrò un sottile imbarazzo e costruì un piccolo scudo di difesa con la mente. In realtà a ferirla erano i ricordi del suo sogno, anche se da tempo aveva smesso di credere nei complimenti. Si era abituata già da tempo a ridimensionare le aspettative.

«E poi sei davvero bellissima quando sorridi. Lo so, te lo avranno detto in molti…»

Gli uomini che aveva frequentato le avevano detto spesso che aveva un sorriso favoloso. Molte volte le chiedevano se avesse rifatto le labbra ma le aveva carnose di suo, con l'arco di Cupido pronunciato che sapeva regalare alla sua bocca quasi la forma definita di un cuore, in netta controtendenza con il suo modo di essere.

«Mi hanno raccontato troppe favole. Il guaio è che chi crede alle favole crede anche a chi gliele racconta.»

«A me è stata data un'altra possibilità e non voglio sprecarla senza senso. Alla felicità crediamo fin da quando siamo piccoli, è quando cresciamo che iniziamo ad averne paura. Io non voglio aver paura di essere felice.»

«Quella si chiama incoscienza, George. Poi cresciamo e diventiamo più consapevoli. Hai un viso così familiare che mi sembra di averti sognato. Nel sogno ti chiedevo quale fosse la cosa peggiore che potesse capitare.»

«L'apocalisse?» rispose lui incuriosito e sorridente.

«No… sbagliato. Tu mi rispondevi: "Avere lacrime d'oro e non poterle piangere".»

«Ero saggio, in sogno!»

«Già.»

«Me la scrivo, mi può servire. Prima o poi nella vita passa tutto, ci vuole del tempo ma credimi passa tutto.»

«Io distruggo tutto quello che tocco, non ho grazia per i sentimenti. Io sono l'elefante e il mio cuore è la cristalleria.»

«Accompagnami a prendere la macchina, è in garage. Così mentre andiamo al Pier ti racconto una cosa.»

George aprì la portiera della sua auto a Meg, una Mini cabrio verde inglese, con la serigrafia della bandiera d'Inghilterra sugli specchietti. Lei lo ringraziò e pensò che ad aprirti la portiera sono solo gli uomini che vogliono conquistarti, e una volta ottenuto quel che vogliono smettono. Rovinò con il suo pensiero un gesto di galanteria, mentre George apriva la capote e l'aria di mare si diffondeva quasi fosse un profumo.

Mise in moto, partì e prese a parlare: «Un po' di tempo fa ho conosciuto una ragazza su Instagram. Siamo entrati in confidenza pian piano. Restavamo a chiacchierare in direct fino all'alba. Le ho raccontato molte cose di me. So che può sembrare strano, ma senza averla mai vista di persona mi sono infatuato di lei. La nostra confidenza cresceva ogni giorno di più. Restavamo a vedere l'alba insieme anche a distanza, ci scambiavamo sensazioni sui colori del cielo. Mi ha raccontato di essere di Londra, di essere completamente sola e di aver bisogno di aiuto. Le ho mandato anche dei soldi, persino un portatile. Dovevamo incontrarci. Le avevo organizzato una serata nel mio cinema, solo per noi due. Una sala dedicata con un film romantico, dello champagne, dei petali di rosa come tappeto fino alle poltrone migliori. Avevo organizzato tutto nei minimi particolari. È meraviglioso aver qualcuno che organizza per te qualcosa nei dettagli, non credi?».

«Se davvero ti ama direi di sì...»

"Ma se non ti ama è solo una scocciatura riuscire a tirarsi fuori dalle situazioni" pensò tra sé, non lo disse a George.

Lui proseguì con il suo racconto: «Sono andato a prenderla in stazione. Non è mai arrivata. Ho iniziato a telefonarle ma non mi ha mai più risposto. Ha disattivato l'account di Instagram e non ne ho mai più saputo niente. È stato uno choc, un vero grande dolore per me».

«Mi dispiace tanto...»

Le dispiaceva tanto anche per se stessa. Davanti agli occhi aveva l'immagine di Demian nel momento in cui l'aveva abbandonata in stazione per andarsene via.

«Probabilmente mi ha preso in giro da subito. Pensa che quando ti sei presentata nell'agenzia dei miei per un attimo ho creduto potessi essere tu.»

«Non ti avrei mai fatto una cosa del genere.»

«Beh, a volte si va via senza avvisare e a volte si ritorna senza essersene mai andati via davvero.»

A Meg quelle parole suonarono familiari e le sembrò di aver già vissuto il momento. Quel *déjà vu* la portò con la mente a un suo vecchio sogno in cui le parole dette da George erano le stesse che si trovavano all'interno del libro *Blue Moon* di Demian. Guardò l'orologio come test, alle prese con la preoccupazione di non sapere riconoscere più la differenza fra i sogni e la realtà.

George nel frattempo aveva parcheggiato e la guardava con attenzione. Le faceva un'infinita tenerezza, le sembrava un bambino che aveva bisogno di essere guidato per mano fuori dalle sue paure, facendo attenzione a non farlo sbandare sulla strada, oltre le linee rosse dell'insensibilità. Ma quel sentimento non aveva niente a che vedere con il batticuore viscerale che sentiva per lui, mentre la incantava nella loro ormai lontana anni luce dimensione fantastica; anzi, aveva subito quasi una metamorfosi. Si era trasformato in un alone di rabbia che aleggiava nella sua testa. La rabbia di non aver mai saputo cambiare tutte le cose che avrebbe voluto cambiare. La rabbia di trovarsi ogni volta comunque nel posto sbagliato.

«Sai, dopo aver subito il trapianto ho iniziato a scrivere. Non mi ero mai interessato a questa forma d'arte. Ho capito che per scrivere d'amore, come fattore essenziale bisogna amare quel che si racconta. Essere autentici e avere il coraggio di condividere la propria ferita. L'amore ti costringe a scegliere da che parte stare. Vedi, Meg, resistere è esistere di nuovo e io resisto. Sono nato due volte. Se ci pensi, tutto il dolore che ho provato per quella storia era dentro un nulla. E invece noi ci dobbiamo qualcosa, qualcosa di bello da ricordare. Noi ci dobbiamo tutto il meglio. Quando qualcuno ti ama ti viene la pelle più morbida.»

«Se esistesse ti regalerei una collezione di creme per l'anima.»

«Fra qualche giorno è il mio compleanno!» rispose lui divertito. «Vorrei qualcosa di più. Un congegno per sopravvivere per sempre nella memoria di qualcuno.»

D'improvviso George la baciò e Meg non ebbe nemmeno il tempo di accorgersene, di realizzare. Si trovò proiettata nello spazio esatto di un'intermittenza fra il sogno e lo spazio reale, in un cerchio sospeso intorno a due diverse dimensioni. Le sue labbra tremarono per il ricordo di qualcosa di astratto e quel ricordo anestetizzò il momento. Ricambiò il bacio quasi senza accorgersene, ubriacata dai suoi vuoti interiori, appesa al filo della sua disperazione.

Sentì il cuore di George battere, mentre dolcemente staccava le labbra dalle sue, lasciandole addosso un vortice umido di malinconia.

Pensò al cuore di Samantha, a quanto ci fosse di lei dentro di lui, e immaginò Demian mentre un tempo la baciava. Pensò all'impeto del suo sentire. Chissà se il battito del cuore era rimasto lo stesso o se si era dovuto riadattare al suo nuovo corpo. Pensò alla fragilità dei corpi, come stelle filanti all'interno di una stagione. Al loro doversi adeguare alla vita, ai cambiamenti, ad accettare senza troppe rivoluzioni anche il male che non può essere allontanato all'origine.

Ora sapeva perfettamente che lo avrebbe ferito, non potendolo amare, non potendo ricambiare quel sentimento. E sperò di stare sognando, per non doversi assumere la responsabilità di quel rifiuto. Era stata spesso cinica con gli uomini della sua vita ma in quel momento esatto qualcosa era cambiato.

Guardò George negli occhi, mentre il suo sguardo le consegnava la sua anima con una timida e coraggiosa generosità.

«Non posso, George, amo un'altra persona. Non te ne ho parlato ma ho una storia in piedi, o forse no… non sta più in piedi perché questa persona non so più dove sia… Sai, sono una gran sognatrice. In questo momento prometto a me stessa che non m'innamorerò mai più dell'idea di qualcuno.»

George non capì le parole di Meg, era troppo occupato a gestire la sua delusione. A volte le lacrime colano all'interno dei volti, non si vedono all'esterno.

«Mi piace pensare che il nostro incontro sia un bel sogno ma con un altro finale al risveglio. Perché ci tengo alle cose che ho visto con te. Avevo in mente un altro finale per questo momento e speravo potesse essere anche il tuo. Sei abbagliante, Meg. Ti voglio felice, anche se non nego che ti avrei preferito felice con me.»

Le lacrime di Meg invece scesero davvero, non si fermarono all'interno, non rimasero sospese sulle ciglia. Percorsero la sua storia come una mappa colpevole del suo non sentimento e le scivolarono sulle guance, seccando di colpo anche le sue ultime poche certezze.

Aveva passato quasi mezza vita a prepararsi la parte di quella a cui per forza tutto doveva andare a finire male, tanto da essersi dimenticata il lusso di concedersi un attimo di meraviglia.

La paura cambia le persone. Ci assottiglia la pelle e una carezza brucia ancora di più. La pelle non si screpola solo per le bugie ma anche per i sintomi di un cambiamento.

Meg voleva abbandonare la strada del dolore, accettare una mano ferma alla quale affidare anche tutti i suoi lividi, ma la bambina pugile che aveva dentro, quella abituata allo stremo dei combattimenti persi con il tradimento, era davvero spaventata.

Si mangiava il fiato di George, così vicino e allo stesso tempo così distante per essere un respiro. Perché c'è una differenza estrema fra fiato e respiro. Il respiro è presenza, comunione di peccati, e lei adesso lì non c'era. La sua memoria e le sue cellule erano con Demian mentre Demian era chissà dove.

Sentiva l'urgenza di andarsene ma stavolta non per scappare. Voleva raggiungere la dimensione che aveva sempre desiderato abitare, senza avere il coraggio di ammetterlo a se stessa. Avrebbe voluto planare da un cielo privo di vecchi fantasmi. Sbattere contro i suoi alibi ma riuscire a passarci attraverso senza ferirsi e trovare Demian ad aspettarla. Perché la perfezione del volo sta nell'atterraggio. È quello il momento in cui si restituisce l'anima all'equilibrio.

Finalmente non provare mai più quel dolore intrappolato nell'assenza delle cose da dirsi. Vedere la gioia salire dentro come un orgasmo, dove il passaggio di anime fra i corpi diventa il paesaggio in cui abbandonare gli occhi a riposarsi per poi riaprirli all'incanto. Trovarsi dentro *A Sky Full of Stars*.

George aveva lo sguardo rassegnato. D'improvviso le scattò una foto e le chiese scusa per averlo fatto: «Volevo un ricordo di noi. So che ho scelto un momento sbagliato ma magari non ci sarà più occasione. Non voglio sprecare il tempo e nemmeno le mie emozioni. Passiamo un sacco di tempo a filmare tutto e non abbiamo tempo per rivedere tutto quello che filmiamo, ci pensi mai? Ci illudiamo di registrare ogni cosa ma la nostra memoria è un guscio di noce. Seleziona solo ciò che può contenere. Sceglie solo ciò che non ha bisogno di nessuna prova pratica per rimanere intatto. Ecco, è quello che ricorderemo anche quando ci scorderemo tutto di noi. Mi ricorderò di te anche senza questa foto, Meg. Ma visto che possiamo essere solo una bellissima foto...»

«Spero di essere venuta bene nella foto della tua vita, George.»

«Non amo soffrire, Meg. Non sentirti in colpa per me. L'amore non è pietà, lo so bene.»

«Non mi sento in colpa, George. Mi dispiace, ci sono così tante cose di cui non vado fiera e che non sai di me...»

«E non ha senso dirmele. Nemmeno se tu restassi con me.

C'è anche un passato di cui non abbiamo colpa, un passato che non ci appartiene più. Non possiamo scontarlo per sempre. Non importa. Davvero non importa più.»

George aveva acceso la radio. Mentre la riaccompagnava a casa, *on the air* passava una versione acustica di *Wherever You Will Go* cantata da una voce femminile e intanto Meg, anche se aveva appena affermato il contrario, era alle prese col suo senso di colpa. Più lo stringeva e più le stingeva le mani, come un colore da nascondere che sapeva insinuarsi dappertutto.

Un blu interiore che sporcava ogni cosa.

Alla fine lei si era insinuata nella vita di George ingannandolo all'origine. Certo, aveva le sue ragioni, ma quel ragazzo dall'animo sensibile non ne sapeva assolutamente niente.

In un'altra vita magari lo avrebbe amato, sarebbe rimasta a vivere a Brighton, avrebbe anche iniziato a disprezzare il caos e non sarebbe venuta a conoscenza neppure dell'esistenza della donna che gli aveva donato il cuore. Ma non ce l'aveva un'altra vita.

George portava nel petto un cuore di donna, non di una donna qualsiasi, ma dell'ex di Demian. Anche se di colpo si fosse accorta di non amare più Demian, quel pensiero non le avrebbe mai permesso di lasciarsi andare con lui.

Il senso di colpa la rendeva meno libera. Era quasi una fortuna che lo provasse. Non possiamo diventare persone migliori, né compiere un'evoluzione, fin quando pensiamo che tutto sia lecito, non sentendoci mai responsabili per le nostre brutte intenzioni.

Prima di scendere dall'auto, abbracciò George con una strana disinvoltura. Presto avrebbe dovuto dirgli che non sarebbe affatto rimasta a Brighton. Non poteva tirarla per le lunghe. Non le serviva affatto la casa.

Lui era rimasto a guardarla mentre lei apriva il portone. Lei era bella, ma non quanto lui mentre la guardava entrare.

Sembrava quasi il preludio di un addio, quel momento. Ogni incontro che (r)esiste vuole stravolgere il senso naturale dell'incertezza col quale facciamo i conti per tutta la vita. In pochi ce la fanno a vincere quell'incertezza. Gli altri incontri rientrano perfettamente nella media, sono già degli addii.

17

Ovunque tu sia, io so arrivare anche lì

Meg aprì lentamente la porta della sua stanza, nel piccolo B&B. Si buttò sul letto. La rete cigolante spezzò il silenzio. Si infilò una mano nella maglietta accarezzandosi il collo, quasi alla ricerca di una lieve rassicurazione. Le strade mentali sono strade piuttosto pericolose. Sappiamo di doverle attraversare senza semaforo ma non c'è alternativa, esistono solo il futuro o l'alienazione.

Non era più la ragazza che dopo una sbornia vomitava sola nel bagno sporco di una discoteca. Quella con le inibizioni potenzialmente azzerate, quella che dava il numero ai ragazzi che le piacevano ma poi la mattina se ne scordava e non rispondeva ai loro messaggi. Non aveva mai avuto nostalgia di nessuno, alla fine, questa era stata la sua grande forza e proprio la sua forza l'aveva sedotta, le era penetrata dappertutto e poi l'aveva abbandonata, piantandole nel cuore il frammento di una magnum di Belvedere bevuta insieme.

Uno sbattere di palpebre lento la portò a chiudere gli occhi. Desiderava crollasse una volta per tutte il suo muro interiore. Sarebbe rimasta a guardare le macerie di ciò che fingeva di essere.

D'improvviso sentì bussare alla porta.

Non aspettava nessuno e nessuno sapeva fosse lì, a parte George. Si alzò e mentre si dirigeva verso la porta, provò a guardarsi allo specchio che era sopra la piccola scrivania.

Non riusciva a mettere bene a fuoco il suo volto. C'era un flaconcino di collirio accanto al telecomando della tv. Cercò di prenderlo senza riuscirci. Si spaventò e col cuore tachicardico provò a toccarsi la faccia. Le rimase fra le mani e vide che l'insieme dei suoi lineamenti si erano staccati dal viso, erano rimasti appiccicati sulle sue mani. Specchiandosi non aveva volto. Mentre una paura indomabile le sorgeva all'interno spiazzando ogni sua certezza continuava a sentire bussare. Il volto che aveva fra le mani aveva un'espressione serena, in completa antitesi con il suo stato d'animo.

Provò a ricollocarlo al suo posto ma non aderiva più.

Sentì un ticchettio di macchina da scrivere e poi la voce di Demian che bisbigliava parole, come quando rileggeva a voce alta i manoscritti.

Andò ad aprire. Sapeva di trovarlo là fuori, anche se non aveva più un viso per farsi guardare. Pensò di regalarlo a lui, quel viso così sereno fra le mani.

Una luce improvvisa la colpì. Nel giro di una manciata d'istanti riprese a vedere, anche se in modo sfocato. Non era più di fronte alla porta della sua stanza, ma in un giardino. In lontananza c'era un uomo di spalle con una valigia poggiata accanto ai suoi piedi. In quel momento tutto era sospeso eppure sembrava così pesante. Sentiva le sue gambe tirare verso il basso. Voleva avvicinarsi ma non le riusciva di farlo. Le sembrava Demian, quell'uomo di spalle con la valigia.

Vittima di quel senso di pesantezza, con tutta la forza che aveva riuscì a fare qualche passo per avvicinarsi. Demian si voltò, era lì davanti a lei. Non era arrabbiato, la stava aspettando. D'improvviso si chinò, aprì la valigia. Dentro la valigia c'era il suo volto. Delicatamente lo prese e lo rimise al suo posto.

Meg si toccò la faccia con due mani e riuscì a sentire i suoi occhi, il suo naso, le sue labbra, la sua mascella volitiva. Era contenta ma anche arrabbiata, e cominciò a fare domande a raffica a Demian sul perché della sua improvvisa sparizione. Così lui scomparve nuovamente di colpo e lei di colpo si ritrovò ancora nella stanza del B&B. Era sul letto, non riusciva a muoversi né a dire niente ma sentiva ancora bussare alla porta.

Aprì gli occhi.

«Chi è?» urlò con tutta la voce che aveva dentro.

«Signorina, mi scusi, ho sentito un rumore molto forte, credevo fosse successo qualcosa.»

Si avvicinò alla porta mentre rispondeva pensando a quanto quella voce fosse sgraziata.

«Mi scusi, ho fatto cadere la sedia.» Aprì.

Guardò la donna che aveva davanti. Era se stessa. Aveva un bicchiere in mano colmo di vino bianco, pallido, così chiaro da sembrare acqua. Fece un brindisi con la se stessa di fronte. D'altronde non le era mai piaciuta la sua voce. Colpa delle sue corde vocali rovinate dal reflusso gastroesofageo. La risalita dei suoi succhi gastrici la tormentava da anni. Era una risalita fragile da tutte le sue cose perdute. Si aggrappava da una vita alla maniglia del suo stomaco per ritornare su.

Di colpò si svegliò, trovandosi sdraiata sul pavimento. Era mattina. Una mattina qualunque piena di scatole vuote nel cuore. Doveva essere caduta dal letto e involontariamente aveva davvero urtato la sedia.

Si guardò intorno nella sua stanza priva di finestre interiori. Si alzò con una lentezza alla quale non era abituata, quasi avesse paura di risvegliare in modo prematuro la sua mente provata dall'alternanza di sogni e respiri reali.

Nessuno aveva ancora inventato un algoritmo in grado di filtrare le notizie interiori che avrebbe voluto sapere a scapito di tutto ciò che non avrebbe voluto più vedere di se stessa. Così le restava un'amarezza desolata, la consapevolezza di trovarsi forse anche al posto giusto ma sempre con un'anima sbagliata e di non riuscire a far defluire mai dal suo cuore il fiotto improvviso di un cambiamento.

Si avvicinò al comodino per prendere il telefono e leggere l'ora. Lo guardò più volte.

L'orario era nitido, dieci e trenta spaccate. Usò la fotocamera per specchiarsi e accertarsi che il suo viso fosse al suo posto.

Si accorse di avere una chiamata persa da un numero sconosciuto. Da giorni, a parte George, non aveva sentito nessuno. Aveva solo postato delle fotografie di Brighton su Instagram, dopo una lunga assenza dai social. In quei giorni di quasi solitudine si era giusto dedicata a rispondere a qualche messaggio dei suoi ex colleghi di Torino che ogni tanto le chiedevano come procedesse la sua vita. Domande di circostanza, spesso fatte per noia o per rassegnazione. Si era sempre chiesta se in fondo in fondo non sperassero che la sua vita fosse peggio della loro.

Si ricordò di quando Demian scherzando le aveva detto che, se si fosse un giorno trovato un'amante, l'avrebbe registrata in rubrica come "numero sconosciuto", per evitare problemi di ogni genere e ridurre ai minimi termini il rischio di essere beccato. Una fioca speranza le si insinuò per un attimo in gola ma si sbrigò a soffocarla per non soffrire.

Si diresse verso il bagno per lavarsi il viso e si specchiò un po' timorosa. Ma sì, era alle prese con la sua solita scadente normalità. Alla fine aveva giusto un po' di occhiaie in più del solito. Merito della bambina pugile che combatteva con i suoi incubi. Tornò in camera e si diresse verso la finestra. La stanza aveva un minuscolo balconcino con un tavolino in ferro battuto richiudibile agganciato alla ringhiera.

Si mise a sedere composta sull'unica sedia. Respirava l'aria del mattino mentre espiava le sue colpe, inseguendole con il retino della mente. Pensò che ogni suo stato d'animo avesse un'anima propria e che le sue anime fossero in conflitto fra loro, per questo non erano mai riuscite ad accordarsi e a trovare un compromesso felice. Per questo lei non ne possedeva una sola unica e definibile.

Prese il suo iPhone e notò un numerino rosso accanto all'icona dell'email: ligameg@gmail.com.

Non la guardava da tempo, a dire il vero non la guardava mai. Poche persone conoscevano quell'indirizzo, nemmeno sua madre, probabilmente. Era un indirizzo legato alla passione per il suo cantante preferito, che ormai le sembrava sbiadito nella memoria. La voce per urlare contro il cielo prima o poi finisce se non risponde mai nessuno, e certe luci si spengono, fulminate dall'insensibilità, dall'incuria per il futuro.

Anche Demian conosceva quell'email. I primi tempi che stavano insieme le scriveva spesso anche lì. La sua speranza si riaccese di una luce pallida, lo stesso pallore di una luna che per un po' di tempo le aveva saputo restituire il colore della vita su un cielo sgretolato dalle costanti disattenzioni.

Per ogni incontro arriva sempre il giorno del giudizio, il momento catartico in cui tutto si conferma o si trasforma in modo inesorabile. Se Demian fosse tornato davvero da lei, avrebbe dovuto affrontare con lui il discorso della bambina o avrebbe dovuto fare finta di niente? Sarebbe stato lecito chiedere? Davvero lui non ricordava niente o aveva voluto nasconderle per tutto quel tempo di avere una figlia?

D'altronde lui non aveva mai avuto il coraggio di dirle neppure che la sua ex fidanzata fosse morta in un incidente. Aveva letto la sua versione sul suo computer ma Evelyn gliene aveva raccontata un'altra.

E se avesse scelto di non dire, di non chiedere spiegazioni, come sarebbe potuta riprendere la loro storia, fra desideri inespressi e negazioni?

Di colpo si alzò dalla sedia e spostò se stessa e il suo cuore deserto nella stanza.

Si privò dell'aria necessaria e si buttò per terra, accanto al letto. Da piccolina faceva così per attirare l'attenzione di suo padre. Si nascondeva sotto il letto per farsi venire a cercare. Aspettava in silenzio e quando lui finalmente arrivava usciva di colpo, gridava "Io sono qui..." e sgranava i suoi occhi affamati d'amore. A quel tempo era bello credersi un angelo e condividere con la tenerezza persino l'ombra delle sue ali.

Poi crescendo aveva dovuto addormentare i suoi sogni con il veleno del cloroformio, santificarli d'indifferenza per non farsele lacerare dall'abbandono, quelle piccole ali.

In quel momento ritornò un attimo leggera.

Mio caro Demian, avremmo dovuto firmare un patto io e te, non appena ci siamo messi insieme. Avresti dovuto promettermi di non andartene, perché io non ho mai imparato a rincorrere nessuno e, come vedi, poi te ne sei andato veramente e io te l'ho lasciato fare.

Aprì l'email.

Mia cara Meg,
non mi soffermerò molto sulla mia assenza. Ti spiegherò a tempo debito, se un tempo da restituirci ci sarà.
Stanotte ho fatto un sogno strano. Eravamo in Kipling Gardens, un giardino di Brighton dove non siamo mai stati insieme. Ora mi ricordo una poesia intitolata *Se,* proprio di Kipling, una poesia dedicata al figlio che era appesa nella stanza in cui sono cresciuto. Nessuno l'ha mai dedicata a me ma l'ho sempre trovata molto bella. Nel sogno tu eri in piedi al di là di una porticina verde ad arco e intorno c'erano le mura di pietra. Eri senza volto e io ti restituivo il viso. Lo ricollocavo al suo posto e tu mi ringraziavi. D'improvviso mi sorridevi e ti toccavi la bocca come fosse una novità.
Ci pensi a quante ma quante cose diamo per scontate ogni istante, Meg?
Non riflettevi più l'immagine del "tutto va bene" che mi hai sbattuto in faccia ogni minuto della nostra storia. Eri grata, a me, alla tua vita, al tuo volto. Mi volevi accanto e non aspettavi altro, mentre un vento sfacciato ti colpiva la fronte. Tu lasciavi che ti accarezzasse, perché se non ti avessi riportato il tuo viso non avresti più potuto sentirlo il vero vento, quello che ti soffia dentro anche quando fuori non c'è più un filo d'aria. Te lo dissi tanto tempo fa che i sentimenti sono venti. Anche se non li vedi li senti, senti che ti soffiano addosso.
Ecco, io sono di vento in questo momento, sto soffiandoti addosso il mio bisogno di toccarti. La mia intensità è un ballo lento che ti solletica l'orecchio, percorre la strada che va dalla tua guancia al mento e, anche se non ti ho offerto grandi cose, il mio respiro ora è appeso alle tue ciglia, in bilico fra assenza e presenza.
Cos'è una grande cosa, Meg, lo sai? La sai riconoscere? Magari è così piccola da essersi insinuata dove non guardi mai.
La presenza fa rumore, ma anche l'assenza.
L'assenza è l'amplificatore del silenzio. Sono qua, al di là dello

schermo ma anche lì, davanti al tuo cuore. Non sono venuto a fare la fila per entrare nella tua vita.
Non voglio emozioni preconfezionate, né dubbi ammassati tutto intorno che spingono verso l'entrata.
Voglio un posto sicuro dove smettere di starci stretto.
Senza saracinesche abbassate, senza cartelli con scritto "chiuso per inventario".
C'è un posto nella tua mente dove vai ogni notte. Tutte le volte che sembri assente magari sei in quel posto, tutte le volte che hai paura vai a nasconderti in quel posto, tutte le volte che sei scoraggiata o che ti senti delusa o ferita vai a curarti in quel posto.
Mi piacerebbe accompagnarti, anche di giorno. Ovunque tu sia, io so arrivare anche lì. In quel posto solo tuo.
Vorrei spiegarti in poche parole le contraddizioni dell'amore.
Sono simili ad alcuni lati di te. Per esempio, tu quando vedi una persona che inciampa sorridi, ma questo non significa che provi gioia nel vederla cadere.
Se questo è stato un sogno condiviso, forse entrambi abbiamo una risposta.
Siamo caduti. Anzi, siamo caduti insieme. Allora insieme ci rialzeremo, tu mi darai la mano o io la ridarò a te. E se non riusciremo ad alzarci, ci sdraieremo insieme in quel giardino.

E finalmente Meg fu raggiunta da una quiete insolita. Le scivolò nel petto, poi nello stomaco e attutì di colpo quel bruciore al quale era abituata. Le farfalle che nuovamente la raggiunsero, le volarono nel cuore e si scoprirono immuni alla disillusione. Volavano e si posavano persino sugli spigoli che aveva dentro. Per una volta non erano rimaste intrappolate nel disamore e nella sua costante fatica per le cose da difendere.

Tutte quelle sciocchezze melense in cui non credeva più da tempo, sentendosi quasi superiore a chi era privo di tutte le sue pretese di vita concreta, si erano insinuate come polvere all'interno. La polverina delle sue farfalle le aveva contaminato tutti gli organi. Volteggiava. Fantasticava e in quell'email vedeva immagini molto più grandi del suo significato. O forse no. Non sapeva che vedere, che pensare o forse non voleva più annusare l'odore apatico del niente.

Era confusa e poteva restarsene sospesa e felice, innamorata anche dell'incertezza.

Demian le aveva aperto uno spiraglio e da lì riusciva a filtrare l'aria di un vecchio elementare e familiare bisogno che non aveva mai sentito prima. Ora era una ragazza primavera. Poteva dimenticare un ombrello nel cuore e cominciare a fiorire più in là, senza tornare a riprenderlo mai più.

Con tutti i suoi fiori sbocciati dappertutto capì che il suo periodo a Brighton era giunto al termine. D'altronde non aveva molto senso restare ancora. Desiderava passare un'ultima giornata con George, salutarlo per bene. Spiegargli che non aveva intenzione di rimanere a vivere nella sua città e che era inutile sprecare altro tempo per cercarle una casa.

Aveva un corpo estraneo nel cuore, una scheggia impazzita, e siccome sapeva bene quanto fosse impossibile fare una radiografia ai pensieri e ai sentimenti, l'amore per Demian le si era incastrato lì, fra lo sterno e il respiro, si muoveva in mezzo al suo petto ma era impossibile da rimuovere.

George avrebbe capito. Senza sprecare troppi dettagli, gli avrebbe detto semplicemente di aver cambiato idea. Sì, gli avrebbe detto così. Ormai aveva compreso la grande importanza degli addii. Sapeva quanto potesse ferire la non chiarezza. Non era facile per lei che era scappata sempre affrontare un addio. Spiegare a George che una vertigine improvvisa avrebbe lasciato cadere in terra ogni parvenza di futuro. D'altronde salutare qualcuno in via definitiva – anche se forse non esiste una cura definitiva all'abbandono – è uno di quei momenti che può svelarci davvero chi sia la persona davanti ai nostri occhi.

Lei non era più la ragazzina fragile abbandonata da suo padre, quella che era stata lasciata come un pacco postale vuoto in un angolo della vita. Si era scartata e raccolta da sola, ma non era diventata la donna forte sempre con la risposta pronta nella borsetta e con l'anima truccata alla perfezione. Aveva brividi spettinati ovunque e sentiva il diritto di tenerseli stretti anche se non sapeva sempre domarli, anche se le spalancavano dei limiti interiori, anche se riusciva a riconoscere che le imperfezioni sul nero ci sono, anche quando non si vedono. Anche se riconosceva a se stessa di esserci stata sempre un po' a metà e che l'inaffidabilità ferisce quanto un dolore fisico, un dolore che sembra attenuarsi in una breve illusione e poi riprende, come un sole adesivo appiccicato addosso e poi strappato di colpo come un cerotto che inganna la ferita e lascia il sangue a coagularsi al freddo e al buio.

Eppure adesso riusciva a sentire in modo nitido l'odore del suo corpo e di quello di Demian mescolarsi dentro una stanza. La sincronia dei loro sospiri, a volte tenuti a bada per non disturbare le inibizioni. Era difficile osservare tutto da fuori. Tutti gli sguardi regalati al soffitto nelle notti insonni in cerca di pensieri migliori. La dose di consapevolezza raggiunta era troppa, non poteva consumarla, ma poi si sentiva schiacciare dal peccato di buttarla. Allora se la infilava in tasca giurando che fosse sempre e soltanto per uso impersonale.

Faceva pratica nel recitare un addio e si ritrovò a sorridere mentre piangeva. Si accorse che, più che il pianto, era il rumore del sorriso a risvegliare il dolore. Questo è l'ossimoro della vita. Della sua, della vita di tutti. Era sola in presenza di un ricordo che odorava così forte da bloccarle il respiro. Le inondava le narici come fa il vento quando punge all'improvviso, indocile presenza capace di mettere a soqquadro le cose e l'anima. In quell'istante e in nessun altro mai sarebbe stata in grado di ridurlo in mille pezzettini e di farselo rubare per sempre.

Immaginò una scarpa col tacco tenuta in sospeso dall'altro lato del divano. Una voglia improvvisa di litigare con Demian con in mano lo stelo di un bicchiere. Posarlo sul tavolo per poi afferrare lui per la camicia e tirarlo a sé. Dargli un bacio violento come se fosse l'ultimo possibile, come se non dovessero rivedersi mai più, con la lentezza che hanno i sapori da conservare. Vodka e saliva a mescolarsi col DNA dell'anima, a trasformare la fantascienza nella scienza di essere dove si vuole stare e cambiare lo stato d'animo alla giornata. Aprirsi e schiudersi, lasciare sbocciare le labbra come fiori. Poi scivolare sul divano. Mani avide sul collo con la licenza di appartenersi. Graffi che non fanno male e sulla pelle un'assurda pretesa di tregua. Avrebbe voluto più di ogni altra cosa che quel tempo scollato dalla realtà divenisse nuovamente reale.

Le verità sono sempre provvisorie, perfezioni irrisolte, ma non si dovrebbe mai smettere di innaffiare i propri "domani". Per non sfiorire prematuramente. È dalla lentezza con cui cadono i petali che si intuisce la bellezza di un fiore.

L'email di Demian aveva riacceso in lei delle speranze ma quel suo stato di ebbrezza era in competizione con il venticello di indecisione che le soffiava dentro. Sollevava lo spazio del dubbio, scoperchiava i possibili inganni e tutto il silenzio che lei non aveva chiesto. Si era riscoperta innamorata di Demian, ma non era affatto sicura di poterci tornare insieme.

Eppure, mentre rimuginava sul da farsi, la travolse per la prima volta la paura di morire senza poterlo rivedere almeno un'ultima volta.

Non perse altro tempo e telefonò a George. Lui rispose gentile come sempre e Meg quasi ne fu delusa.

Aveva sperato in cuor suo un improvviso comportamento fuori misura. Se lui fosse stato scortese, se l'avesse accolta con freddezza, avrebbe avuto un alibi perfetto per dileguarsi senza troppe spiegazioni e non si sarebbe sentita una che quando la incontri porta solo guai.

"Cos'è la vera pace?" pensò. Renderti conto che sei molto lontana dall'essere la persona che avresti voluto ma ricevere la grazia di un vero complimento soltanto da chi ami.

Aveva dato appuntamento a George sul lungomare. Non aveva alcun ripensamento, ma il presentimento che non sarebbe più tornata in quella città incantata le legò ai polsi il *fil rouge* con la nostalgia.

Aveva un desiderio da realizzare. Voleva passeggiare per un'ultima volta sul pontile. Si vedeva dal di fuori, col suo sogno stretto in mano come una carezza. Allora strinse più forte il sogno, lo strinse con tutta la forza che aveva e lo sgretolò. Trattenne il ricordo, quello non lo seppe annegare. Si fermò a guardare i gabbiani litigare con i turisti per una manciata di *fish and chips*. In quel momento riconobbe la voce di George invaderla alle spalle.

«I gabbiani conquisteranno il mondo, vedrai. Ne sono già perfettamente consapevoli.»

Meg si girò di scatto e sorrise con compostezza. Anche se George l'aveva accolta con una battuta le sembrò che si fosse accorto di qualcosa, che avesse avuto una premonizione. Le era davanti con lo sguardo pensieroso e la voce umile e le sembrò avesse un volto diverso dal solito, quasi preparato al peggio. Come un soldato che distrattamente finge di non accorgersi che la guerra non è ancora finita. E lei con un'arma in mano non poteva permettersi una lastra di vetro fra le parole che doveva dirgli e il suo cuore, un cuore impaziente di rivalsa. Un cuore che aveva già vissuto il doppio delle emozioni normali ma che ancora non era riuscito a preservarne nessuna intatta da passeggiargli accanto.

«Volevo salutarti, George. Sono in partenza. Ci ho pensato tanto e davvero non ha senso per me restare qui.»

George sentì il peso di uno sguardo che non lo aveva scelto. Lo accolse senza commenti, senza gesti di rabbia. Poteva sembrare quasi indifferenza ma Meg sapeva bene che non era così.

L'imbarazzo graffiava l'aria e l'eco del vento sembrava avere una voce propria: "Perché sei venuta a prepararmi una vita diversa, a rimboccarmi le coperte di un cambiamento, a provare le tue coreografie nel mio cuore fragile se non vuoi rimanere? Sarebbe stato meglio se non fossi mai venuta, allora. Sarebbe stato meglio non conoscerti, non sapere niente della tua esistenza".

Una vita si intrufola nella tua vita. Tu nemmeno l'aspettavi, non ne sapevi niente. Poi vuole andarsene e tu nel frattempo le hai fatto così tanto posto da aver spanato una vite all'interno del cuore. Niente si riaggiusta più. Niente è più come prima, anche se lo vuoi. Non sei tu a decidere la sorte del tuo cuore alle prese con quella vite lenta e quello spazio nuovo intorno che non avevi previsto.

Aspettare le scintille di un desiderio, in una notte di fuochi d'artificio e non accorgersi della stella che più in là cade per noi. Lo abbiamo fatto tutti. E poi, certo, non ci si può mica consolare coi desideri realizzati degli altri. Si finisce per diventare cattivi così.

«Sai, Meg… per molti, le persone della loro vita sono sempre quelle che hanno perso o quelle che non hanno ancora incontrato. Dentro a un libro spesso c'è il momento in cui finalmente arriva qualcuno a salvarci. Nella vita non per tutti c'è questo capitolo. Forse il mio destino lo ha strappato all'origine. È un capitolo destinato ad altri libri, ad altre storie. Cos'ho che non va? La mia vita è vita solo a metà? C'è una parte che mancherà sempre? Come quando in quei libri stampati male mancano delle pagine e non puoi capire bene tutto il senso della tua storia?»

«George, tu non hai niente che non va. Sono io che forse non ho ancora capito niente di me e devo fare chiarezza.»

«Stanotte ho sognato di stringere fra le mani una lettera. Volevo darla a te. Poi mentre te la stavo consegnando mi accorgevo che i fogli erano tutti bianchi. Tu li guardavi e ridevi di me. Forse era un segno. È un addio, Meg?»

«Credo di sì.»

«Come si gestisce un addio? Tu lo sai?»

«Non lo so. Ma so che una storia sbagliata è come sciogliere un'aspirina in un calice da champagne: fa sentire fuori posto.»

«Forse hai ragione tu…»

George rimase rigido anche se avrebbe voluto abbracciarla. La guardò volare via, anche se lei era ancora lì.

«Grazie di tutto.»

«Non ringraziarmi, mi fa sentire ancora più inutile.»

«Nessuno è inutile. Ma condividere non è solo abitare uno spazio. Se ti senti ospite in una casa, quella non è casa tua. Non è lì che puoi mettere radici.»

«Nessuno può mettere radici dentro di te se tu non glielo permetti. È che vorrei che tu fossi felice, ma più di tutto ti vorrei felice accanto a me… Io ho solo un'ambizione, vorrei che il mio cuore diventasse una casa per qualcuno.»

L'indole della cattiva ragazza che era in lei aveva avuto

un cedimento. George si sarebbe aspettato un posticino per la sua spaziosissima fragilità, una rivincita per il maschio beta, quello con cui costruire un futuro rassicurante. E invece lei era preda di un imbarazzo sottile che si faceva strada in modo sempre più visibile. Avrebbe voluto poter tornare indietro, fermare l'attimo e scomparire, lasciare che il mondo di George riprendesse senza di lei.

18

Una Margherita al di là di un filo spinato

Meg chiuse la valigia, ricontrollò la stanza per essere sicura di non aver lasciato nulla e gettò un ultimo sguardo fuori. Dal balconcino del suo B&B riusciva a vedere tutte quelle casette. Dall'alto sembravano matite colorate con lo sfondo della ruota panoramica. Le sarebbe mancata Brighton.

Aveva gli occhi stanchi di vedere sempre tutto quello che non c'è. I suoi occhi erano rimmel a scrivere su fogli stropicciati che si sposano il vento. Si mise gli AirPods nelle orecchie e si riempì l'anima con una playlist dei Coldplay mentre andava in stazione a riprendere il treno per Londra e intanto la malinconia le violentava il respiro.

Era stata una tregua quel periodo. Lei, una Margherita al di là di un filo spinato. Se la vita fosse guidata solo dalla ragione, tutte le nostre possibilità di sopravvivenza sarebbero annientate in via definitiva. In un infinitesimo istante si accorse che era rimasta sempre impigliata nel suo credersi così tanto indipendente. Si era nascosta in una prigione all'aperto, perché trovandosi insieme alla sua solitudine non avrebbe davvero saputo che dirle.

Non aveva mai imparato a gestire i momenti di tregua. Ogni volta tappava i suoi buchi emotivi con la frenesia di un tempo immobile e sempre uguale. Riempire un vuoto ti svuota e alla fine lei era rimasta così, stremata, con i sogni tutti chiusi ma pieni di spifferi, a guardare una mancanza consapevole che la fissava al buio. Era rimasta in attesa sempre, anche le volte che non era più in attesa di niente.

Avere paura del mondo là fuori e scappare sempre per vivere di mancanze, coltivarle come fiori nel cuore e vedere germogliare rimpianti per tutte le stagioni. "Una bussola senza orizzonti, forse sarai?" pensò di se stessa.

Provare dolore per quello che non c'è ma non averlo saputo difendere. Lacrimare assenza liquida e strofinarsi le mani sugli occhi per non perderla, innamorarsi sempre dell'incompiuto per potersi permettere il lusso di non dargli mai una forma e poi recriminare amore, nascondendolo sotto i lembi di un sogno assoluto.

Lei era una alla quale sulla carta non piaceva ricevere poesie. La facevano sentire in imbarazzo. Ma sapeva che, come scrisse Pessoa, "tutte le lettere d'amore sono ridicole, ma d'altronde solo chi non ha mai scritto lettere d'amore è davvero ridicolo".

Si sentì piccolissima all'interno della stazione. Le sembrava avesse occhi e la guardasse perplessa. Doveva iniziare il suo piano B, quel lato che nei vecchi dischi in vinile le persone si dimenticavano di ascoltare. Come un'amica di vecchia data lo aveva messo sul giradischi, prima di darsi un abbraccio di incoraggiamento.

Era uno di quei momenti che nella vita si tende sempre a rimandare. Noi la chiamiamo "partenza" ma dipende da quale direzione la guardi. Partire per non tornare da qualcuno è una delle poche follie che non vogliamo concederci. Perché rispolverare solo vecchi ricordi e non averne di nuovi è un peso troppo grande da sopportare.

Aprì la borsa mentre guardava il tabellone degli orari e non poteva sapere come George avesse rischiato il suo cuore, sforzandolo in una folle corsa per raggiungerla ancora una volta. Se lo trovò davanti quasi senza fiato, con le mani appoggiate alle ginocchia, piegato dalla fatica, intento a respirarle addosso anche la colpa di quel tormento. Quasi disposto a raccogliere briciole per ricostruire la parvenza di un futuro insieme; intento a respirare fino all'ultima goccia quell'aria di mare condivisa, sperando di trovare un sorriso d'occasione tra le pieghe di un addio.

Lei si spostò i capelli dal viso per vedere oltre il muro scrostato della fragilità e si accorse che saper cedere non è una debolezza. Lui non riusciva a parlare, tanto era l'affanno e Meg sentì dentro la paura e il senso di colpa. Immaginò che potesse sentirsi male e tremò al pensiero di esserne l'unica responsabile. Gli guardò le scarpe con le suole ancora piene di sabbia. Riconobbe un rumore a lei così familiare, il rumore dell'amore negato. Riconobbe il rumore dei passi quando scendono le scale per andare. Piano piano li senti sempre meno ma il rumore rimane. Scavò nel suo cuore umido e tolse tutta la ruggine ossidata sulla tenerezza. D'istinto lo abbracciò e se ne pentì nello stesso preciso momento. Per il timore di illuderlo, di scomodare senza motivo uno spazio intimo e doloroso. Subito si ricompose. Il trucco era scomporre l'angoscia in tante piccole paure e affrontarle una alla volta. Ce l'avrebbe fatta.

«George, dai, sediamoci un attimo su questa panchina.»

Non le riuscì di dire altro.

«Ti avevo scritto una lettera e volevo dartela.»

George tirò fuori dalla tasca un foglio di quaderno stropicciato. Gli tremava la mano e il foglio cadde in terra. Si chinarono insieme e a Meg scivolò la borsa semiaperta. Il libro di Demian cadde fuori e riconobbe l'asfalto di Brighton. Si lasciò sedurre da un'aria instabile. George lo guardò un attimo e mentre Meg allungava in fretta la mano per rimetterlo via con la paura di essere scoperta che le sfuggiva dagli occhi, lui glielo restituì velocemente in maniera distratta. Meg quasi glielo strappò dalle mani e lo rimise nella borsa, nel luogo del non detto.

Il libro interruppe il suo capitolo non scritto.

Adesso doveva proprio andare o avrebbe perso il treno. Lo disse a George. Non voleva farsi accompagnare al binario. Al binario dovrebbe accompagnarci soltanto chi sappiamo con certezza di poter rivedere. Certi treni si perdono volutamente, si rallenta il passo per scrollarsi di dosso ogni responsabilità, per non sentirsi colpevoli mentre non si ha più niente da aspettare. Ma i treni a volte, a dispetto di tutti gli ignari passeggeri distratti, si ritrovano al deposito, a fine corsa. E anche se fanno percorsi differenti, a ogni fermata hanno una consapevolezza in più. Ce la mettono tutta per osservare il paesaggio, per non fare ritardo e anticipare il futuro. Sono arrivati ma non ripartono, restano in attesa che qualcuno li raggiunga e si emozioni ancora per una nuova partenza.

Guardò l'orologio e abituata ai suoi sogni si accorse di non stare sognando. Le prese una strana ansia, perché dopo la sua esperienza si sarebbe sentita obbligata a essere migliore o quantomeno un po' meglio di prima. Sarebbe stata bellissima con i suoi occhi grandi, tristi e insoddisfatti e avrebbe sussurrato a tutti: "Guardatemi! Mi sono addormentata in un modo e risvegliata con un'altra personalità".

George si allontanò a piedi, con le mani in tasca e il corpo lievemente curvo. Sperare non è un crimine, anche le volte in cui non serve a niente.

Meg aveva deciso di non dargli il libro di Demian, ma era riuscita a spezzargli anche la trama di un altro tipo di sequel e di questo si sarebbe pentita per sempre.

Preferì abbottonarsi ai ricordi quel rimorso piuttosto che dargli un ulteriore dolore, svelando con quel gesto le vere intenzioni del suo viaggio.

Arrivata al binario si accorse di aver perso il treno e stavolta non volutamente. Lei che era rimasta sempre nei dintorni dell'amore, diceva di volerlo ma poi si lasciava cadere nel momento in cui avrebbe dovuto imparare a stringere.

Gli inizi sono solo attimi, ma si portano dietro strascichi di fini lunghissime. Ecco perché l'aveva sempre accompagnata quella paura e aveva sempre confuso treni e orizzonti. Lei arrivava già per dimenticare.

Controllò gli orari per prendere il treno successivo. Si mise a sedere su una panchina in attesa. Poi prese dalla borsa la lettera di George con un po' di titubanza.

Anche il buio può raggiungere la superficie delle cose ma non copre la richiesta esplicita che i bisogni reali fanno ai sogni. Senza Demian avrebbe potuto scegliere di andarsene ovunque. Avrebbe potuto fare quel viaggio in Australia che aveva sempre sognato. Accarezzare un koala prima che l'egoismo dell'uomo li portasse all'estinzione. Magari restarci pure a vivere, tanto non aveva radici evidenti. Non era mai riuscita a piantare nulla di duraturo nella sua anima. Eppure, di tutta quella ipotetica libertà, non sapeva più che farsene.

Le bastava davvero che una persona si allontanasse per ritornare ad amarla? Sarebbe stato sempre così? Se Demian fosse tornato a cercarla, avrebbe un giorno dimenticato la sensazione di quel momento?

George presto avrebbe strappato nella sua mente le parole che le aveva scritto nella lettera che ancora non aveva letto. Sì, ne era sicura. L'infatuazione gli sarebbe passata. L'afferrò con un filo di insana emozione.

Sapevo già che saresti andata via e non ho voluto ammetterlo. Ho avuto la sensazione che il tuo cuore appartenesse a qualcuno che ho conosciuto, eppure non so chi sia. Non ho potuto portarti in un luogo che mi è diventato tanto caro. È una libreria, si chiama City Books ed è proprio sulla Western Road, la strada che collega Brighton a Hove. Il primo luogo in cui sono andato sulle mie gambe, quando mi sono ripreso dopo il trapianto è stato quello.

Un bel giorno ho avuto la fortuna di nascere di nuovo. Come quelle storie che leggiamo nei libri e hanno quei finali un po' astratti che a noi non sono mai capitati. Nel mio avrei potuto portarti fra i vicoletti di The Laines e farti scegliere dalle vetrine dei gioiellieri un anello di fidanzamento e poi andarti a comprare del cioccolato da Choccywoccydoodah.

Eppure i libri con i finali improbabili ci mettono davanti alla certezza di avere davvero tanto da cambiare per arrivare a vivere la storia che non crediamo più possibile. Perché anche se certe storie non esistono per tutti, ci speriamo sempre, fino all'ultimo.

Immaginiamo che possano toccare a noi. Il cuore è l'ultimo ad arrendersi.

Certi libri ci portano fuori dall'isteria provocata da questo mondo disincantato. Ci costringono ad amare la vita. A sfoggiare solo la nostra anima invisibile in un mondo glitterato. Sono una fetta di possibilità spalmata di marmellata fra due dispiaceri.

Ogni volta che entro in quella libreria sento una commozione smisurata, credo sia impossibile descriverla. Rimarrà un mistero, come alla fine lo è l'amore. E poi i librai sanno tutto, sai? Parla con un libraio se vuoi sapere chi è davvero l'uomo dietro l'autore.

C'è un sentiero di sangue che porta al mio cuore e fra le mie cellule ho storie non mie che non rinnego. Anzi, faccio di tutto per conservarle. Cose che forse hanno cessato di essere, ansie di sentimenti non vissuti o intrappolati prematuramente in qualche dimensione astratta. Forse mi tengono in trappola. Probabilmente ho ancora un vago senso di colpa che passeggia insieme a questi ricordi non miei.

C'è qualcosa che non mi hai mai detto e lo so per certo. Lo avverto, Meg.

Se tu fossi rimasta anche solo un giorno in più ti avrei portato al The Basketmakers e non solo per berci una birra. Appena entri, alle pareti sono appese tante scatole di latta chiuse. Sedendoci a consumare ne avremmo aperta una e ci sarebbe caduto in mano un foglietto con il segreto di qualcuno entrato prima di noi.

Ho messo anche io qualche foglietto nelle scatole, ma molte volte ci sono andato solo per trascorrere ore e ore a leggere i segreti degli altri e immaginare le loro vite. Ho conosciuto tutte le loro fragilità e così ho imparato a fidarmi ancora delle persone, ad accartocciare la distanza fra me e le altre vite.

Ho capito che possiamo imparare a non recitare mai nessuna parte, Meg. Dobbiamo essere vicini alla nostra vita per capirla e invece troppo spesso mettiamo un filtro fra l'anima e il respiro. Non affrontiamo più le cadute come quando da bambini risalivamo subito sulla bicicletta con ancora le croste sulle ginocchia, non scordando la caduta ma scordando la paura di cadere.

Stasera andrò a mettere un biglietto al pub. Scriverò qualcosa su come mi sento e qualcuno lo leggerà. Sarà la mia carezza dentro per te, visto che fuori non ho potuto fartene nessuna. Spero ti arrivi. Ti serve una carezza proprio lì, nel punto in cui ti fermi sempre al margine.

Nessuno è inadatto a correre. Non crederci se qualcuno te lo racconterà. Ci serve solo incontrare qualcuno che corra al nostro stesso passo. Per non umiliarci, per non lasciarci indietro con le nostre paranoie.

C'è qualcosa di strano in noi? Può darsi, ma ci rende simili.

Questa è la base di un progetto. Ai sogni bisogna aprire la porta, non lasciarli ammuffire dentro armadi di paure umide. Altrimenti muoiono ma non è colpa loro, è colpa delle nostre braccia che non si sono mai allungate per salvarli. Li hanno lasciati cadere guardandoli rompersi o li hanno stretti così tanto, stipati fra un mucchio di vecchi rimpianti, da spezzargli le ali. Avrei potuto non dirti niente del mio cuore nuovo. Magari è questo che ti ha spaventata.

Ma in fondo al cuore che ho ricevuto in dono c'è qualcosa di davvero solo mio, questo profondo dispiacere nel vederti andare via, simile a quando un bimbo vede uscire di casa qualcuno che ama e ha l'ansia di perderlo, perché non sa se farà mai ritorno...

Meg si alzò di scatto dalla panchina. Un malessere ostinato le gironzolava nello stomaco, una specie di nausea che non riusciva a definire. Non aveva mangiato niente, doveva essere questo. Nella borsa si trovò una bottiglietta d'acqua che non ricordava di avere. La bevve tutta in un sorso e la rimise in borsa. Cercò sul tabellone gli orari dei treni ma aveva gli occhi stanchi e non riusciva bene a metterli a fuoco. Si sforzò per un attimo, poi si arrese.

I rimorsi sono morsi che ritrovi nelle tasche, come scontrini di acquisti dimenticati che ti ricordano il prezzo già pagato quando meno te lo aspetti. Per scacciarli pensò che tutti avessero delle cicatrici a forma di stella sulle braccia, rei di non essere riusciti ad afferrare in tempo il desiderio cadente.

D'improvviso immaginò di correre al pub prima di partire e confidare tutta la storia a un biglietto da mettere in una di quelle scatole di latta. George l'avrebbe trovato, così lei si sarebbe liberata del suo senso di colpa. Sarebbe stata una lotta contro il tempo. Arrivare fin lì, scrivere e poi ritornare in stazione.

Almeno quella sarebbe stata una buona azione, qualcosa di cui avrebbe potuto andare fiera, qualcosa che l'avrebbe scansata da quel fosso di egoismo caotico nel quale ricadeva ogni volta con i suoi gesti non chiari, in preda alle sue confusioni.

Magari George l'avrebbe dimenticata e Demian l'avrebbe perdonata, le due cose erano intrecciate fra loro, magari erano l'iperbole necessaria, il *fil rouge*.

Uscì dalla stazione. Era già buio. Guardò su e si accorse che nel suo cielo c'erano sempre state più stelle che desideri. Allora iniziò a esprimere tutto quello che poteva, anche se le stelle non cadevano affatto, rimanevano anzi piuttosto incollate. Preparava i suoi occhi a non avere più scuse a disposizione, più nessuna per ogni stella, più nessuna per ogni desiderio.

Si chiese che ora fosse, ma mentre stava per prendere il telefono si accorse che da quando non aveva più accanto l'amore, le lancette rimescolavano il tempo e rendevano tutti i suoi giorni davvero simili. Così non le importò più di sapere che ora fosse. Le gambe la guidarono fra le vie e si ritrovò davanti al cartello in ferro battuto di North Laine con una bussola gialla all'interno di un quadrato. Proseguì sulla Church Street passando accanto al Brighton Flower Shop. Si fermò un attimo a chiacchierare con il fioraio. Era un luogo così pieno di cura che gli fece i complimenti. Lui la ringraziò e poi le disse di non dimenticarsi mai di dare l'acqua ai suoi fiori. Perché spesso le persone dicono di amarli, ma dimenticano di dar loro l'acqua necessaria a farli vivere per poi dare la colpa al clima sfavorevole quando muoiono.

Guardandosi intorno pensò di aver sbagliato strada ma poi quasi per miracolo si ritrovò davanti al pub. Era una casa ad angolo tutta bianca in stile Regency con una grande scritta dorata in stampatello che copriva interamente la facciata. Fuori c'erano dei tavolini in legno e delle persone sedute. Meg non riuscì a distinguere bene i loro volti però si accorse che qualcuno di loro la stava guardando. Abbassò gli occhi e ritrasse il suo sguardo quasi per il timore che potessero profanare le sue intenzioni. Poi lo rialzò con una timidezza che non seppe riconoscersi e gettò via lo scudo della diffidenza. Si accorse che quelle persone avevano uno sguardo rassicurante e privo di giudizio. Si spostò davanti alla porta di entrata, una porta nera in ferro battuto. Guardò la sua mano ferma sulla maniglia e poi entrò con una strana lentezza. Si guardò intorno. Se fosse riuscita a gestire bene quel momento forse avrebbe imparato a gestire bene anche tutto il resto. Prese dalla borsa il libro, si avvicinò al bancone e si mise a sedere su uno degli sgabelli tondi in velluto a righe. Lo avrebbe lasciato lì fingendo di dimenticarlo e quella sera George lo avrebbe trovato.

Cercò di mettere a fuoco il ragazzo dietro al bancone. Di nuovo non riusciva a vedere bene. Doveva essere quella fastidiosa emicrania oftalmica con aura che di tanto in tanto nei periodi di stress tornava a farle visita. Scoppiava d'improvviso lasciandole lo strascico di un fastidiosissimo dolore e una spiacevole fotofobia che le durava giorni. Per farselo passare doveva avvelenarsi di naproxene sodico.

Rinunciò all'idea di scrivere un biglietto e infilarlo in una scatola di latta.

Il ragazzo asciugava i boccali vuoti con un panno e poi li appendeva a dei ganci in alto. Si muoveva a scatti e rappava musica *grime*, musica urbana underground nata nei sobborghi londinesi. Erano rime al vetriolo sulla frustrazione della gioventù britannica esclusa dal mondo che conta. Londra era snob, diceva, ma Brighton era diversa, un mondo a parte fatto di persone gentili, una salvezza. Eppure il ragazzo si comportava come se lei non ci fosse.

La luce era troppo forte e Meg non riusciva più a sopportarla. Nel muoversi le si impigliò il vestito e infilò il dito nello strappo in quella stoffa verde. Lasciò il libro senza dire niente e uscì di fretta dal locale. Riprese a vedere e si accorse di una gelateria strana dai gusti bizzarri, con le vaschette tutte colorate. Una gelateria che da anni le appariva in sogno in modo insistente. Accanto ai gelati c'era il mago meccanico Zoltar, lo stesso del film *Big* con Tom Hanks, dentro una teca in vetro e con la sua gettoniera, pronto a dispensare in cambio di qualche moneta bigliettini con previsioni rosee di futuro. Si accorse di indossare il vestito di Mrs. Dalloway nel libro di Virginia Woolf, lo stesso libro che stava rileggendo sul treno per Brighton. Allora le venne un dubbio improvviso.

In quel momento aprì gli occhi e si ritrovò seduta sulla panchina in stazione. Aveva sognato tutto. Non si era mai spostata da lì nemmeno di un passo. Come quando scappava da tutto e non era mai vicina a niente, sempre in movimento ma in fondo sempre immobile. Era diventata lei stessa il luogo più pericoloso dove rimanere.

Si stropicciò gli occhi e controllò la sua valigia. Era lì accanto alle sue gambe, nessuno l'aveva toccata. Aprì la borsa per prendere lo specchietto e guardarsi. Il libro era ancora lì, saldamente ancorato al suo senso di colpa.

Aveva un nodo in gola che non andava né su né giù. Perché quel senso di colpa era il suo alter ego. Temeva l'abbandono ancora una volta, l'abbandono più grave che può capitare, la perdita dell'amore per se stessa.

Mentre si specchiava le sembrò che a nessuno importasse se lei ci fosse o no. Era invisibile. Forse accade questo a rinunciare sempre. Ci si nasconde anche da se stessi e persino lo specchio ha un riflesso di severità insopportabile, poi. Non ci si riesce più a guardare intatti.

Non sarebbe servito a niente provare a nascondere il suo stato d'animo. Da sempre continuava a trasferire il suo passato nel presente, per questo scappava sempre. Ma ogni trasloco la lasciava in posti differenti e sempre in compagnia di quella paura. Persino i suoi sporadici momenti felici avevano dentro quella paura. E sebbene avesse costruito il mito della sua indipendenza, era rimasta imprigionata in quella paura. Non era riuscita mai a disfarsene. Arriva un giorno in cui non ci è più consentito ignorare. I nostri buchi emotivi ci rendono vittime delle nostre colpe ma comunque colpevoli. È fallimentare andare contromano rispetto ai propri desideri. Ci si schianta contro la propria melma e a lungo andare lì dentro ci affoga anche l'anima.

Si aggiustò il rossetto sbavato con il dito. Seguì le labbra con la lingua. "Quanto rossetto sbavato nei posti sbagliati" pensò. Quanto tormento nel ricordo di tutti i baci non dati, rimandati al mittente, negati per orgoglio o proprio senza ragione. Pensando sempre di avere tempo, pensando sempre di avere in tasca un'emozione di riserva, un brivido a rilento, una possibilità di riscatto arrendevole a quel senso di trascuratezza. E invece ciò che non curi è già finito prima di iniziare.

La stazione le sembrò ferma. Tutto quel tempo per pensare non lo aveva mai voluto. Lo mandava giù come qualcosa che già sapeva non avrebbe digerito.

Tutti vogliono il nostro pezzo migliore, ce lo prendono e noi restiamo senza. Nessuno ci vuole più, nessuno è disposto poi a prenderci senza quel pezzo. E di quel pezzo ne abbiamo uno soltanto. Adesso Meg si era stancata di tutto, anche di avere paura. Era svanita. Svanita come il suo tempo che era così veloce da sembrare immobile. Ogni cicatrice ha una storia ma spesso è una storia che non raccontiamo. Siamo stati traditi e ne abbiamo vergogna. Abbiamo vergogna al posto dei colpevoli, questa è l'assurdità del nostro tempo. Se soffrire è da sfigati, ferire è da stronzi, ma in un'epoca di ruoli invertiti, gli stronzi sono acclamati e gli sfigati derisi. Così si era dovuta adeguare, semplicemente. Aveva dentro parole che non osava dire più. La cosa più bella che ci sia mai capitata può diventare in un attimo la cosa più triste. Spesso la perdiamo proprio per la paura di perderla.

Il libro di Demian era tutto ciò che in quel momento aveva di lui. A volte nei libri si lasciano dei piccoli segnali. Lo scrittore spera che la persona che lo ha ispirato torni ad aprirlo in un momento di grazia e per magia possa innamorarsi di lui, di nuovo. Aveva letto molte volte del *fil rouge* e in quel momento le sarebbe piaciuto tanto crederci. Non le importava il tempo che sarebbe dovuto passare. Se erano destinati a stare ancora insieme si sarebbero ritrovati in una nuova stazione. Magari stravolti, affaticati da un viaggio dal quale nessuno parte perfettamente in ordine ma nemmeno arriva per disperdersi in modo inesorabile. Con quel filo invisibile attaccato al mignolo sinistro che non si rompe per nessuna circostanza sfavorevole. In qualunque posto si fosse trovata, lei avrebbe mosso la mano e sempre si sarebbe sentita impigliata a un respiro. Ogni volta tirando quel filo avrebbe ricevuto in dono una rassicurazione.

A dispetto del tempo, delle distanze, della logica, dei percorsi complicati, noi ci portiamo dentro anche chi non possiamo più avere vicino. Anche nei momenti in cui non sappiamo più dove sia qualcuno, quel qualcuno c'è lo stesso. È a un millimetro di cuore.

I pensieri sono intrecciati in quel filo e quel filo diventa una rete fitta di protezione trasparente. L'intensità arriva dentro come un'attesa impaziente, senza condizioni, senza aspettative. E il colpo di scena per una volta diventa solo viversi.

Eppure le veniva in mente anche un'altra possibilità, fino a prova contraria. Magari lei e Demian erano come due rette parallele che avrebbero continuato a correre nella stessa direzione, ignare del fatto che non si sarebbero potute mai incontrare veramente. O erano stati semplicemente due fiocchi di neve poco coraggiosi. Ogni fiocco è diverso dall'altro. Non ne esistono due perfettamente identici. Ognuno ha una propria struttura, come ogni essere umano ha una sua personalità. Ci sono fiocchi di neve che si scelgono e mentre si uniscono, ancor prima di cadere, creano una forma nuova. Fiocchi di neve che nel momento in cui cadono, scelgono chi li sceglie, scelgono con chi attaccarsi.

Nessun incontro sarà mai uguale e loro avevano ormai perso la loro occasione. Si erano sciolti da soli.

Tutti vogliono cambiare il mondo ma poi lavorano poco su se stessi, si affidano alla sostenibile pesantezza del giudizio e si accontentano di questo, di essere comparse in un film uscito dalle sale troppo presto. Non vogliono vedere in modo chiaro cos'è che manca dentro. L'insoddisfazione la sputano là fuori, è un'infezione che non li tocca mai da vicino. Sono sempre gli altri gli autori dello spietato contagio. Dimenticano che la natura delle cose durevoli non è affidata a nessun dio, ma è più reale delle cose che non abbiamo e che cerchiamo costantemente, al posto di difendere quello che c'è.

Tutti, compresa te, Meg. Le responsabilità sono sempre

universali e il mondo non cambierà fino a quando non capiremo tutti, nessuno escluso, che non si ottiene niente senza l'aiuto e l'amore degli altri, che collaborare è l'unica via possibile, altrimenti è come se ci fossimo già estinti senza saperlo. Dev'esserci un ponte fra le anime, altrimenti crolla tutto.

Il numero più strano dell'universo è uno perché si illude di poter essere felice da solo ma poi si annoia e cerca nel suo doppio la sua gioia.

Prese il suo iPhone di getto, stretta nell'impulso di cercare il The Basketmakers. Voleva capire se il suo sogno fosse fedele all'originale. Non fece in tempo a digitare il nome che il telefono squillò. Non riconobbe il numero e dopo un attimo di titubanza rispose.

«*Hello…*»

«Ciao Meg. Scusami se mi sono permessa di chiamarti, sono Gaia Cabot, la mamma di George. Avevo il tuo numero in agenzia.»

Meg cercò di dissimulare il suo imbarazzo e di rimanere il più naturale possibile. Tutto si sarebbe potuta aspettare tranne quella telefonata.

«Signora Cabot, forse George non l'ha avvisata ma ho scelto di non restare a Brighton. Anzi, scusatemi tanto tutti voi per il tempo perso con la ricerca dell'appartamento.»

«Non ti chiamo per questo. Andrò dritta al punto, Meg. Come sai mio figlio ha avuto una vita difficile. Ha sofferto tanto e non l'ho mai visto così felice come in questi ultimi giorni. Ha una luce nuova negli occhi, un altro entusiasmo. Credo sia merito tuo e vorrei ringraziarti. Se hai deciso di non rimanere per problemi di lavoro posso aiutarti io. Lo farei davvero volentieri. Posso darti un mio appartamento. È a Regency Square. Ha un proprio ingresso su strada che conduce al corridoio. Ha due camere più un salotto spazioso con un camino e pavimenti di legno. Una delle due stanze da letto ha un ripostiglio incorporato e porte francesi che conducono al giardino interno. Era la casa di mia nonna e non l'abbiamo mai data in locazione. Ci sono davvero molto affezionata e ho preferito tenerla così. Avrebbe giusto bisogno di qualche piccolo intervento di manutenzione, roba da poco, davvero. Io e mio marito possiamo aiutarti a trovare un altro lavoro. Gioco a bridge con la segretaria della University of Sussex. Non dovrai preoccuparti di niente…»

Meg sentì una stretta sul cuore. Sapeva di non potere e di non volere accettare. In un altro momento si sarebbe sentita infastidita e minacciata. Avrebbe percepito quella telefonata come un gesto di pura invadenza. Qualcuno aveva osato mettere in dubbio il suo *state of mind*. Ma in quel momento le mancò sotto ai piedi la sua forza innata e sfrontata e per assurdo si sentì leggera. Cavarsela da soli a volte è asfissiante. Poter allentare il respiro e accettare l'aiuto è un privilegio non affatto scontato. Aveva respirato la speranza che per amore del figlio quella donna aveva riposto in lei, una speranza che l'aveva invasa in modo lieve, un venticello piacevole arrivato per portar via la polvere della malinconia e tutte quelle cose che sembrano essere piccolezze. Prese da sole sembrano innocue ma si accumulano e ci feriscono, invadendoci d'improvviso col loro impercettibile senso. Se ne stanno lì in nostra compagnia senza possibilità di essere rimosse, proprio perché non sempre siamo in grado di capire nel profondo da dove vengano.

Tutti pensavano fosse coraggiosa ma il coraggio aveva dovuto strapparlo alla vita, non le era stata data davvero altra scelta. Fece un respiro profondo, prese tutta l'aria possibile e l'odore del mare dalle narici le arrivò nella geometria del domani.

«Gaia, la ringrazio ma non posso accettare. Ho deciso di tornare. Ho molte cose lasciate in sospeso e non posso più rimandarle. L'ho fatto per troppo tempo. Se rimanessi qui resterei sospesa. Scapperei ancora una volta, e sono stanca di scappare. Suo figlio è un ragazzo fantastico, non lo dico così per dire. Mi ha insegnato molte cose e vedrà che troverà quel che desidera. Non sono io. Non posso dargli quello che merita. Non meritiamo sentimenti formiche. Non meritiamo niente di più piccolo rispetto a quello che sogniamo per noi. Gli vorrò sempre bene ma il mio posto non è a Brighton.»

«Ci ho provato, Meg. Scusami. Non posso far altro che augurarti buona fortuna, allora. Credo funzioni così.»

Meg avvertì al di là del telefono una risata buona, una di quelle che una madre dovrebbe saper tirare fuori come un'occasione. Il vestito perfetto per i nostri brividi di freddo interiore.

«Funziona così, credo di sì. Buona fortuna anche a tutti voi e grazie davvero per questo gesto inaspettato.»

Ma cos'è l'amore poi? Dopo la sua pazzia iniziale che non ci lascia scampo, che è come una droga della quale non possiamo fare a meno, che sa annullare tutto il resto per non farcelo vedere più e non lascia tempo a nessuna domanda… Cosa rimane dopo, subito dopo il risveglio, quando smettiamo di ostinarci a rileggere la stessa pagina milioni di volte prima di girarla?

Meg afferrò la sua valigia. Era davvero giunta l'ora di andare. Già, peccato che per andare sia necessario partire per un preciso "dove" e probabilmente era questo ad affliggerla. Lei non ce l'aveva un dove, soprattutto se per dove, al di là di un posto, si intende la vita di qualcuno.

Si avvicinò alla biglietteria e poi si fermò a due passi dalla linea. Lasciò che le passassero avanti delle persone. Poi si decise. Il personale di stazione le disse che il treno successivo era stato soppresso per problemi alla linea. Quello dopo ancora era ormai tutto pieno. Avrebbe potuto prendere l'ultimo treno per Londra. Sarebbe partito alle 20.01. Ne rimase quasi compiaciuta. Quasi quasi non le dispiaceva. Aveva ancora tutto il tempo per godersi un ultimo tramonto. Non sarebbe mai più tornata a Brighton, se lo sentiva. Sentiva che fra lei e quel posto si era conclusa lì, come a volte ci succede anche con le persone. Anche se ci sforziamo di immaginare un altro finale, il presagio si compie e i ricordi si annidano già nelle distanze.

Anche quando sappiamo che è necessario lasciare, tendiamo a rimandare l'addio per tutto il tempo che si può. Tendiamo a dilatarlo come un elastico che alla fine si spezza e ci colpisce dritto dritto al centro di un profondo dispiacere.

Decise di lasciare la sua piccola valigia al deposito bagagli. Due sterline per due ore d'aria ancora. Prima della fine, prima dell'addio. Perché dare l'addio a Brighton significava anche dire addio a Demian, al tempo costruito, al tempo demolito. Era rimasta così tante volte impantanata nella sua dimensione sonno/veglia, sogno/realtà che da quasi subito, da quando era bambina, aveva imparato a domandarsi: "Sto sognando?".

Così se lo chiese anche in quel momento, mentre si liberava per qualche altra ora del suo bagaglio, mentre sperava con tutta l'anima di aver sognato tutto e di potersi risvegliare d'improvviso dove avrebbe voluto essere, un po' più leggera. Ma ormai aveva imparato a chiudersi così tanto all'interno dei suoi sogni da non riuscire più a immaginarla vera, la realtà.

Eppure la realtà esisteva e andava dritta al punto, senza fare sconti a nessuno e lei adesso dal blu di un cielo disegnato, cadeva a terra come una stella ferita già all'origine.

Tirò fuori i suoi AirPods, fece partire la musica e si sentì d'improvviso la musa di *Everglow*.

19
Il momento di arrendersi

Una volta era rimasta a guardare fuori dalla finestra una piantina sul tavolo di una casa di fronte, spezzata dal vento. Qualcuno l'aveva dimenticata lì. La piantina aveva provato a reagire e poi si era arresa nel bel mezzo di una salvezza impossibile. Tutti almeno una volta nella vita siamo stati una piantina dimenticata, mentre qualcuno da fuori assisteva a un'immagine straziante senza fare niente per salvarci.

Demian, quando usciva di casa, prima di andare via, si girava a guardarla più volte. La salutava, poi si girava ancora e ancora, voleva quasi bucarsi gli occhi con la sua immagine. Mentre lei, la regina dell'incompiuto, si chiedeva con il suo cinismo il perché di quell'insistenza feroce, quasi patetica. Sembrava quasi la guardasse con gli occhi dell'addio.

Demian dava valore a ogni attimo, per la paura di non poterlo rivivere. Conviveva con un'ansia preventiva non molto diversa dalla sua, ma avevano imparato a gestirla in modo opposto. L'amore assume le sembianze di una persona che ha davvero paura di morire senza averti rivisto per l'ultima volta, qualcosa di folle ma consapevole, e quando guardi dentro a quel che dice, ci trovi verità, non un mucchio di pretesti tristi.

Cara Meg, il niente esiste e se lo lasci fare sa davvero conquistarti e infiltrarsi in tutto di te. Demian è la persona che ha toccato un punto che nessun altro aveva mai toccato prima, un punto in cui sei sempre stata vulnerabile, un punto spezzato all'origi-

ne, anche se non lo hai mai voluto riconoscere. Hai sempre negato che lui ti avesse raggiunto in quel punto in cui non era mai stato nessun altro, un punto che non tornerà mai più vergine, nemmeno un domani se non dovessi rivederlo mai più. Demian veniva a trovarti lì con dolcezza implacabile. Era la sua dolcezza a ferirti, perché non volevi accettarla. Ma adesso sei comunque ferita, anzi adesso in quel punto c'è un'altra ferita che è come una voragine. Vedi Meg, se uno la stronzaggine non ce l'ha nel DNA *è inutile che se la disegni sulla faccia. Tu non sei come ti descrivi. Accettalo o finirai per diventare davvero come gli altri vogliono vederti. Ma tu non sei così, non sei così. Noi non siamo personaggi decisi dalla gente.*

Allora Meg decise di ripeterlo ancora a se stessa. Demian aveva toccato un punto in cui nessun altro era stato mai, aveva toccato il lembo più sensibile della sua anima nascosta nella sua filofobia. Entrambi avevano avuto paura di tutti i "Ti devo parlare" ,"I need to say something" della loro vita. Non presagiscono mai nulla di buono e ti lasciano in attesa, in sospeso, in quella zona d'ombra in cui non sei mai al sicuro, e lì dentro può succedere davvero di tutto, puoi incontrare tutto ciò che non vorresti in un attimo soltanto. Eppure, nonostante vivessero insieme, non erano mai riusciti a dirsi che avevano solo due modi diversi per gestire la stessa paura.

È assurdo ridursi a scoprire gli altri soltanto nell'assenza.

Meg uscì dalla stazione e iniziò a camminare su Queens Road. Voleva raggiungere la ruota panoramica e poi andare a mettere una moneta nella giostra del mago Zoltar per esprimere un desiderio, un desiderio per tutti quelli a cui aveva rinunciato da bambina, per tutti quelli da cui era stata costretta a scendere.

Sapeva dove trovarla: al luna park del Pier. Mentre camminava immaginò la sua anima pesante, caduta in fondo a un pozzo. L'aveva lasciata lì per troppo tempo, per evitare di specchiarsi in un'acqua stagnante che non cambiava davvero da troppo tempo. Aveva girato senz'anima e adesso voleva riprendersela. Si ricordò che ogni vita richiede pulizia, troppe ragnatele alle pareti conducono all'abbandono dei luoghi emozionali. Si ricordò che cos'era la paura del profondo, tutte le volte che aveva risposto no per non dire sì e immaginò in un solo momento tutti i suoi domani ammazzati ieri.

A un tratto la colse il timore di poter essere vista da George. Sapeva bene che avrebbe potuto incontrarlo, ma non ce l'aveva fatta a salire sul treno di ritorno.

Avvicinandosi al mare cercava la ruota con gli occhi e le sembrava strano non riuscire a scorgerla. La ruota non c'era. Era come suo padre quando lei desiderava il suo amore ma lui era sempre così "altrove" da non poterglielo dare.

Quando arrivò sul lungomare e si trovò davanti il Pier come prima cosa lo guardò attraverso il cielo, un cielo fra il lilla e l'arancio. Il Pier era tutto illuminato e dominava il molo. Prese il telefono e lo fotografò, ma si accorse che la fotografia non rendeva affatto omaggio alla sua emozione. Iniziò a girare per il luna park in cerca di Zoltar, alle prese con una strana sensazione che non seppe decifrare. Il luna park alla fine era un po' kitsch. Per carità, era costruito su un molo che si slanciava verso il mare ma aveva anche un'aria piuttosto decadente, come se in passato avesse vissuto tempi migliori. Eppure non era come tutti gli altri che aveva visto.

Sola, alle prese con quel paesaggio, lontana da tutte le persone che amava e con le quali alla fine non era mai stata del tutto sincera per la paura del loro giudizio, ammise a se stessa di sentirsi per la prima volta incompleta.

Quanto di se stessa era stata disposta a perdere per ritrovare il privilegio di lanciarsi nel vuoto e di trovare una rete di sicurezza? Quando la libertà ardente di cui tanto si vantava e che le aveva sempre procurato una sorta di esaltazione aveva invaso i confini della separatezza umana e, senza accorgersene, l'aveva gettata nel precipizio della solitudine? Aveva sempre vissuto "come se fosse felice" senza esserlo davvero, troppo presa dalla preoccupazione che potesse essere svelata a tutti la sua vera indole, compresa la sua fragilità.

Demian l'aveva capito, ma più glielo faceva notare più lei si ritraeva e a volte si arrabbiava quasi odiandolo. Quando

le persone si detestano con così tanta veemenza è qualcosa all'interno di noi stessi che odiamo, c'entra poco l'esterno.
Era sempre stata ammirata fin dall'adolescenza per il suo cinismo nel trattare i ragazzi. Era lei a scegliere e lei a mettere via. Nessuno doveva permettersi di scheggiare le sue finte sicurezze. Solo adesso si accorgeva che l'amore è il sangue della vita, ha il potere di far confluire due affluenti corrispondenti nella solitudine.

Quando trovò il mago Zoltar ripensò al film che aveva visto tanti anni prima. Era perfettamente a conoscenza di quanto fosse inutile quel gesto ma ne aveva bisogno.
Prese la moneta e si guardò intorno, per un attimo l'avvolse il timore di poter essere derisa. Nessuno la guardava. Brighton era una città priva di giudizio. Potevi passeggiare in pigiama o vestito da drago.
D'improvviso le prese un giramento di testa e si ritrovò appoggiata a un uomo insolito. Immediatamente cercò un orologio pensando potesse trattarsi di un personaggio onirico.
«Si sente bene?» le domandò in modo gentile.
«Sì, grazie, non so cosa mi sia successo. Sono un po' stressata in questo periodo.»
«Lei non è di Brighton, vero?»
«No, sono italiana, ma vivo a Londra da qualche anno. Lei è di qui?»
«No, ma sono un giostraio e faccio manutenzione nei luna park. In questo periodo sono venuto a vedere se questo posto se la passasse bene in mezzo a tutta quest'acqua. Sa, ricordo quando il vecchio Pier funzionava. Ora è solo una carcassa ma i *brightoners* ci sono ancora così affezionati.»
«Può dirmi per caso dove sia la ruota panoramica? Perché ho girato in lungo e in largo ma non sono riuscita a trovarla...»
«La ruota? Oh, *madame*, di sicuro non ha potuto vederla. È stata demolita qualche anno fa.»
«Qualche anno fa?» Meg cercò di mostrare una sana delusione, mentre dentro di sé sapeva di averla vista, la ruota, dal balconcino della sua stanza, a fare da cornice alle casette co-

lorate e solo qualche giorno prima. Aveva respirato l'aria vintage di un posto che le ricordava tanto una bellezza infranta. Le ricordava l'amica del cuore con la quale pensava di invecchiare e che era stata la sua prima delusione; l'incanto adolescenziale che negli anni si lascia sopraffare da un mondo in bianco e nero e sfiorisce. Le ricordava il sorriso di sua madre un po' fané e le sarebbe tanto piaciuto rivitalizzarlo e collocarlo in qualche vicolo bohémien, fra i graffiti di North Lane.

«Che delusione. Grazie. Avrei continuato a cercare per ore…»

«Si consoli, tutto sommato non era un granché. E poi se ci pensa non abbiamo bisogno di cercare o di essere cercati, abbiamo bisogno di chi ci trova.»

«Ha davvero ragione, sa?»

Meg ebbe l'istinto di abbracciare quell'uomo sconosciuto. Se fosse stata sicura di sognare lo avrebbe fatto e invece salutò quell'uomo bizzarro e lo guardò allontanarsi sul molo zoppicando lievemente. Non lo avrebbe più rivisto, non avrebbe più saputo niente di lui. A volte ci affezioniamo agli sconosciuti quando li vediamo passare ripetutamente, mentre ci accorgiamo che fanno il nostro stesso tragitto quotidiano, e se poi di colpo non li vediamo più ci preoccupiamo, ci chiediamo se possa essere successo qualcosa di brutto, e ci troviamo anche in quel caso faccia a faccia con la paura di perdere, anche se ci sfiora soltanto, anche se non ci passa poi così tanto vicino.

Smettiamo di pensare a una persona quando non ci chiediamo più quanti giorni siano trascorsi dall'ultima volta in cui l'abbiamo sentita. Quando d'improvviso ci accorgiamo di non ritrovarci più a contarli, quando abbiamo smesso di dilatare all'infinito un addio.

Per lei non era ancora giunto quel momento. I giorni che la separavano da Demian li contava ancora.

Pubblicò su Instagram la fotografia che aveva scattato poco prima e scrisse la sua didascalia:

Non ho ancora smesso di contare i giorni trascorsi senza di te. So che in me non c'è niente di normale e che per una volta potrò sembrarti io sdolcinata e patetica, come tante volte ho fatto sentire te. Ho capito che i sogni non fanno la nostra memoria, la nostra memoria la fanno i gesti ricevuti, i momenti da ricordare. Me lo hai detto tu, o forse il personaggio del tuo romanzo, che nemmeno i ricordi ci sono dovuti, li abbiamo perché ce li siamo conquistati con il coraggio delle nostre decisioni.

Ho un bisogno insaziabile di vederti ancora almeno una volta. Anche se non ti sentirò più dire con la tua voce fresca e ancora mezza addormentata che sono il motivo per il quale ti svegli la mattina.

Volevo solo dirtelo prima di andarmene da qui, dove probabilmente non tornerò mai, né da sola, né insieme a te.

Ti chiedo scusa, Demian, per tutte le volte in cui non ho capito.

Mi sono accorta che solo vicino a te non avevo paura.

Meg infilò il telefono nella borsa e le caddero gli occhi sui bordi della lettera di George infilata nel libro di Demian. Pensò ai suoi giorni diversi ma in fondo tutti uguali. Pensò che i giorni cambiano quando impariamo a cambiare vestito alle abitudini nocive. La vita ci costringe fin da subito a fare un patto con ciò che è possibile cambiare e con cosa non possiamo cambiare più. Possibile che basti un istante a distruggere l'insieme? O forse a lei era sembrato un istante ma era l'insieme di tutti gli istanti trascurati ad avere rovinato tutto. Forse era semplicemente giunto il momento di arrendersi. Doveva davvero riprendere il treno. Farsi coraggio. Annientare le speranze. Tanto era anche inutile parlarne con qualcuno. Quando il dolore va via, sparisce senza bisogno di compassione, di parole inutili, di chi finge di ascoltare ma è preso dai fatti suoi e il tuo dolore diventa solo un pretesto per parlarti di sé.

20
A volte le persone “accadono”

Meg riprese il telefono dalla borsa per guardare l’ora e fu distratta da una donna che indossava una gonna vittoriana. Il vento la lasciava svolazzare con l’ostentato senso di superiorità di chi rifiuta i pregiudizi.

Brighton era una cittadina onirica. Le assomigliava un po’. Mescolava abbagli e verità con quel sorriso buono che conosce la delusione onesta dei puri. Ti augura un sincero colpo di fortuna anche mentre le stai dicendo addio. Ci aveva steso la sua anima come si stendono i panni al sole ma senza più mollette per appenderci anche le emozioni. Voleva lasciarla asciugare per bene, prima di andarsene. Voleva prendersi cura della sua anima sola che, per ogni volta che aveva ferito, si era fatta ferire dagli altri.

Una molletta le cadde dal cuore mentre si accorse di un messaggio sul telefono. La raccolse con la mente.

Di molletta ne aveva ancora una: il messaggio era di Demian.

Aprì Whatsapp.

Bae, scusami se puoi… sto venendo a prenderti, se vuoi. Dove sei?

Meg avrebbe voluto lavarsi il viso prima di credere ai suoi occhi. Guardò di nuovo il telefono. Aveva visto troppe volte sua madre combattere con il continuo bisogno di conferme e con la frustrazione di vederle ogni volta tradite. Le aveva visto scoppiare una bomba fra le mani per ogni assenza subita, e l'aveva vista ogni volta sperare che appoggiandola piano da qualche parte avrebbe potuto risparmiarle disastri interni. La bomba scoppiava lo stesso ogni volta. Così lei aveva imparato a rifiutare l'idea del bisogno e con tutte le sue forze si era sbarazzata della bomba in modo preventivo.

Nel rispondere a Demian mise in conto che gli avrebbe mostrato i segni di un abbandono che ancora si portava addosso. Se avesse dovuto attuare una strategia, avrebbe dovuto fargliela pagare. Non rispondere subito o non rispondere più. Così si mise a sedere su una panchina fissando lo screenshot del messaggio che aveva fatto per non farsi vedere online.

Demian le scrisse ancora.

So che sei a Brighton, ho visto le foto che hai messo su Instagram. Anche io sono a Brighton. Sono qui per raggiungerti…

E poi ancora.

Non volevo abbandonarti, hai le chiavi di casa mia, di casa nostra…

"Sei tu che non sei tornata", in pratica, con quelle parole voleva dirle questo. Meg da giorni desiderava ricevere quel messaggio ma in quel momento in lei prevalse la rabbia.

Sai, una volta molti anni fa ho detto a una persona: «Io ho solo un'ambizione, vorrei che il mio cuore diventasse una casa per qualcuno». E invece oggi so che non è per qualcuno ma per te.

Meg rispose perentoria.

Sono al Pier. Cercavo la ruota ma non c'è. Solo che sta per piovere. Dove ci vediamo? Così ti ridò le chiavi di casa.

Le chiavi di casa non le hai più, Meg, le hai lasciate a Evelyn. Ma quanto sei scema, non vedi l'ora di rivederlo.

Questo cielo che guardi minaccia temporali e distruzione ma desidera solo sole e abbracci. Cazzo, Meg, sembra te.

Quando Demian la raggiunse, a dispetto delle sue previsioni, il cielo si era schiarito, un venticello lieve le aveva rinfrescato la pelle tiepida. Lei era seduta sulla stessa panchina e fissava le sdraio a righe azzurre messe con generosità a disposizione di tutti sulla spiaggia. Le persone le rispettavano. Erano a uso e consumo del loro pathos. C'era molto da imparare da Brighton, una lieve compostezza, una solidarietà coraggiosa che non ricordava di aver visto da nessun'altra parte, e per un attimo le balenò l'idea di rimanerci per scappare da Demian e forse ancora una volta da se stessa. Poi lo vide camminare verso di lei e un respiro spontaneo e meno rigido le regalò l'incapacità di dosare le sue emozioni. Quando se lo trovò a un passo lo abbracciò e non ebbe l'energia di dire niente. Per qualche istante sentì di avere il potere di fermare il mondo. Ogni cosa si sarebbe insabbiata naturalmente e lei avrebbe smesso per sempre di cercare la vita in un sogno e si sarebbe liberata del vizio di andar via.

Demian le poggiò la bocca sul suo labbro superiore e le diede un bacio lieve, come faceva le prime volte che stavano insieme.

Le prendeva fra le labbra il suo labbro superiore tenendolo al sicuro, e lei non si era mai accorta che Demian pensava sempre a tutto, anche se a lui non ci aveva mai pensato nessuno.

Il fruscio della presenza le raccontò la favola della non principessa che riceve un bacio senza il sapore della fine. Quel bacio le lasciò dentro tuttavia anche tutto il non detto rimasto in comune. Quel soffrire prematuramente per cose mai avvenute, il pensiero di troppo messo a tacere per non ferirsi e mai trasformato in parola pronunciata per non ferire.

I sogni infranti sono grida interiori, non fanno clamore. Sono come i silenzi, a volte sanno fare l'amore, a volte sanno fare solo il rumore dell'assenza.

Era confusa e camminava sul filo della sua contraddizione.

Demian le strinse la mano con delicatezza, quasi a rassicurarla dopo tutta quella distanza, e insieme iniziarono a camminare senza meta davanti alla ringhiera verde Tiffany del lungomare. Arrivarono fino alla spiaggetta di sassi di Brighton. Meg incuriosita si fermò davanti a Seafront, un negozietto che vendeva casette in miniatura ispirate alle cabine colorate ai bordi della spiaggia. L'atmosfera le ricordò Riccione e il suo primo viaggio da sola con le amiche, quando durante l'ultima sera d'estate, davanti alla fontana Bosco della Pioggia, in fondo a viale Ceccarini, avevano urlato tutte insieme: "Tutti dovrebbero avere una vita vista mare!".

«Siamo stati insieme ma ci sono cose che non ti ho detto mai. È assurdo, se ci pensi...»

«Chissà quante persone vivono insieme e anziché condividere finiscono solo per dividersi uno spazio» provò a rispondere Meg.

«Non m'interessa degli altri. Non lo vedi quanto tempo le persone perdono a guardare le altre vite senza accorgersi di perdersi la propria? Se sai come rendere felice qualcuno l'imperativo è d'obbligo: devi farlo, e non farlo non è una scelta, diventa un crimine.

"E allora perché te ne sei andato via così, senza rendermi partecipe di niente? Non è forse un crimine questo?" pensò. Negli occhi aveva l'acqua di quel mare ma il suo sogno era ormai troppo liquido per essere afferrato e quei momenti le sembravano una realtà provvisoria, senza una vera sostanza.

Lei e Demian erano due aquiloni spinti dallo stesso vento che insieme non erano riusciti a trovare il senso in cui spingersi. Forse non era lo stesso. A volte, come gli aquiloni, le persone si amano ma volano in direzioni contrarie, o comunque non alla stessa altezza.

«Ora mi sento felice, Demian. Non ti nego di aver desiderato tanto questo momento, ma non basta disegnare una finestra su un muro per fare entrare l'aria che serve a respirare.»

«Infatti bisogna proprio abbatterlo, quel muro. Le nuvole non si fermano per sempre, quelle che si fermano sono le nostre fissazioni. Essere un libro aperto comporta i suoi rischi. Non sempre dentro c'è una bella storia ma ogni storia vale la pena di essere raccontata alla persona che amiamo. Che ne pensi, inizio a raccontarti il perché dei miei sbagli?»

«Tu li porti bene i tuoi sbagli. Ti hanno sempre reso più

giovane. A me invece sembra di aver perso una vita intera in questi giorni.»

«Tu sei sempre stata il cactus e anche il palloncino. È difficile tenerli alla giusta distanza.»

«E infatti io non mi abbraccio mai... Davvero, non so che pensare, Demian.»

E invece avrebbe voluto chiedergli: "Dove sei stato in questi giorni? Come ti viene in mente di comportarti così, come se nulla fosse successo? Chi sei veramente? Quante cose non so di te? E perché non riesco a essere davvero incazzata, nonostante tutto?"

«Sai, essere in coma è come trovarsi in un lunghissimo sogno lucido. Tu nei sai qualcosa, Meg. Ho iniziato a sentire la tua voce mentre non potevo aprire gli occhi. Sapevo già chi eri, ti avevo già vista in sogno. Tu mi hai posato addosso il tuo sguardo e io sapevo che c'eri, che non te ne saresti andata via. In quei momenti ho sentito di dipendere da te, dalla tua presenza. Tu eri l'unica alla quale importasse davvero del mio risveglio. Sapevo che avevi trovato il mio libro e speravo che mi raggiungessi. Eravamo legati davvero. Poi la vita vera ci ha diviso.»

«E quindi? Ti sei voluto vendicare scomparendo?» rispose Meg tirando fuori la sua irritazione solida e allo stesso tempo consapevole che lei e Demian erano davvero stati uniti prima del suo risveglio. Erano stati capaci di partorire l'impossibile.

«Da quando ti ho scelto in modo consapevole, ho capito che avrei dovuto rendere conto anche a te della mia vita. Questo tu invece non hai mai voluto farlo, sei sempre stata insofferente. Non vuoi rendere conto a nessuno di niente. E allora se non vuoi rendere conto a nessuno, non devi stare con nessuno, Meg. L'amore non è un'alternativa a nessuna cosa e se tu vuoi essere troppe cose, alla fine non sei niente per nessuno.»

«Che vuoi dire, Demian?»

«Voglio dire che ad amarti da lontano sono buoni tutti. La lontananza ha il fascino delle cose impossibili e il gusto del proibito. Amarsi da vicino invece è un talento e una sfida che in pochi riescono a vincere. Come ti sentiresti se d'improvviso ti accorgessi che non hai mai reso felice nessuno?»

«Non ci ho mai pensato. Sarebbe un fallimento…»

«Qualsiasi decisione prenderemo ho bisogno di dirti delle cose. Mi vuoi ascoltare?»

«Sì…» rispose Meg con delicatezza.

«Una donna mi ha messo al mondo ma poi non mi ha più voluto. A chiamarla mamma davvero non ci riesco. Sono stato commissionato come un pacco regalo e poi rifiutato, e nell'impossibilità di rimandarmi al mittente restituito come un prodotto difettoso. Suo marito non era il mio padre biologico. Non poteva avere figli. Inizialmente aveva accettato l'inseminazione artificiale con il seme di un donatore, poi ci aveva ripensato e non mi voleva più. Diceva che non gli assomigliavo. Così mi è stato raccontato. Un bimbo in "provetta" non è che ti capita, lo scegli. Affronti cure lunghe e costose e hai tutto il tempo per rifletterci bene. Se lo abbandoni non hai davvero nessuna scusa. Sei solo una donna ricca e capricciosa che gioca con la vita. Infatti io non l'ho mai perdonata. Sono stato dato in affidamento e abbandonato una seconda volta, perché a detta della mia seconda famiglia ero un bambino difficile. Così sono stato rispedito nella casa famiglia ed è lì che sono cresciuto.

«A diciott'anni sono andato a vivere presso una famiglia. Per pagarmi da vivere ho lavorato per anni in un negozio che vendeva soltanto paperelle di plastica di tutte le dimensioni. Pensa che esiste ancora, magari ci sei anche passata davanti. Si chiama The Duck House. La casa in cui abbiamo vissuto insieme a Londra mi è stata regalata per il senso di colpa. Si pensa sempre che con il denaro si possa aggiustare tutto. Invece no, non è così. Puoi corrompere l'esterno ma non l'interno delle persone. Ci sono davvero delle cose che non ricordo, Meg. Probabilmente le ho rimosse per non soffrire. Forse non sono sparite però le ho nascoste davvero bene e ora non ricordo più dove siano. Non m'interessa ritrovarle. Per questo non ne parlo più. Non tutti i dolori ci rendono più forti. Alcuni ci schiacciano e quando riusciamo a rimetterci in piedi non siamo più gli stessi. Saremo sempre dei tubi rotti e ogni tanto il dolore riprenderà a gocciolare. Avremo bisogno di ripararci sempre, impareremo a conviverci, non a tornare intatti.

«Mi sono sentito molte volte rifiutato da te e non ti nascondo che ho paura di darti questa nuova occasione. Ma non ho altra scelta, perché ti amo. Te l'ho detto poco ultimamente. L'ho pensato sempre. Sono sempre stato dalla tua parte, anche le volte che tu non mi hai visto. Sulla mia porta chiusa ci ho dipinto un'entrata, ancora una volta. Un'entrata della tua misura. Presi da soli siamo due disastri ma magari insieme siamo la cura.»

Se l'ambivalenza fosse una malattia Meg sarebbe stata costretta a conviverci fino all'ultimo sguardo. Ora che aveva ancora occhi a cui affidare il suo disordine interiore, si sentì complice di un invito da non rifiutare e allo stesso tempo sazia di presenza. Si girò a guardare le casette colorate. Aveva solo potuto inventare il profumo che si respira in una casa in cui ci si può rifugiare davvero, senza sentire il bisogno di scappare da niente. Demian invece conosceva bene il fascino degli occhi che fino all'ultimo non mollano la presa.

«Vuoi vedere cosa c'è dentro le casette sulla spiaggia di Brighton?»

«Sono così belle… Magari il loro contenuto potrebbe deludermi.»

«Spero che un giorno avremo una bellissima collezione di momenti e non di cose.»

Demian la tirò a sé con un sorriso spavaldo. Meg gli annusò la curva del collo e smise di sentire di colpo l'odore delle cose perdute.

«Grazie alla tua mancanza credo di aver imparato molto ma non ti nascondo che sono anche un po' arrabbiata adesso. Quando qualcuno che ami sparisce e poi torna sei così fottutamente felice… poi però ti sale anche uno stupido senso di rivalsa. Non so, ho la sensazione che poi certi atteggiamenti si facciano scontare. Magari ce la faremo pagare a vicenda. Le persone a volte sono distanti quando ci sono sedute accanto, pensa quando sono altrove per davvero. Puoi solo immaginare i motivi, e quando immagini, la mente si svuota e puoi riempirla di qualsiasi cosa. Vera o non vera che sia, la sensazione rimane. A volte lasciamo le cose come sono. Tutte impolverate. Nella nostra libreria ci sono pile e pile di libri di ricordi. Poi togli un libro e crolla tutto. Per questo preferiamo non toccare mai niente. Sono scappata sempre da tutto perché nessuna persona per me è mai stata un luogo. Solo se una persona diventa il tuo luogo stai bene dappertutto.»

«Tu sei il mio luogo, Meg. Lo sei stata da subito. Forse invece io sono stato per te più un'idea che un luogo. È questo il problema. Un luogo lo devi scoprire per amarlo. Se lo immagini soltanto magari poi ci vai e non ti piace più. Chissà quanti amori nascenti si sono spenti per le aspettative sbagliate. Non tornerei indietro, se è questo che pensi. Tornare indietro è una strada già vista. Se siamo andati altrove è perché volevamo altri orizzonti, non credi? Spero che non ci ridurremo mai come quelli che si vedono sempre più felici nelle vecchie fotografie. Noi non siamo le nostre fotografie. Ciò che siamo stati è importante ma non è ciò che saremo. Se eravamo infiniti lo siamo ancora. E ancora lo saremo…»

Meg si voltò verso il mare e le sembrò che parlasse una lingua sconosciuta, anche per lei che provava sempre a tradurre tutto. Davanti al mare ogni cosa accade per la prima volta e ti dà sempre buoni motivi per crederla vera. Davanti al mare la felicità è un'idea semplice. Ti permette di ondeggiare nelle sue incertezze rendendole dolci, non ti fa mai pentire di avergli dato credito. Anche il suo incontro con Demian sembrava essere il primo anche se si erano già incontrati e persino già persi, prima di ritrovarsi senza conoscersi ancora.

Demian incrociò il viso malinconico di Meg e con estrema naturalezza cercò di distrarla senza alimentare paranoie.

«Hai visto, Meg? Stasera fanno il cinema all'aperto in spiaggia.»

Meg guardò il palco in allestimento e fu invasa da una profonda inquietudine, le crebbe dentro in pochi attimi. Lei sospesa sopra il mare e quella sensazione a schiacciarla giù. Forse la paura di poter essere vista da George, o ciò che doveva ancora dire a Demian. Vinse la sensazione di scappare tenendosi appesa a un criterio nuovo con il quale voleva imparare a gestire le ansie. Lanciò un sassolino nell'acqua e immaginò che i cerchi concentrici potessero essere costruiti dentro al suo cuore. Un cuore matrioska, così lo costruì nel suo pensiero. Tanti piccoli cuori l'uno dentro l'altro. Nella zona più interna c'erano i legami che contavano di più, nella zona più esterna pian piano tutti gli altri. Il suo cuore era importante e importante era tutto ciò che vi era dentro. Le persone collocate all'interno in quel momento erano il presente da preservare. Così lasciò che George si allontanasse tenendo per mano il suo senso di colpa e che Demian si sedesse al centro, spolverando l'ambiente circostante da ogni impurità.

«Demian, c'è una cosa che devo chiederti. Mentre non c'eri ho conosciuto Evelyn. Quando sono tornata a casa, quella mattina, ho trovato le chiavi del tuo studio sul letto. Non sapevo più niente di te e ho pensato di andarci per cercare qualcosa che mi aiutasse a capire. È stata lei a indicarmi l'appartamento.»

«Lo immaginavo.»

Demian le diede la sensazione di aver lasciato apposta le chiavi dello studio in bella vista, proprio per alleggerirsi, per farle scoprire qualcosa.

«Ti ho tenuta all'oscuro di cose che probabilmente ora sai.»

«Perché non me le hai dette tu?»

«Perché è più facile andarsene senza dire…»

Meg si ritrasse nel suo guscio per un istante, pensando che Demian volesse farla sentire colpevole per il suo atteggiamento. Poi si ammorbidì, ammettendo a se stessa che anche lei si era sempre comportata nel modo più semplice e che non era mai riuscita a perdonarselo, ma nemmeno a cambiare. Pensò di aver imparato a sentirsi colpevole fin da piccola, fin da quando non era riuscita a impedire ai suoi genitori di separarsi. Si era attribuita la colpa, non tanto per non essere riuscita a tenerli insieme, quanto per non essere riuscita a vederli felici. Con un po' di esitazione riprese a parlare.

«Io e Evelyn abbiamo parlato molto. Ho capito che ti conosceva bene e mi ha aiutato a gestire la situazione. Ho scoperto che ha una bambina… Nel tuo computer ho trovato alcune sue fotografie. Alcune erano le stesse che ho visto incorniciate nel suo studio. Magari non hai mai avuto il coraggio di dirmelo… Magari avevate deciso di non far sapere niente a nessuno. Non sarebbe la prima volta che un uomo fa da padre a una figlia non sua senza saperlo. So che Evelyn e suo marito si sono separati poco dopo la nascita della bambina. Non so niente della tua vita prima del tuo risveglio dal coma. Ci sono cose che non contano più ma altre non si possono accantonare come se nulla fosse.»

«Non sono io il padre di Ligeia, anche se il nome l'ho scelto io e Eve ha deciso di chiamarla così, come la sirena che incantò Ulisse con la sua voce melodiosa. Il nome piaceva a me, è vero. Lei è stata la mia psicoterapeuta. Avevo ancora dentro dei drammi irrisolti. È stato un amore di transfert, sai, può capitare che i pazienti si leghino ai propri psicoterapeuti. Non è stato un amore reale. Non so come spiegarti. Mi sentivo capito da lei. Siamo stati insieme solo una volta. Subito dopo, se pure con sofferenza, scelsi di interrompere le sedute. Evelyn scoprì di essere incinta e mi disse che lei e Nicholas erano in crisi e che da molti mesi non facevano più l'amore. Insomma, mi disse che la bambina doveva essere per forza mia. Magari si era convinta lei stessa che fosse così. Comunque mi sono sottoposto al test del DNA e ho avuto la conferma di non essere io il padre.»

«Credi che tutto questo abbia a che fare con la questione del plagio? So chi è l'ex marito di Evelyn, l'ho scoperto per caso…»

«Nicholas si è semplicemente voluto vendicare con me. Doveva essere così accecato di rabbia che ha pensato di farmi uno sfregio ulteriore, pubblicando il mio manoscritto a mia insaputa e a nome di un altro, facendolo passare per il caso letterario di un esordiente. Il libro non ha avuto successo e sinceramente ne sono venuto a conoscenza dopo un po' di tempo. Poi ho capito tutto ma non ho avuto la forza di reagire. Mi sono chiuso a riccio. Avrei dovuto raccontarti molte cose per spiegarti il motivo del plagio, e raccontarle anche alla stampa, visto che stavano accusando me di aver rubato l'opera di un altro. Ma sarebbero usciti fuori molti dettagli sulla mia vita. Ormai il sensazionalismo ci abita fuori dalla porta di casa. C'è gente che svende l'anima al miglior offerente per fare un titolo da milioni di *views*.

«La scrittura oggi è per lo più in ostaggio di intellettuali spietati, cialtroni coltissimi che hanno perso ogni contatto con l'autenticità. Sono sensibili solo al loro ego e a nient'altro. Sai, una volta in un libro avevo scritto che perdonarsi è scegliere di donarsi ancora. Un personaggio dell'élite che conta mi ha rubato il concetto parlandone in un programma tv. Scritto da me era stato considerato banale. Detto da lui ha fruttato due ore di programma fra complimenti e adulazioni di ogni genere. Tutta colpa della faziosità del nostro tempo. Per questo sono rimasto disgustato dall'ambiente e da questo sciatto servilismo e me ne sono tirato fuori già da un pezzo. Queste persone hanno perso ogni contatto con la bellezza e con la giusta visione delle cose. La bellezza è visione ma non si autocompiace mai.

«Vivevo con l'angoscia che tu potessi scoprire qualcosa di me, qualcosa di cui nemmeno ho colpa, e che non ti piacessi più per questo. Avevo paura che tu potessi cambiare idea. Per questo ho voluto preservarti da cose che non ci appartengono. Non condividere i miei segreti con te non ha mai significato che non ti amassi... anzi, ha sempre voluto dire che ti ho sempre amato a tal punto da avere un'immensa paura di perderti. La vita non è perfetta. Ogni tanto penso che se dal principio qualcosa va storto i fili si ingarbugliano sempre di più. Diventano nodi, e non tutti i nodi si possono sciogliere.»

Meg fece un lungo sospiro e rispose con compostezza facendo i conti con la sua piccola e necessaria omissione sul suo incontro con George Cabot.

«Alcuni fili però puoi tagliarli di netto per evitare che ti strozzino e strozzino il tuo futuro, non credi?» aveva risposto a lui pensando anche a se stessa.

In quel momento le era tornata davanti l'immagine di quando Demian l'aveva portata al ristorante con una scusa e le aveva fatto trovare sul tavolo una cesta piena di tulipani olandesi di colori diversi. Le aveva detto che era passato un anno esatto da quando si era svegliato dal coma e che era accaduto solo grazie a lei, che voleva ringraziarla con quel gesto, che dovevano festeggiare. Lei invece aveva solo pensato a come il tempo fosse passato davvero in fretta, non le sembrava nemmeno possibile e forse gli aveva regalato un sorriso svuotato della sua emozione.

Demian le aveva detto spesso che aveva degli occhi bellissimi ma anche che era davvero difficile oltrepassarli. Erano belli e invalicabili, non si riusciva a scorgere cosa ci fosse dentro.

«Credo di sì. Credo anche che la sincerità assoluta riguardo il passato non sia possibile e non credo sia nemmeno così tanto necessaria. L'autenticità di ciò che siamo oggi è molto più importante. Essere noi stessi. Mostrare l'uno all'altra quello che siamo capaci di dare. Questo è importante. Quello che oggi siamo capaci di dare o di non dare è di sicuro il frutto di tutto ciò che abbiamo vissuto e anche dei nostri dolori passati. Ma è un passato che non ci appartiene più. Abbiamo il diritto di abbandonarlo per sempre. Non va più indagato. Non va più risolto. Bisogna solo archiviarlo e andare avanti. Tutto qua. Restarne intrappolati non è affatto una buona idea. Rischia di influenzare la riuscita del nostro rapporto. Non ha davvero senso.»

Meg lo aveva ascoltato con attenzione ma era tentata comunque di chiedergli spiegazioni sulla sua storia con Samantha. Avrebbe voluto sapere il motivo dell'incidente, sapere se lui fosse o meno davvero responsabile, se pure in modo involontario, della sua morte. Da quando si era accorta di assomigliarle fisicamente, aveva immaginato che lui, ogni volta che la guardava, potesse vedere qualcosa di lei sul suo viso. Alimentare così il suo ricordo. Eccola lì, alle prese con le sue piccole certezze d'amore tagliate da un dubbio…

Immaginò anche di poter risvegliare in Demian un antico dolore, di rovinare tutto ancora una volta, di non aiutarlo così a capire l'importanza del loro tempo. *Solo nostro, di nessun altro.*

A volte si appartiene anche al mondo invisibile dell'altro. Quando ci ha scelti, quando ha ricominciato di nuovo partendo da noi. E allora non c'è alcuna domanda così tanto lecita da poter giustificare uno strappo. Con quella consapevolezza di confine fra fine e inizio, vi rinunciò per sempre.

«No, Demian, davvero non lo ha.»

Dovremmo poter camminare nel cuore di qualcuno per vedere i suoi paesaggi interiori, per abitare il suo vissuto e il suo dolore e per comprendere cosa lo abbia reso così, pensava Meg. Non può accadere. Per questo fino in fondo non ci capiamo mai. Arriva però un momento in cui siamo noi gli specchi a riflettere la stessa condizione, e tutto ciò che abbiamo giudicato punta il dito verso di noi. Come Demian le aveva omesso dei dettagli per la paura di perderla, ora lei era costretta a fare lo stesso. Dettagli come polvere, nascosti nella gola.

Demian prese due sassolini e ne mise uno in una mano e uno nell'altra. Poi li strinse: «Ci hanno abituati a cercare le cose importanti non dov'è possibile trovarle ma dov'è più facile guardare. Sembriamo ambire al luogo della serenità ma quando lo raggiungiamo non vogliamo restarci. Se togliamo alla nostra anima la sua coltre d'aria di rinascita cosa rimane di noi?

«A volte le persone "accadono", semplicemente. Noi siamo accaduti. Magari anche così per caso, ma siamo rimasti insieme per scelta. Ci pensi alla solitudine di chi è costretto a scegliersi una parte e a recitare sempre quella? Noi non dobbiamo diventare così. Forse a volte siamo stati anche noi così.»

Demian guardava Meg con occhi delicati. Lì dentro c'era un desiderio acceso raccontato in silenzio. Ché di parole vuote dette per far male ne avevano già piena la vita. Ma non si può continuare a ferire per sempre in nome delle ferite ricevute.

Le fece scegliere la mano (come quando da bambini giocavano a "dove sta, qui o qua?"). Meg scelse e lui le passò il sassolino dalla mano sinistra alla sua. Le accarezzò il palmo e poi gliela chiuse con un gesto al rallentatore, quasi a volerle ricordare lo splendore della lentezza. Non sembrava un uomo preoccupato ma un uomo sicuro di sé, che si sentiva profondamente a posto con se stesso. Un uomo che era riuscito ad accettare il male e le sue contraddizioni, che si era fatto strada fra i pericoli dei ricordi e che finalmente era riuscito a capovolgere il cielo dello sconforto. Non era più solo un riflesso ma un uomo risolto.

«Te la senti di lasciarlo per sempre? Io lascerò il mio. Lasciamo qui per sempre quello che non torneremo mai a riprendere. Magari a volte ci stancheremo. Viverci sarà difficile ma dimenticarci ora è impossibile. Abbiamo già salutato più del necessario. Adesso basta. Adesso insegniamo al saluto ad aprire la porta di casa.»

Meg si fece piccola piccola pur di entrare nel suo spazio, pur di essere ripresa, accolta in quella sensazione meraviglia. La sensazione di starsene al sicuro nel cuore di chi amava.

Demian si accucciò e tirò fuori dagli occhi uno stupore sconosciuto. Fece una piccola buca nella sabbia e lasciò scivolare dalla mano il suo sassolino.

«Vieni qui. Siamo qui per assistere alla nostra rinascita.»

La guardò dal basso in alto mentre lei era ancora in piedi, annullò le distanze e le tese la mano. Meg l'afferrò e si inginocchiò sulla sabbia. Gliela lasciò con delicatezza per scavare anche lei una piccola buca. Anche lei lasciò scivolare dentro il suo sassolino. Il mare sembrava bisbigliarle qualcosa con la sua voce onomatopeica e la trascrizione del suono si tradusse in lei, come se le onde fossero parole.

Piuttosto che sgretolarsi pian piano è meglio avere il coraggio di distruggere per ricostruire. Con il conforto del mare ricoprì di sabbia la sua buca, si guardò le mani e mentre in silenzio recitava un requiem per la sua vecchia sé, vide scomparire il suo sassolino.

Demian era davanti a lei, aveva già ricoperto la sua. Era vero che le persone "accadono" come accade la grazia delle cose. Accade la bellezza anche quando non ci siamo. Accade l'amore che ci protegge anche quando non guardiamo. Tutto quello che dobbiamo fare è riuscire in tempo a trovarci lì. Lì dove tutto accade. Prima che tutto cada per sempre.

Demain le accarezzò il collo, poi scese sul seno e si fermò al centro, quasi illudendosi di riuscire ad afferrare le sue maree interiori.

«Hai sempre avuto il cuore in parecchi posti.»

«È un cuore a portar via. Lo prendi tu?»

Meg sorrise e con il viso appoggiato sulla sua spalla si girò dalla parte del sole al tramonto. Le erano sempre piaciuti i tramonti ma lo aveva sempre negato per non sembrare una stupida sentimentale. Non le fregò più niente del parere degli altri, anche se a Brighton nessuno la conosceva e ogni cosa sembrava più semplice, né tantomeno della sua parte peggiore che sempre e per sempre l'avrebbe spinta a rinunciare a tutto in tempo e a ributtarla per confonderla nella sua fretta. Ora sapeva osservare la mancanza, la mancanza che scava le costole, che sventra lo stomaco, mentre provi a chiamarla sperando di trasformarla in presenza, ma ha il terminale spento e fa rispondere sempre una fredda voce registrata.

Quando per sbaglio, qualche giorno prima, aveva ritrovato dei messaggi scritti a Demian nel primo periodo in cui stavano insieme, le erano sembrati lontani anni luce dalla dimensione attuale. Si era domandata se fosse stata davvero lei a scriverli, si era sorpresa di se stessa e si era ripromessa che se lui si fosse deciso a tornare con lei, avrebbe cambiato atteggiamento, avrebbe fatto di tutto per ritrovare lo stupore naturale senza farselo più scivolare dagli occhi.

Molte volte le era sembrato di odiarlo. Lo aveva odiato perché non era il suo specchio, perché non poteva essere l'artefice della sua salvezza, perché era colpevole di non essere riuscito a riempire il suo buco emotivo. In quel momento sentì invece dentro un'immensa gratitudine per lui. Per tutte le volte in cui era stata insopportabile e lui non si era arreso. Per tutte le volte che aveva dovuto fare i conti con la sua eccessiva idealizzazione e si era lasciato trattare da essere totalmente imperfetto senza soccombere. Per tutte le volte che l'amore di Demian era sopravvissuto al suo odio.

Tutti i rapporti sono sull'orlo di un precipizio e quanto più grande è la spinta che ci fa salire, tanto più forte è la paura di cadere giù. La paura di perdere ci fa perdere il senso dell'equilibrio, proprio là dove l'amore è profondissimo. Ma la consapevolezza di quanto sia importante l'amore vissuto lo rende ancora più profondo della paura di perderlo.

Meg si lasciò accarezzare la cicatrice, permise a Demian di rammendarla con un ritaglio della sua anima e nello stesso esatto momento in cui lui la coprì, lei si scoprì oltre il limite della pelle e s'innamorò di nuovo. Lo annusò forte, senza paura di precipitare nel suo odore. Si era allenata tanto per tenere a bada il batticuore e ogni impulso fragile per le cose che durano, proprio in previsione di una possibile mancanza. Assurdamente poi se ne era assuefatta, per non soffrire.

Alla fine aveva sofferto lo stesso. Tutte le sue strategie e tutti i suoi tentativi di controllo non erano serviti davvero a nulla. Aveva collezionato per tutta la vita immagini di cadute preventive. La bimba che era stata, d'improvviso, si era svegliata già grande, con la consapevolezza di dover fare i conti con le mancanze definitive. I suoi occhi avevano familiarizzato con la preoccupazione per gli addii, si erano fatti più profondi, si erano abituati ad accogliere il buio. Sapeva il prezzo pagato per il nostro stare al mondo, il prezzo che paghiamo per tutto ma proprio tutto il tempo che ci rimane.

Avrebbe cercato una soluzione per i suoi violenti attacchi di sonno piuttosto che continuare a commemorare i suoi sogni filtrandoli con una lente blu. Si sarebbe lasciata alle spalle le sue tanto care idealizzazioni senza più autosabotarsi la realtà.

Fu in quel momento esatto che decise di non raccontare a Demian di aver conosciuto George.

Si nascose dietro il sorriso che gli regalò. Ora lo vedeva davvero e per la prima volta nella vita voleva offrirsi completamente al volere del suo sentimento.

Lo amava a prima vista, sì, perché lo amava per quel che era. Lo avrebbe saputo riconoscere in mezzo a una folla.

Con le sue stranezze, con le sue manie, con le sue ossessioni. Lui non era più l'idea sulla quale proiettava i suoi sogni. Ora poteva concedersi delle illusioni giuste, illusioni che non erano solo sogni bellissimi ai quali doveva seguire puntualmente un atroce risveglio.

La vera difficoltà non è tanto quella di svegliarci dai nostri sogni ma quella di imparare ad abitare i sogni di chi amiamo. Sogni condivisi che costruiti insieme si trasformano in progetti. La vera sfida è innamorarci di come siamo fatti davvero e diventare simili per affinità, piuttosto che finire per diventare uguali a come gli altri ci vedono.

«Cosa avresti fatto se non fossi tornato a cercarti?» le domandò lui a un tratto.

«Probabilmente sarei tornata a Torino, anche se mi sono resa conto di non avere più legami stabili nemmeno lì. Abitare vicino a mia madre mi faceva soffrire. Standole lontana mi posso illudere di non ricevere il suo aiuto perché non può. Molte volte nei periodi in cui non ci parlavamo e non mi chiamava la chiamavo io e subito riattaccavo, solo per sincerarmi che stesse bene.»

«Sei scappata da Roma. Dovresti tornarci, invece. Dovresti parlare con lei. Quando ci manca l'amore siamo indebitati fino al collo e proviamo a pagare tutto con l'orgoglio. Non dev'essere stato facile neanche per lei.»

«Di sicuro no. È rimasta da sola molto giovane e non ha mai più avuto nessuno accanto.»

«È assurdo come si possa vivere insieme e non conoscersi.»

«Per paura di essere ferita sono rimasta davvero sola. Per non chiedere mai aiuto, per non sembrare debole. Ho perso la mia migliore amica così. Mi aveva omesso di essersi fidanzata con un mio ex. Alla fine non me la sarei affatto presa se mi avesse detto che voleva frequentarlo. Mi è dispiaciuto il fatto che avesse scelto di non dirmelo. Anziché parlarle ho tenuto tutto dentro rispondendo con freddezza ai suoi messaggi. Alla fine non mi ha scritto più. Tutto quello che so di lei lo so dalla sua pagina di Instagram. Se non risolvi in tempo, poi non risolvi più.»

«Melissa? Un classico, in pratica. Tutto quello che ha il gusto del proibito ci attira. Scommetto che adesso non stanno più nemmeno insieme. Perché non me l'hai mai detto?»

«Anche tu non mi hai detto molte cose… Pensavo non ti

interessasse. A volte sono solo piccolezze a rovinare i rapporti, anche quelli che credevi i migliori.»

«In ogni caso i silenzi alimentano le intrusioni, degli altri ma anche dei nostri cattivi pensieri. Lasciano spazio a troppe interpretazioni. Ci sfoghiamo all'interno, senza che l'altro ne sappia niente. Se non parli, giorno dopo giorno quello che volevi dire si allontana e tu perdi la forza per andartelo a riprendere.»

«I silenzi sono sempre una risposta... Certi silenzi parlano chiaro.»

«Sì ma nessuno può capire il nostro malumore e cosa ci ha ferito se non diciamo niente. Se siamo noi per primi a chiudere il capitolo prima del finale. Noi non sappiamo niente degli altri. Non dobbiamo avere la presunzione di sapere cosa sia meglio per loro. A volte finiscono solo dei cicli. Ci sono treni che viaggeranno senza di noi e ci sono addii più necessari di milioni di incontri. Questo non significa che i nostri rapporti non siano stati importanti ma che non possiamo più specchiarci nello stesso futuro.»

«Ma poi chi li ha inventati gli specchi? A volte sarebbe davvero meglio non poter guardare la faccia che abbiamo.»

«C'è qualcosa di profondamente erotico nell'essere capiti.»

«Hai detto eroico?»

«No, no, ho detto proprio erotico. E comunque non sei sola, ci sono io. Mi sono sempre preso cura di te anche le volte che non me lo hai chiesto. È stato anche un po' prendermi cura di me stesso.»

«Se tutti lo sapessero fare, se dal bene di ognuno di noi dipendesse il bene di tutti... sarebbe tutto diverso. Invece amiamo sempre chi ci fa soffrire e facciamo soffrire chi amiamo.»

«Ho affogato i miei dispiaceri nell'alcol per molto tempo, sperando che annegassero, e invece stavano annegando me. Molte cose là fuori non possiamo cambiarle, ma molto di noi qua dentro sì. Se ce l'ho fatta io, puoi farcela anche tu. Sarà il nostro universo sovversivo. Cosa ricordi di Roma?»

«Ricordo quando mio padre mi portava a piazza Navona il 6 gennaio durante il mercatino di Natale. Se ci penso ricordo ancora l'umidità della sera mescolata all'odore delle noccioline caramellate. Volevo lo zucchero filato perché rimanevo affascinata a guardare il venditore mentre lo preparava, ma poi ne mangiavo pochissimo perché in realtà non mi piaceva. Era più il pensiero ad attirarmi che il gusto di per sé. Giusto il tempo di passeggiare qualche minuto con il bastoncino in mano. Poi lo regalavo a mio padre. Due secondi dopo mi fermavo a osservare i ritrattisti e le persone mi sembravano così felici. Tutte tranne me. Covavo già dentro il terrore che non sarebbe tornato a trovarmi un'altra volta. Non ho mai capito perché mio padre si sia stancato di me. Aveva il diritto di rifarsi una vita ma non di buttare via anche me.

«Per ogni anno nuovo che cominciava io facevo la festa di compleanno al mio orsacchiotto. Me lo aveva comprato lui in una delle bancarelle sulla piazza. Ci sono oggetti che sopravvivono ai sentimenti. Non so se sia più ingiusto e spietato o più consolatorio. Se sia comunque bello avere qualcosa che ti resta.

«Una volta ho sognato che stavo su una terrazza e sulla ringhiera in un angolo c'erano quasi tutte le persone che ho amato. Una a una cadevano giù e, piuttosto che andare a salvarle, le mie gambe restavano immobili. Non potevo spostarmi e allora ho chiuso gli occhi per non soffrire. Piuttosto che difendere sono sempre rimasta immobile. Anche tu ti stancherai di me? Alla fine ogni cosa bella l'ho sempre rotta e non so perché.»

«Mentre noi chiudiamo gli occhi, il mondo va avanti lo stesso. Chiudere gli occhi non servirà a fermare niente di quello che non va. Le cose non si aggiustano da sole. Restare fermi nella propria posizione fa solo addormentare il coraggio di cambiare.»

«Sono andata sempre da una parte all'altra delle cose senza attraversare mai niente.»

«La vita ti ha addestrata a non avere bisogno di niente e tu lo hai creduto possibile. Forse hai sempre diviso la tua vita in un prima e un poi. Da quando eri bambina. Prima che andasse via tuo padre e dopo. Ti sei chiusa in un cubo per chiudere fuori un incubo. Che senso ha aspettare l'estate senza avere il permesso di viverla? Noi siamo qui per rischiare il nostro cuore. Con il tuo cuore puoi farci quello che ti pare. È con quello degli altri che non dovresti mai. Nessuno può garantire a un altro essere che non si stancherà mai. Però io conosco la precisione millimetrica di analizzare un cuore quando mi interessa. Il tuo cuore è tutto ciò che ho in mente, mentre il mio non è mai stato altrove, era solo ad aspettarti da qualche altra parte. Parti dal posto in cui non è vero niente e fermati nel posto in cui tutto è possibile.»

«Il mondo possibile è quello da cui mi difendo…»

«Dimentica l'amore che non hai ricevuto, anche se te lo aspettavi da persone che non te l'hanno dato. Magari non lo hai ricevuto da loro e puoi riceverlo tutto insieme da me. La vita è una proporzione. Si può essere amati poco da tanti o tanto da una persona sola. Io cercherò sempre di darti un motivo in più per rimanere. E se me lo darai anche tu, fino a quel momento, se ce ne andremo via lo faremo insieme.»

Meg si accarezzò le braccia con le mani, quasi ad avvolgersi. Poi si toccò le spalle. Si era fatta sera e un vento freddo iniziava a tormentarla, a provocare la sua inquietudine. In lontananza si sentiva una versione soft di *I Want to Break Free*.

Demian rimase in silenzio, si sarebbe aspettato una risposta, un po' di possibile a cui arrendersi. Si rimane incastrati in un'anima, e siccome non riesci a vederla, neppure riesci a distaccartene. O forse semplicemente non te la senti di smettere di camminare dopo aver fatto tutta quella strada. O semplicemente per stare insieme è necessario gestire l'ambivalenza. C'è gente talmente innamorata dell'amore da averlo idealizzato e trasformato in qualcosa di impossibile.

Aprì la borsa, illudendosi di poter trovare qualcosa che le riparasse le spalle, che mettesse fine all'andirivieni confuso delle sue raffiche interiori. La distrasse una coppia che faceva jogging. Stavano tornando indietro, li aveva già visti passare, e da quel particolare capì quanto fosse tardi. Nascose tutto quel vento in una tasca del cuore.

«Sai, avevo immaginato che saresti stato anche triste per qualche tempo ma che poi ti saresti riadattato alla tua nuova vita senza di me. Per essere felici servono molti attimi di dimenticanza e tutti alla fine possiamo essere dimenticati.»

E adesso Meg? Non ti è rimasto più niente da distruggere? Hai le mani a pezzi a forza di afferrare mancanze. Hai provato a darti spiegazioni razionali ma tu non vuoi cambiare, vuoi solo crogiolarti nel tuo dolore, nelle tue sterili lamentele. Aspetti un po' di possibile da cui difenderti. Aspetti e te ne vai perché in realtà hai paura di chi senza spogliarti ti lascia nuda l'anima.

Meg fece un sospiro di disincanto e poi riprese a parlare quasi pensando di poter intuire i pensieri di Demian.

«Sai che c'è? Che forse non potrò mai cambiare e non sono sicura che io possa andarti bene così. Magari si potesse davvero vomitare l'anima nel bagno sporco di una discoteca e ricominciare tutto da zero senza ricordarsi nessuna delle vecchie cazzate.»

«Molte volte mi hai fatto sentire sbagliato. Troppo debole magari, solo perché ho un modo diverso di gestire le cose rispetto al modo che hai tu. Ma se io fossi davvero come te, noi non potremmo stare insieme. Invece di disprezzare le diversità, prova a immaginare un mondo che ci assomigli in tutto e per tutto. Ci farebbe odiare in fretta noi stessi e tutti gli aspetti che di noi non ci piacciono. Bisognerebbe benedirla questa diversità, invece che vomitarla. O magari correggerla in qualche modo. La vita liscia è un po' noiosa, non trovi? E forse anche un po' troppo forte. Tu sei bella non solo quando ostenti la forza che sai di avere, ma anche quando cerchi di nascondere le cose che pensi ti facciano sembrare debole.»

«Ci siamo appena ritrovati e già ho paura di rovinare tutto. Io e lo spirito propositivo delle mie chiusure…»

«Tocca scegliere, Bae. Non si possono guardare le stelle senza scordarsi la paura di sbattere contro un palo. Ci siamo appena ritrovati ma il nostro libro non è ancora finito, no? Siamo ancora piccole bozze e abbiamo la possibilità di correggerci ancora un po' prima di prendere decisioni definitive. Qual è la prima persona a cui pensi quando hai qualcosa da raccontare?»

«Sei tu...»

«E allora vedi? Abbiamo ancora tanto da scrivere.» Demian la guardò con un attimo di esitazione. Lui voleva dirle ancora qualcosa, ne era sicura. Quegli attimi di silenzio parlavano con gli occhi. Allora cercò di stamparsi sul viso uno sguardo rassicurante. Una pretesa di tregua.

Demian si prese dagli occhi della sua Bae una complicità silenziosa. Quel puzzle con due soli pezzi che torna a combaciare.

«Sai quei gesti che nascono spontanei? Che se ci pensi troppo poi non li fai più? Bisognerebbe vivere così... Magari non sempre, ma il segreto per mantenerci giovani è quello di autorizzarci a fare qualche sciocchezza ogni tanto.»

«*Foolishness*, che bella parola. In italiano non ne esiste una così bella.»

«Bisogna essere un po' folli per rimanere sani. Bisogna essere stati davvero pesanti per riconoscere la leggerezza. Per capire che si possono fare mille cose da fermi quando scegliamo di restare e una sola quando scappiamo via, troppo presi dalla fuga.»

«E quindi...?»

«E quindi... ho messo in vendita la mia casa di Londra. Ci ho pensato tanto. Ti ricordi quando da Torino sei tornata a cercarmi e non mi hai trovato e poi sei venuta a cercarmi al mercato dei fiori? Mi sono trasferito in quella casa perché la mia madre biologica aveva saputo del coma. Mi aveva fatto contattare da un notaio, probabilmente spinta dal senso di colpa. Dal mio risveglio la mia memoria ha sempre fatto un po' i capricci. Ero arrabbiato, ma poi ho pensato che non avevo mai ricevuto niente e che sarebbe stato giusto prendermi qualcosa da lei, visto che l'amore me lo aveva negato. Però non voglio viverci più. Non mi sento a mio agio e ho sempre pensato che sarebbe stata una sistemazione passeggera. Ce ne andiamo altrove?»

«E dove?»

Demian la guardava dritta negli occhi. Glieli aveva bucati con una richiesta d'entusiasmo, intrisa di una gioia quasi sconveniente.

«È semplice. Dove pensi che possiamo stare bene. Abbiamo tempo per pensarci. Siamo così pieni di rabbia a volte perché passiamo la vita a farci andare bene cose che non ci vanno bene per niente. Cerchiamo mezzi e strumenti per acchitarci la vita e tutto solo per non restare da soli con noi stessi. Avere ambizioni aride non porta mai dei veri cambiamenti.

«Io desidero una vita semplice, Meg. Non sono come quegli esseri umani che vogliono il caos, che hanno un interesse morboso per la vita degli altri, che vivono nella polemica o inseguono il potere a tutti i costi senza avere niente di vero da raccontare. Voglio stare in pace per quanto possibile. Cerco qualcosa che non è sul mercato, nessuno ce la può vendere, nessuno la può acquistare. Scrivo e lascio una traccia della mia esistenza per chi saprà gioirne. Anche senza nessun vantaggio iniziale possiamo crearci un universo alternativo a questo qua. Esiste anche un uso buono della nostra rabbia. Non voglio riempirmi la vita di rapporti inutili, anche perché sono abituato a gestire la mia solitudine e non ho bisogno di omaggiarmi a chiunque. Te o un'altra per me non sono la stessa cosa.»

Meg immaginò che i gesti d'amore fossero come le persone. Spesso ignorati, abbandonati, derisi, sprecati, umiliati, traditi, lasciati ammalare al freddo della noncuranza, intrisi di una tristezza cosmica. Li immaginò urlare senza voce, lanciare le loro richieste d'aiuto sempre più flebili e poi alla fine, dopo aver patito uno strazio costante, abbassare la testa e disperatamente arrendersi. A volte i gesti di Demian li aveva trattati così. Provò una profonda tristezza ma la trasformò nella forza di riunire tutto l'immenso disordine che si era fatto spazio, dividendoli fra due spaccature.»

«Sono lieta di comunicarle che la sua richiesta è andata a buon fine.»

Lo tirò a sé. Gli appoggiò le labbra addosso e iniziò a puntellarlo di piccoli baci. Le sue labbra erano il viaggio che percorreva i bordi di un sogno reale. Poi si staccò con leggerezza, lasciando andare tutti i respiri della ragione. Le ali perdute tornarono a farle il giro del cuore e sulla sua bocca rimase incollata solo una sana illusione di eternità. Sfacciata, lasciò che il suo sorriso brillasse come un orgasmo fa venire il silenzio, accarezzando un'umida attesa.

«Adesso però il problema più grande è: dove dormiamo stanotte?»

«Dormire? Io non lo avevo proprio preso in considerazione...»

«Che scemo che sei» disse con ingenuità smaliziata.

«Nemmeno io. In ogni caso dovrei andare a recuperare la mia misera valigia in stazione.»

Demian si alzò spingendosi con la mano sulla sabbia.

«Vado a prendere qualcosa da bere e intanto faccio una telefonata.»

Meg lo guardò allontanarsi annuendo con la testa, senza dire niente. Gli rispose in silenzio: "Prendimi qualcosa di forte, magari un succo alla gioia con gin!".

21
Il cuore di nessuno

Meg seguì Demian con lo sguardo fino a quando non lo vide piccolissimo, confuso fra la folla accalcata davanti al bar sulla spiaggia. Si mise a guardare il mare e l'estate la colpì con un vago soffio di vento preventivo.

Immaginò di dover fare i conti con un cambiamento, esattamente come d'improvviso a inizio settembre può sorprenderci un temporale. Un'ansia imprevista la confuse. Era felice ma spaventata.

Immaginò che quella non fosse la felicità assoluta ma il momento temporaneo in cui l'aveva parcheggiata per un po' e che poi sarebbe finita per scivolare ancora, non sentendosi all'altezza di difenderla. Perché quella era la sua natura. Lei era fatta di spigoli interiori. Anche se provava a smussarli, chi ci finiva addosso non trovava gommini di sicurezza, cozzava sempre contro i suoi limiti. Allora immaginò di essere in grado di trattenere la sua irruenza nei momenti di paura e di riuscire a scegliere con cura le parole da salvare e quelle da masticare fra i denti. Quelle da mandare giù e avvelenarsi lei, piuttosto che sputarle addosso a Demian.

Anche se ci illudiamo di mettere via, il nostro spirito di sopravvivenza ci viene solo incontro, creando dei contenitori vuoti. Lì dentro ci finisce tutto ciò che non possiamo cambiare né tenere più davanti agli occhi. Lì ci finisce il passato, per fare spazio ad altro. Si nasconde ma non scompare e ogni tanto, quando finisci di dimenticare, lui inizia a cercarti di nuovo. Voleva riuscire a liberarsene. Voleva diventare anche lei una persona magica. Le persone magiche sono quelle che non spariscono quando fa buio. Sono lì davanti a te e tu le vedi ancora.

Demian nel frattempo aveva concluso la sua telefonata. Si era fatto riservare una stanza in un albergo lì a Seafront e osservava le bottiglie di Brighton gin col loro tappo verde menta (& speranza) in fila sul bancone mentre era in attesa per ordinare da bere.

«Due gin lemon, grazie!» chiese al barman. Poi il suo sguardo cadde verso il tendone del cinema, poco dietro il Bandstand, il palco d'orchestra sul mare, con le sue imponenti colonne verdi, il posto preferito da tutti gli innamorati. Avrebbe voluto portarci Meg ma si rese conto che era stato allestito per un matrimonio. Si girò per proiettare il suo sguardo sulla sua Meg lontana. Non vedeva bene ma gli sembrò che lei lo stesse cercando, con il volto rivolto nella sua direzione. La dolcezza ti piega in due e qualcuno osa ancora chiamarla debolezza.

Il barman gli passò i bicchieri e lui provò a tenerli con una sola mano per alzare il braccio e salutarla. Qualcuno lo urtò e i bicchieri caddero in terra. Il gin gli bagnò le scarpe. Si girò innervosito per guardare in faccia il colpevole.

«Scusami, non l'ho fatto apposta. Te li riprendo, non ti preoccupare.» Il ragazzo aveva l'aria timida e mortificata. Demian lo guardò negli occhi e l'arrabbiatura si spense di colpo. L'altro aveva un'espressione sorpresa, come se lo conoscesse già, come se notasse in lui qualcosa di familiare. Anche Demian provò una strana sensazione e non seppe comprenderla.

«Non ti preoccupare...» rispose soltanto, con voce pacata.

«Davvero, mi dispiace. Cosa avevi preso?»

«Due gin lemon, ma davvero non importa.»

«Steven» disse rivolgendosi verso il barman, «mi fai due gin lemon, per favore?»

«Subito, George» rispose il ragazzo, con la bottiglia già fra le mani.

George guardò Demian in preda a un fragile affanno. Un

brivido a presa rapida direttamente dal cuore gli azzerò la saliva. Si impaurì e si ritrovò al cospetto di un severo pregiudizio nei confronti di se stesso. Gli sembrò che il suo cuore avesse pareti arrendevoli e che stessero cedendo. Poi porse i due bicchieri in plastica pieni di gin nelle le mani di Demian che li strinse in maniera salda e lo ringraziò con gentilezza, allontanandosi di spalle su quel terreno neutrale. Si fermò a guardarlo e un impulso invisibile lo trascinò quasi fuori dal corpo, mentre lui era sempre più un puntino sullo sfondo. Allora riprese a seguirlo, per mettere a fuoco quel qualcosa di incomprensibile al di là del niente.

Si disegnò l'immagine delle sue spalle negli occhi, senza riuscire a dare alcuna spiegazione razionale all'atteggiamento dissociato del suo cuore. Una pellicola scollata a proiettare un tempo astratto. Un qualcosa di piacevole che era anche un dispiacere.

Spinse i piedi fra i sassolini, quasi per cancellare i segni di quello strano passaggio. L'onda d'urto non riuscì ad ammaccare il suo anomalo trasalimento e di colpo si scordò dei preparativi per la sua ultima sera d'estate. Una voce gli parlava dallo stomaco, quasi a provocargli una totale astrazione dallo spazio circostante. Offrì i suoi passi al volere del suo cuore, facendosi largo fra la gente.

Anche se non era sua abitudine farlo, s'intrufolò in un momento non suo per seguire i passi di uno sconosciuto attraverso quello strano trambusto interiore. Di colpo uno choc imprevisto lo intrappolò in una consapevolezza quasi tragica. Sentì lo schianto delle sue ali disilluse cadere sulla sabbia e spezzarsi.

Introiettò l'immagine di quell'uomo sconosciuto seduto sulla spiaggia insieme alla Meg che credeva essere partita per sempre. Si scoprì a fare i conti con il suo strano disordine emozionale. Sentì all'interno una lacerazione assurda. Avvertì il suo cuore dividersi in due, come se vivesse due sentimenti distinti e distanti.

Senza farsi vedere, seguì i loro movimenti. Loro erano così vicini e lui così lontano da ogni stupida convinzione che aveva avuto fino a quel momento. Il desiderio di tornare indietro per non assistere alla sua delusione, per evitare il confronto con domande di cui non sentiva il bisogno era forte, ma non poteva più.

In quell'ultima sera d'estate là fuori, avrebbe dovuto essere un altro, nutrirsi soltanto dell'odore del mare, del trionfo della festa, non certo misurarsi con il suo insano dolore. Un dispiacere che non meritava, un dispiacere indecente dentro il suo cuore che lo mortificava e del quale quasi provava vergogna. Cosa avrebbe dato per poter osservare il suo cuore ancora una volta dal di fuori, anche solo per qualche tragico istante. Una parte era in preda alla rabbia, l'altra parte gli raccontava una favola per calmarlo. D'improvviso prevalse una parte sull'altra, gli arrivò fitta dentro per sventrargli lo stomaco e lo annegò di risentimento. Ciò che ci fa soffrire ha bisogno di essere accettato e coccolato, solo così troverà la forza per andarsene.

George non si domandò fino in fondo chi fosse quello sconosciuto per il quale aveva sentito quella strana sensazione indefinita. Si limitò a guardarlo azzerando persino lo spirito di competizione, a valutare solo gli aspetti ingiusti della vita, fino a quando Meg non gli porse il bicchiere ormai vuoto. Quando l'uomo si allontanò un attimo per buttare i due bicchieri in un cestino, Meg si alzò e, nello scrollarsi di dosso la sabbia, perse senza accorgersene un libro dalla borsa. Poi lo raggiunse, a pochi passi di distanza. Si presero per mano e si allontanarono insieme verso le cabine colorate.

Mi ascolti? Resta con me, non voglio rimanere da solo. Voglio trovare qualcuno che sia qui anche un po' per me, anche un po' per me. Non restare il cuore di nessuno! George parlava al suo cuore che probabilmente era l'unico vero amico su cui poter contare, il suo socio in affari emotivi, il suo confidente silenzioso, il suo ancora e la sua àncora di salvezza.

Ogni cosa che conosciamo, anche solo per pochi attimi, diventa una molecola che si mescola alla nostra storia, fino a diventare una piccolissima parte di noi stessi. Un'assenza presente si misura in millimetri di cuore, fin quando c'è. Perché l'assenza c'è, si fa sentire fin quando non si dissolve. Lasciare andare è la più grande richiesta d'amore. Molti la sottovalutano, confondendola con richieste perentorie di presenza. Il desiderio di possesso non ha niente a che spartire con il prendersi cura di un altro essere.

"Chissà se perdersi è un dolore o un colpo di fortuna?" pensò George guardando il libro abbandonato sulla spiaggia, come un'anima persa in un luogo sconosciuto. Minacciato dal mare, da un'acqua nemica, senza sete di salvezza, senza le braccia di nessuno. Le persone non sembravano accorgersi della sua presenza, erano tutte troppo occupate a fare i loro fantastici programmi per la serata. Nonostante tutto, con la sua anima ostinata e impregnata di magia, il libro svolazzava al vento, rapito dal desiderio di svelare la sua storia. Senza dover ricorrere a tanti sotterfugi, spezzava la nebbia dagli occhi e faceva chiarezza sull'assenza di un'attenuante.

Da certe persone si guarisce a forza di pillole di delusioni. È una cura che ha bisogno di tempo.

Quando si diventa forti, George? Quando si impara a non diventare l'arma delle stesse ferite che ti hanno fatto. Non puoi aspettarti dagli altri quello che non dai. Perché dovrebbero dartelo se non sai farlo tu?

Ma se qualcuno ti vuole cambiare, alla fine non vuole te. Cosa ti vuole a fare? Costruisce solo castelli, arruola il vento per distruggerli e poi si distrae apposta dandogli la colpa per il disastro emotivo.

Perciò tu non cambierai e quella forse non è la tua storia.

Forse.

22
Un cielo color *nonhopaura*

Meg entrò nella stanza d'albergo e si diresse verso la finestra per guardare il mare. Demian le si avvicinò, abbracciandola da dietro, l'avvolse e le diede un bacio lieve sulla spalla. Lei gli prese la mano e se la portò alla bocca, tenendo il suo dito sulle labbra, svelandogli un desiderio che scavava il fondo con una malizia priva di volgarità. Gli slacciò i respiri e gli prese il cuore.

Lui la spinse sul letto con una strana, delicata irruenza. Le loro mani leggere scoprivano con carezze di burro i loro corpi nudi che finalmente senza vergogna si mostravano cosparsi di cicatrici d'abbandono. I loro occhi coraggiosi fottevano il fuoco dell'incertezza, le loro lingue leccavano le paure e piantavano in gola il seme dell'estasi, per far nascere una nuova era. Come due angeli con il gusto del vizio si rubavano il peccato per dargli un'altra forma, con l'indecente bisogno di scavarsi dentro e liberarsi per sempre di un male opprimente attaccato alle costole. Stille d'orgasmo a placare la sete, sfiniti e fragili in un movimento di resa, dimenticarono per qualche istante di non poter volare.

Demian prese sonno senza neanche accorgersene. Meg lo guardò dormire come un bambino. Si mosse piano dalla sua parte del letto e si alzò con estrema delicatezza per non svegliarlo. Guardò il pavimento, c'era dell'acqua. Si spaventò e alzò gli occhi verso il soffitto, era pieno di infiltrazioni. Percepì l'umidità fino a dentro le ossa. Guardò la parete, riuscì a vedere oltre il muro ma c'era solo fumo, niente di nitido. Guardò la finestra, in bilico fra il ricordo e il ritorno. Fuori non c'era il mare ma un giardino dove una bambina correva con in mano il suo orsacchiotto e una fotografia. D'improvviso si fermò per scavare una buca. Quella bambina era lei. D'istinto la seguì, la lei bambina non c'era più. Era sola con in mano il suo orso e la foto di suo padre. Sapeva di sognare ma pilotò il suo sogno, lo seguì per assecondarlo o per assecondare se stessa. Si fermò davanti alla buca, ci mise dentro la foto e il suo orsacchiotto. Toccò la terra, la sentì umida sulle mani e annusò il suo odore forte, quasi di muffa. Richiuse la buca con le mani.

Aprì gli occhi. Ore 4.48, alba a Brighton. Demian dormiva con fare angelico vicino a lei. Si alzò e guardò fuori dalla finestra. C'era un cielo color *nonhopaura* sopra di lei. La sua borsa era caduta in terra e si avvicinò per raccoglierla. Si chinò e si accorse che dentro non c'era più il libro. Frugò nella tasca laterale pur consapevole di averlo perso. Di sicuro la piccola tasca non poteva contenerlo. Dentro la tasca giaceva una busta dimenticata da giorni. Era la posta di Demian finita per sbaglio nella cassetta di Evelyn. La prese, lanciò uno sguardo a Demian e si diresse verso il bagno. Aprì la busta tirando fuori il foglio solo per un pezzo. Proveniva da un laboratorio di genetica. Era la copia del test del DNA.

Di getto lo strappò in mille piccoli pezzi senza leggere la risposta del referto e lo gettò nel cestino del bagno, nascondendolo sotto un mucchietto di fazzoletti di carta.

Poi tornò sul letto e si mise sdraiata accanto a lui senza più la voglia di cose da capire, solo lei e la sua urgenza felice di cose possibili.

Era sicura. Il suo sguardo si posò un attimo sulle scarpe di Demian, riposte con cura, perfettamente allineate vicino alle tende della camera. Erano quelle che gli aveva comprato in boutique a Mayfair.

La separazione ha anche la sua funzione purificatrice e fa parte dell'amore. Non è soltanto un effetto collaterale ma una parte indispensabile dell'insieme. A volte per riscoprire l'amore è necessaria una certa dose di distanza, è necessario guardare una persona dal di fuori e vederla esistere anche senza di noi. Questo fa sbocciare ancora più forte in noi il suo valore e il suo splendore. La verità ha il vizio di sembrare noiosa, per questo molte persone credono a tutte le stronzate del nostro tempo. Ai rapporti perfetti, al bianco opaco che si nasconde nel nero nitido. Si fermò a guardarlo per un po'.

Demian continuava a dormire profondamente, a pancia in giù, con una mano sotto al cuscino, ignaro di tutto. L'aria asettica di quella stanza sconosciuta confondeva con eleganza l'odore di tutti i loro errori. Guardò in un angolo la sua valigia che aveva conosciuto i suoi umori lunatici degli ultimi giorni, i respiri difficili, i vestiti preoccupati di doversi affrettare a fare un cambio di stagione definitivo. Poi con una boccata d'anima decise di andare a prendere la colazione. Voleva riempire i piccoli spazi della vita più comune con qualcosa, per evitare che si riempissero ancora una volta soltanto di polvere. Si vestì in fretta avendo cura di non fare troppo rumore. Prese il badge sulla scrivania, appese alla maniglia esterna il cartellino DO NOT DISTURB e si tirò pianissimo la porta dietro di sé.

Mentre aspettava l'ascensore per scendere nella sala colazione, cercò dal suo telefono l'email del direttore editoriale del "New Statesman". Probabilmente gli sarebbe potuta interessare la storia che gli avrebbe raccontato. Già, perché quando Meg aveva rimesso a posto la cornice aggiustata nello studio di Evelyn, il suo sesto senso le aveva suggerito di registrare sul telefono la loro conversazione. Così si era ritrovata una bella confessione fra le mani, utile per ridare valore all'integrità intellettuale di Demian.

Sistemò sul vassoio dei muffin inglesi e riempì due ciotole con del porridge alla cannella, mettendoci dentro delle fettine di mela.

Aprì la porta della stanza facendo attenzione a non fare rumore, ma Demian si era già svegliato. Seduto sul letto le sorrideva, era raggiante.

«Scusami, ti ho svegliato. Eh... non mi riesce mai bene niente. Volevo farti una sorpresa. Dovevo entrare prima.»

«Tu puoi entrare quando vuoi» rispose Demian con una sicurezza dolce che l'avvolse a distanza.

Meg posò il vassoio sulla scrivania e si avvicinò sul letto. Mentre tornava a sedersi accanto a lui gli guardò le mani e si ricordò di tutti i giorni in cui le aveva strette sperando che lui si svegliasse dal coma, delle prime parole che lui aveva sussurrato piano al risveglio.

Le...o...n...de.

Si ricordò di quando, subito dopo l'emozione, le era scivolato il telefono dalle mani e il vetro si era frantumato in mille pezzi. La prima carezza dopo aver aperto gli occhi l'aveva fatta a lei. In quel momento quel ricordo contava più di tutto, più di tanti piccoli dettagli che ognuno aveva omesso all'altro. Ricordava ancora la sensazione di allora. Non aveva mai desiderato così tanto ricevere una carezza, probabilmente nemmeno rispetto a quelle che si aspettava da suo padre quando era piccolina.

Non si prendono le favole degli altri per lasciarle finir male. Lo sapeva bene, ormai. Ognuno deve avere cura della sua storia.

Gli si buttò addosso per abbracciarlo e in quell'abbraccio lasciò le sue radici. Radici flessibili, certo, con il bisogno di allontanarsi ogni tanto per ritornarci sempre.

Di colpo sentì squillare il telefono. Lo aveva in tasca, in quella tuta grigia mélange infilata di fretta per scendere a prendere la colazione. Non lo guardò, non rispose. Qualunque comunicazione poteva aspettare. Si accorse solo in quel momento che la sua suoneria era rimasta la stessa, non l'aveva cambiata mai da anni. Quella canzone degli Smiths, *There Is a Light That Never Goes Out*, era tornata a ricordarle anche in quel momento che certe luci non si spengono.

"O forse" pensò "è molto più difficile riabituarsi al buio dopo che la luce si è spenta piuttosto che convivere col buio assoluto, quello che esiste da sempre quando la luce non si è mai accesa."

«Perché mi guardi così» le chiese Demian.

«Niente… vorrei soltanto ringraziarti per tutte le volte in cui mi hai amato al posto mio. Hai lo sguardo di chi non è stato amato a rose e fiori di presenza. Ma è capace di partorire l'impossibile per fare felice qualcuno che ama.»

«Sai qual è la verità? Io non ho amato solo te. Ma ti ho sempre amato più di ogni altra cosa. Ho un piano bellissimo e ti ci voglio portare. Non conta che io ti dica tutti i dettagli. Negli occhi di un visionario si vede già quel che vedrà. Quello che ha già visto non conta più. So con certezza che si può spezzare la catena del rancore. E volare via da lì, migliori. Le persone si dividono in quelle che ce la fanno e in quelle che non ce la fanno. Tutto qua.»

«E noi ce la faremo.»

Sii dolce con me, magari adesso e non domani. Fallo per tutte le volte che guardi indietro i tuoi ricordi e ti accorgi che eri felice e non lo sapevi. Fallo non solo per me ma per non ricommettere gli stessi errori. Puntare il dito uccide più di un'arma.

Ti mancherebbe ricominciare a coniugare i verbi al singolare, il mio viso, sul quale sai riconoscere ogni impercettibile cambiamento, il mio odore sulle lenzuola che si mescola con il tuo, fino a confondersi, a dissolversi e a inventare un profumo. Fallo e abbandona quei frantumi d'orgoglio fuori dalle stanze del nostro sentimento. Accadrà che di tanto in tanto ci dimenticheremo delle cose davvero importanti. Faremo noi la parte dei cattivi e odoreremo d'incertezza. E capiremo che le cose rotte a volte non si aggiustano né si riparano, sono schegge che incastrate nei nostri errori prendono una forma diversa. Saremo tutti giostre in mezzo al vento che un po' rincorreranno e un po' si lasceranno rincorrere. Perché la felicità rimarrà sempre un ottovolante ∞ dal quale ogni tanto è necessario scendere, per riprendere fiato.

Ringraziamenti

A un millimetro di cuore è un'unità di misura inventata e no, non è un errore, non si scrive "dal cuore". Perché quando siamo "a un millimetro di cuore" non ha importanza la distanza materiale che ci separa da qualcuno. Se quella persona è dentro di noi è un prolungamento del cuore stesso.

Capirlo ci spaventa e a volte ci spinge a inventare pretesti per scappare.

Per molto tempo mi sono chiesto cosa non andasse in me. Venivo attirato da storie impossibili dove ero solo io ad avere il coraggio necessario, io a dare, io a sentirmi un secchiello bucato dal quale uscivano tutte le mie energie. Erano storie mai iniziate che non potevano finire. Poi però, se capitava un amore possibile, non mi interessava mai. Anche solo un messaggio di interesse dalla persona "sbagliata" mi procurava una stretta sul cuore. Sentivo subito un'urgenza d'aria. Insomma, gli incontri che potevano evolversi non contavano, non avevano mai il pathos necessario.

Si resta sempre un po' intrappolati nelle cose non vissute, avevo scritto in un mio libro precedente. Perché? Perché se nulla può competere col non vissuto, avevo anch'io un alibi perfetto per dare la colpa al tempo, accusandolo magari di sbagliare spesso i momenti. Sotterravo il mio futuro nel ricordo di qualcosa che non c'era, o che non mi voleva quanto lo volessi io. Ho dovuto fare i conti con i miei dolori antichi, quelli che spesso mi hanno fatto associare l'amore alla perdita come conseguenza imprescindibile.

Se è vero che i sogni che tornano sono il nostro destino, è anche vero che per crescere è necessario abbandonare per strada l'idea di perfezione, e un amore impossibile è davvero perfetto da idealizzare.

Il non vissuto possiamo immaginarlo con le sembianze che vogliamo. Niente potrà mai competere con qualcosa di irrealizzabile.

A volte addirittura facciamo promesse proprio a chi sappiamo già che non tenderà la mano per afferrarle, promesse che non avranno alcun bisogno di concretezza.

E magari, se la persona alla quale abbiamo promesso cedesse d'improvviso, saremmo noi a quel punto a scappare a gambe levate. Perché?

Si chiama filofobia. Paura di amare. Ma aggiungerei anche paura di un impegno reale. Voglia di volare e allo stesso tempo immenso timore di cadere giù.

Al giorno d'oggi conoscersi è una cosa semplice. Esistono i social network, si possono mandare messaggi a raffica, tutti in serie. Tutto viene vissuto in fretta e al primo problema, altro che arte del *kintsugi,* non si impara niente, si butta e si va oltre, e così via. I sentimenti diventano usa e getta, prodotti da discount, a uso e consumo dell'egoismo personale. Oppure strumenti per vincere una sciocca sfida, per nascondere la faccia dell'insicurezza.

Può capitare che le storie finiscano male, ma se ogni volta puntualmente disertiamo certi appuntamenti possibili con una scusa e inseguiamo con la mente ideali fantastici, qualche domanda dovremmo pure iniziare a farcela. Ho iniziato anch'io a chiedermi risposte. Ho pensato che inconsciamente cercassi proprio io quel tipo di persone con le quali creare condizioni impossibili. Con loro potevo continuare a crogiolarmi nelle mie domande disperate: "Perché mai niente può funzionare?". Nel mio dolore ero io ad avere il ruolo principale. E potevo rivivere la stessa parte, con in mano un copione che ormai conoscevo a memoria. All'epoca volevo e non volevo una storia, anche se non lo capivo razionalmente. Di sicuro non desideravo colpirmi volutamente con la violenza del rifiuto. A volte il dolore è una strada conosciuta, così bene da non volerla lasciare mai. E invece il primo passo per abbandonarla è non crederla l'unica possibile.

Grazie a voi, lettori che per l'ennesima volta o per la prima avete scelto di tenere il mio libro sul vostro comodino. Un pezzo della mia anima sarà lì ogni volta che lo aprirete e spero davvero che dentro a quelle pagine, anche quando l'odore di nuovo e l'odore d'inchiostro saranno svaniti, resti intatto il potere di farvi sentire al sicuro, l'unico potere che m'interessa.

Ho finito di scrivere il libro in un momento difficile in cui una pandemia ha spezzato molteplici sogni e seminato terrore, rabbia, impotenza. È stato difficile sistemare gli incontri fra i miei personaggi, immaginare gli attimi di vicinanza, in un momento in cui era vietato uscire, vedere i propri genitori, gli amici, alle prese con un senso di precarietà e spesso di solitudine. Perciò dedico questo libro anche a tutte le persone che non ce l'hanno fatta e a chi non ha potuto nemmeno salutare una persona che amava, prima che se ne andasse per sempre.

Dedico questo libro alla mia fidanzata Mary che mi ha insegnato ad accettare che qualcuno si prendesse cura di me. A capire che probabilmente me lo merito, che non sono poi così male, dopotutto. Perché se è vero che "è solo quando sai quello che vuoi che non prendi tutto quello che passa", il coraggio della concretezza è indispensabile per costruire, e *costruire* è davvero una bellissima parola.

Dedico questo libro a mia madre.

Ti voglio bene, mamma, semplicemente.

A mio padre anche se non ha mai potuto leggermi, né adesso né quando il mio primo libro fu pubblicato dieci anni fa, anche grazie all'amore di voi lettori. Ho imparato una cosa in questi anni: non si ottiene niente senza l'amore degli altri.

Grazie a tutta la famiglia Libri Mondadori per la fiducia

che ci lega, a Giovanni Francesio per la sua immensa serietà rassicurante, a chi per anni ha lavorato con me, senza mai desiderare togliere libertà o stravolgere il mio lavoro. A Lara Giorcelli per il tempo speso sul mio libro. A Enzo D'Elia, un signore d'altri tempi.

Grazie ai librai amici. Per sapere chi è la persona dietro l'autore dovete chiedere a loro.

Grazie a Frida Kahlo, Alda Merini, Emily Dickinson, Virginia Woolf, Sylvia Plath, esempi di come la sofferenza interiore possa generare un'arte autentica.

Grazie al Singita Miracle Beach, perché anche lì da voi ho visto tramonti che non tramontano mai. E davvero tutti dovremmo avere una vita vista mare.

Grazie ai miei veri amici, alle persone che mi amano e mi hanno amato davvero. Non siamo fatti per stare da soli ma nemmeno per stare con chiunque.

La nostra solitudine ha davvero una dignità silenziosa.

Grazie a Carlotta Nobile, l'amica che tutti dovrebbero avere la fortuna di incontrare. Anche se hai lasciato troppo presto questo mondo, ovunque tu sia, di sicuro proteggi la bellezza.

Grazie a mia cugina Alessia, a mia zia Antonietta.

Grazie anche a chi mi ha tradito e a chi ho perso per strada. Mi ha insegnato come non voglio né vorrò mai diventare.

Grazie a tutte le persone che hanno fatto parte della mia vita, anche solo per fare un pezzetto di strada insieme. Vi auguro di avere sempre la grazia nel cuore. Di collaborare, non di competere, di trovare un sentimento per cui valga l'allegria e non la pena.

Abbiamo una vita sola. Regalare il nostro tempo è regalare la nostra vita. Di più prezioso non abbiamo niente.

Cari lettori, aprite questo libro, soffiateci dentro ed esprimete un desiderio, ovunque voi siate. In parte non si cresce mai.

Immaginatevi bambini. Guardatevi dopo una caduta, mentre accantonate in un angolo la bicicletta per paura di farvi male ancora. Che sguardo ha la bimba o il bimbo che eravate?

Guardatevi invece mentre la riprendete e correte il rischio

di fidarvi un'altra volta del vostro cuore, non dimenticando la caduta di ieri ma scordando la paura di cadere. Se qualcuno vi ferirà la responsabilità non sarà vostra, se sceglierete di chiudervi nel cellophane, invece, sì.

Grazie per essere arrivati fino a qui.

Spero restiate un po' bambini per sempre.

Fortissimamente vostro, Max.

#maicontrocuore

Indice

9	1	Pioggia interiore
14	2	Risvegli
19	3	La luna blu
25	4	Prima di ogni cosa
32	5	Fra la folla delle incomprensioni
43	6	La parte degli angeli
57	7	Un proiettore di illusioni
65	8	Controcuore non possiamo andare
76	9	Filofobia
83	10	A un millimetro di cuore
90	11	La ragazza di vetro
96	12	Dimenticare il salvacuore
103	13	Atti mancati
109	14	Un dettaglio emotivo
113	15	Brighton
127	16	La differenza fra fiato e respiro
134	17	Ovunque tu sia, io so arrivare anche lì
147	18	Una Margherita al di là di un filo spinato
163	19	Il momento di arrendersi
169	20	A volte le persone "accadono"
193	21	Il cuore di nessuno
198	22	Un cielo color *nonhopaura*
205		*Ringraziamenti*